西山良雄先生近影

英文学の杜

西山良雄先生退任記念論文輯

仙台英文学談話会 編

松柏社

献 呈 の 辞

　フランシス・ベーコンは『随筆集』の中の「学問について」の冒頭で，「学問は楽しみと飾りと能力の錬磨に役に立つ．楽しみとしての主な効用は，独り閑居しているときにあらわれる．飾りとしてのそれは談話の際に，能力の錬磨としてのそれは仕事に対する判断と処理において現れる．」と述べているが，まさに西山良雄先生の学問に対する姿勢は，もし失礼に当たらなければ，ベーコンの姿勢に似ていると言いたい．苦しんで学問を行っていた先生の姿を見たことがない．常に楽しそうに研究に取り組み，楽しそうにその話をされていた記憶があるだけである．談論風発，学んだ知識を，自慢する気配はまったくなく，酒が入っていても，入っていなくても，面白く話して聞かせる術は天下一品である．古典から現代に至る，しかも東西にわたる広い知識は，その穏やかなご性格とあいまって，大学や学会での政(まつりごと)における責任者としての適切穏健なる判断に反映していると理解している．

　その先生が，2000年の節目，3月末日をもってご退任なさることは，決まりとはいえまったく残念である．

　先生は巻末の業績表からも窺われるように，最初T．S．エリオットに関心を向けられ，優れた論文を発表されているが，次第に形而上詩人に研究の幅を広げられ，特にジョン・ダンの研究に力を注いでこられた．その当然の成果として，16，7世紀の文化的背景，特にキリスト教文化に造詣が深く，仙台における英文学研究の一つの学風を作り上げるまでになったことは特筆すべきことである．また，日本における17世紀英文学会の創設者の一人として，この方面における貢献が顕著であることは言うまでもない．

　本書を『英文学の杜』と名付けた．発行の主体が仙台英文学談話会であり，仙台は杜の都として知られているからである．杜は森と異なる．杜は，正確には，屋敷内の木立を意味する．仙台は藩政時代から，武家屋敷も町人の屋敷も，その比較的広い区画の中に，ときには鬱蒼と茂る木立を擁していたのである．杉，松，モミ，イチョウ，ヒバ，樫，ケヤキ，もみじな

ど，あらゆる種類の木が植樹されていた．これらを遠くから，例えば仙台城の天守台から望見すれば，第二次世界大戦で消失する前の仙台の街区はあたかも杜に覆われているかのように見えたのである．この屋敷の杜は，自然に徒長するに任せられていたわけではない．常に気配りをもって手を加えられていたのである．

　本書の論文も，丁度仙台の杜が様々な樹木からなっているように様々な分野の論文からなっている．そして，先生のご友人たちの寄稿された論文を除いては，何らかの形で西山先生の学恩に負うところが多い．丁度屋敷の杜の樹木が手入れされているようにである．

　この『英文学の杜』が，我々にとってのみならず，英文学を愛する者にとって，"Green thought in a green shade"を提供することの出来るものとなれば，これに過ぎる幸いはなく，西山先生の学恩に万分の一でもお報いすることが出来るものと考えている．

　最後になりましたが，本書のために，ご多忙中にもかかわらずご寄稿下さいました寺澤芳雄，新井明，高柳俊一，羽矢謙一（掲載順）の諸先生に心から感謝申し上げます．

平成12(2000)年春

志子田　光　雄

目　次

献呈の辞 ………………………………………志子田　光　雄　i
語源学の課題──『英語語源辞典』編集拾遺── ……寺澤　芳　雄　1
スペンサーにおける「新しいエルサレム」
　　　　──『妖精の女王』第一巻をめぐって── …… 根　本　　泉　10
フルク・グレヴィルの『名声と名誉に関する論究』
　　　　………………………………………志子田　光　雄　21
ロマンティック・コメディのゆくえ …………… 境　野　直　樹　31
17世紀英国の政治，宗教そして詩 ……………… 荒　川　光　男　46
John Donne, 'Apparition' の解釈──呪いの唄の系譜を考える──
　　　　………………………………………西　山　良　雄　66
伝承童謡 "Ring-a-ring o' roses" のペスト起源説について
　　　　………………………………………福　山　　裕　98
藤井武とミルトン …………………………… 新　井　　明　111
The Resistance Against Patriarchy in *Samson Agonistes*
　　　　………………………………………川　崎　和　基　124
イモインダの刺青──『オルーノコ』に見る小説の誕生──
　　　　………………………………………原　　英　一　137
範疇化の病──メタユートピア物語としての「フウィヌムランド渡航記」──
　　　　………………………………………遠　藤　健　一　161
Prototype of Wordsworth's Lucy in Joanna Baillie's Text
　　　　………………………………………鈴　木　瑠璃子　180
ダブル・メタテクストとしての『ジェイン・エア』
　　　　………………………………………小野寺　　進　194
T. S. Eliot and Sir John Davies ………………… 高　柳　俊　一　205
「閉ざされた世界」から「開かれた世界」へ──T. S. Eliotの場合──
　　　　………………………………………村　田　俊　一　216
トニー・ハリスンの源泉 …………………… 羽　矢　謙　一　231
西山良雄先生略歴 ……………………………………………243
西山良雄先生業績 ……………………………………………244

語源学の課題
――『英語語源辞典』編集拾遺――

寺 澤 芳 雄

　ある語の語源を特定するためには，最古の音形・意味と現在の音形・意味との間に確かな連続性があること，すなわち音形の連続性と同時に意味の連続性が確認されなければならない．今詳しい説明は控えるが，cowはゲルマン基語（以下Gmcと略）の *kō(u)zを媒介として，印欧基語（以下IEと略）の *gʷōusと音形および意味上確かな連続性があり，一方，フランス借入語のbeef もラテン語 bōs（語幹bov-）を媒介としてIE *gʷōusと音形・意味の両面において連続性が証明される．その結果，cow と beef とは音形上は一見無関係のように見えるが，それぞれ IE *gʷōusとの間の連続性が厳密に確認されて，これら二つの語が，明らかに同一の語源に由来する同族語であることが分かるのである．一説では，この *gʷōusは言語の系統が不詳とされるシュメル語のgu(d)「（種）牛」からの借入としているが，もしこれが正しければ同じくシュメル語からの借入とも推論される中国語の牛（上古漢音では /ŋiog/）と関連する可能性も考えられる．しかし，この点はなお不詳としなければならない．

　一方，cow-beef の場合に対して，基本語義を共有し，一見同一語源のように見えるhave とラテン語（以下 L と略）のhabēreとは音形上の連続性が認められず，have はhabēreではなくL capere「掴み取る」と共に IE *kap-「掴む」に遡り，L habēreの方はgiveと同語根の *ghabh- に遡ることが想定されている．ここで L habēreと give との間に横たわる意味の対立（対意）についても説明が可能であり，意味の連続性も確認できる．すなわち，-ēreはラテン語の第二変化動詞の語尾であるが，これに属する動詞

は状態の意味を表すことが多い．たとえば，jacere「投げる」に対してjacēreは「投げられた状態にある」つまり「横たわる」と解される．従って，habēreの原義は「与えられている」で，そこから「所有する」の意が生じたと考えることも十分可能である．また，「与える」と「取る，持つ」がある一つの語において対意の関係をなすことは，ギリシャ語（以下 Gk と略）のnémeinが「配分する」と同時に，後期では「所有する」の意をもつことからも，あるいは Shakespeare の次の例における give (=take) からも窺えるであろう．

> So be my grave my peace, as here I give
> Her father's heart from her! (*King Lear* 1.2. 125f.)

ここでは give . . . from her は「コーディリアから取り上げて，二人の姉娘に与える」ところから，give に「取り上げる」の意が生じたと考えることができよう．

　このように，表面上の不一致の背後に蔽された連続性の関係 (cow-beef)，表面上の類似の下に蔽された不整合性の関係 (have-habēre) を明らかにすることは，語源研究の重要な課題の一つである．

　語源研究の過程で，音韻・形態・意味の三つのレベルにおいて，もしその中の一つのレベルについてでもその連続性に問題がある場合——たとえば意味のレベル，すなわち意味変化の上で何らかの不整合がある場合には，他の二つのレベルである音韻と形態について改めて検討を加え，意味の連続性に対して，より整合性をもって説明できる語源説を求めなければならない．その一つの好例は，torrent の語源に対する O. Szemerényi (1962) の新解釈[1]である．手元にある語源辞典ではいずれも大同小異であり，L torrēre「乾し上らす，焦がす」の現在分詞の名詞化としている．これは音形上はまったく問題はないが，意味関係はどうであろうか．C. T. Onions (1966)[2] が推定する意味の推移 scorching→boiling→roaring→rushing は「水勢で水が湧きかえる」(cf. 'たき'，'たぎつせ') を「煮えたつ」に準えたとみれば，一見無理がなさそうだが，仔細に見ると問題がある．すなわち，torrēreは「乾し上がらせる，焦がす，焙る」であって，「湧きたたせる」の意味は立証されない．しかし，「乾し上がらせる川」というのは無意味であり，またラテン語では通例能動分詞が受動的意味をもつことはないから「乾し上がらされた（乾し上がった）川」という解釈も不可能である．従っ

て torrent の語源を L torrēreの現在分詞に求めることには意味上の難点がある．事実，*Oxford Latin Dictionary* (1982)でも，torrēns「奔流」について「torreo からの意味の推移は明らかではない」としている．そこで我々は他の可能性を考えてみなければならない．Szemerényi の指摘するように，torrēreの -rr- は同語根の英語 thirst からも窺えるとおり，本来 -rs- の同化によるものだが，-rr- はまた -nr- の同化からも生じうる．従って，tor-rens<*ton(e)rēnsと考えることも可能である．そして，*ton(e)rēnsは*tonerēreの現在分詞に由来する形容詞であり，この*tonerēreを *tonāre「（雷鳴が）轟く」の派生語 (*toneros「雷鳴」) に由来すると想定するならば，torrent は「雷鳴のように轟然と音を立てて逆まき流れる奔流」を表わしたものと解釈できるであろう．

さらに，語根の意味を推定するに当っては，用いうる最古の文献資料について文献学的に厳密な分析と慎重な解釈を加えることを忽せにしてはならない．古期英語（以下 OE と略）のfēoh (> ModE fee)，L pecū，サンスクリット語（以下 Skt と略）のpaśu-などの共通の語根 IE *peku-をIE *pek(t)-「引き抜く，梳く」と関係づけ，その原義を「毛を苅り取られたもの──緬羊」とする通説に対して，E. Benveniste (1969)[3]が提唱した新説は，そのよい一例となるであろう．Benveniste は通説とは逆に，一般的な広い意味「私有の動産・財産」を原義に措定し，これがある言語では特殊化して「家畜」さらに「羊」を表わすようになったとし，*peku-と*pek(t)-の一見自明とみえる語源的関係を否定する．Benveniste 説の説得力は，Rig Veda を始めとする印欧諸言語の最古の文献に見られるデータの綿密な再解釈に基づいている点にある．Benveniste 説は C. Watkins (1969)[4] らの支持もあり，筆者もこれを有力と考えているが，異論の余地のあることも附言しておくべきであろう．[5]

さて，語源研究の著しい発展にもかかわらず，英語を始め印欧語族の諸言語においても語源不詳の語は少なくない．たとえば，P. Chantraine のギリシア語語源辞典（1968-80）[6]に収録された全語彙のうち，52％は語源不詳とされている．しかし，語源研究は，明白な，蓋然性の高い領域に止まることに甘んずることなく，推測性の加わる，その意味で危険性の伴う領域にもあえて進む──慎重に進む姿勢と努力をもつべきではないかと考える．しばしば逆説的に「ある語について語源不詳であることを明らかにするのが語源学」といわれることがあるが，我々は「語源不詳」と切り捨てる

前に，多少とも可能性のある説がある場合には，問題点を明示した上で，それらの説あるいは仮説を紹介し，その語の語源についてのこれまでの研究の跡を示すべきではないかと考える．『英語源辞典』(1997)[7] において，我々はその実践を試みたつもりである．その意味では，*American Heritage Dictionary* 第3版(1992)[4]における Watkins の IE語根表の改訂には聊か不満を抱かざるをえない．印欧語根まで遡らない推定語根を含め，*AHD* 初版 (1969) で1,403 の語根を収録し，これを改訂した Watkins 編の単行本 (1985) では1,414 を数えたのが，第3版では一挙に594 語根に減少している．このことは，初版の約60%の語根が削除されたことを意味する．旧版で，印欧語根まで遡らないものや，'possibly'などの但し書をつけたものを始め，再検討の結果，疑わしい語根は削除したものと推測される．たしかに，これは慎重な改訂といえようが，対応あるいは意味の関係に問題があるとして，提案されていた基語の語根をこのように大幅に削除してしまうことは，語源遡源の糸をも断ち切ってしまうことにならないであろうか．隣接しない三つの言語の間に対応が認められれば，一応語根を措定するという，従来の考え方に甘い嫌いはあるにしても，である．我々の『英語語源辞典』では Watkins が削除した語根についても，然るべき検討を加えた上で，疑問符をつけて挙げる方針をとった．

　ここで，最近一読する機会をもった，鈴木孝夫氏のギリシャ語 φάλλαινα の語源に関する論攷(1989, 1998)[8] について考えてみたい．この論攷の中で同氏は「ことばの研究者は一般に言語の問題を言語の中だけで解決しようとする傾向を強く持つために，しばしば袋小路に陥ったり，見当違いの結論に到達することがある」と指摘している．そして，言語から目を離し，実物の形態と生態を見ることによって，鯨を意味する φάλλαινα と蛾を意味する φάλλαινα は同音異義語ではなく，φάλλαινα は本来蛾を表わす語であり，それが蛾の形を思わせる鯨の尾さばき (tailing) の状態と連想されて転用されたものと論じている．従来気づかれなかった意味の関係——それ故に同音異義語とされることの多かった意味の関係を，蛾の形とtailingの状態の鯨の尾の形との明白な類似に求めた考察は興味深いものがある．しかし，この論攷には，氏自身も認めているように，文献学的考証が欠けていることを指摘しなければならない．

　文献学的・語源学的問題としては，まず(1) φάλλαινα の二つの意味「鯨」と「蛾」の文献における初出年代を調べなければならない．（ただし，初出

年代の確認には少なからぬ困難が伴い，またこれを絶対視できないことはいうまでもない。)「鯨」の意味は紀元前4世紀のアリストテレスに見出されるが，「蛾」の例はこれより2世紀ほど遅いようである. (2) φάλλαιναは，形態論的にはφάλλη「鯨，蛾」からλύκος→λύκαια「雌狼」などに倣って造語された可能性も考えられる．しかし，文献上はφάλληの方がφάλλαιναより遅いようである．Liddell & Scott (1940)[9] では，φάλληは「鯨」では紀元前3世紀，「蛾」では紀元5世紀ごろの例が挙げられている．(3) φάλληあるいはφάλλαιναの語根として IE *bhel- 'to blow, swell' (Watkins) を想定するならば，原義は「高く潮を吹くもの」あるいは「太く伸脹したもの」（cf. φαλλός 'penis'）が一応想定でき，意味の変化としては，鈴木氏が否定する"水中動物名→陸上動物名"の転義，すなわち「鯨」→「蛾」の変化の可能性も無視できなくなるであろう．ちなみに，地中海にはマッコウクジラやイルカなど10数種類の鯨類が生息するといわれる．現代と古代との動物の生息域は異なるとしても，ギリシャ神話などにイルカ類が神の化身として現われることを考えると，鯨は早い時期——少なくもギリシャ人が地中海に進出・移動してきた頃から，ギリシャ人の日常生活の近辺で関わりをもち，従ってこれを表わす語も早くから生じていたのではないか．またこの際，鯨・イルカなどの海の巨獣・大魚を表わすギリシャ語 κῆτος (L cētus) についても，文献学的・語源学的考証を加える必要があろう．(4) イリュリア語を通じて Gk φάλλαινα から借入されたと考えられる L ballaena（英語の baleen「鯨（のひげ）」）には「鯨」の意味しかない．(なお，この場合 Gk ph : L b の音韻対応はとくに支障がないであろう.)

要するに，意識の内的・潜在的関係を手掛りとした鈴木説は甚だ魅力的であるが，その論証には以上のような語源学的あるいは文献学的問題を検討・解決し，supporting data を加えることが要請される．すなわち，創造的語源論は，文献学的語源研究の支えがない場合には，一つの仮説に終わってしまう恐れのあることも忘れてはならないと思う．

最後に，我々の『英語語源辞典』の特色を数えるならば，次の6点を指摘することができよう．

1) 可能な限り基語にさかのぼる遡源的語源 (origin etymology) と英語史の中で語の発達を跡づける語史的語源 (history-of-word's etymology) の両面について均衡のとれた記述を試みた．
2) 印欧基語，ゲルマン基語，セム語について，それぞれの分野を専門と

される風間喜代三 (IE),橋本郁雄・飯嶋一泰 (Gmc),松田伊作 (Sem.) の四教授を煩わして綿密な校閲を受け,それぞれの標準的専門辞典にそのまま依拠するのではなく,独自の検討を加えることができた.
3) 語義別に,英語文献上最初に用いられた,いわゆる初出年代を,OED 第二版のほか MED (1952-), R. W. Bailey (1978), J. Schäfer (1989), R. K. Barnhart (1988) や各種新語辞典その他によって正確を期して記載した.(たとえば, *loop* (v.) 1832 は MED により *a* 1400 に, *foulmouthed* 1596-97 Shak. 1H4 は Bailey により 1470 に, wadi 1839 は Schäfer により 1615 のように,従来認められてきた OED の初出年代を大巾に改めた例が少なくない.)
4) 英語の語彙表現に大きな影響を与えた Shakespeare と Authorized Version (略 AV: 1611) を重視し,前者の使用語彙約3万語のうち特殊なものを除いた大部分の語,後者の6,568語のほとんどを収録し,随時文例を引用してその用法を明らかにした.また古語・廃語でも,英語史的にあるいは文学的に重要なものは採録するようにした.
5) 中期英語に初出の語について,基本的・日常的な語には古期英語の相当語を与え,語彙の交替を明らかにした.(Jane Roberts と Christian Kay の好意により,その編著 *A Thesaurus of Old English* (1995)の校正刷を早い時期に利用する便宜を与えられたのは幸いであった.)
6) 附録として,利用者の便宜を考え,印欧・ゲルマン比較言語学や英語語源学・英語音韻史の概略をまとめた「語源学解説」と,現代英語の単語とそのもとになった印欧基語との関係を示す「印欧語根表」,および英国の多数の地名(その一部は人名となっている)の語源を明らかにする「英国の地名要素」を加え,内容の充実と検索の便を図った.

　上記の特色のうち,(2) で指摘した点について一言のべておきたい.このように印欧語,ゲルマン語,セム語の専門家の協力をえたことによって,従来の英語語源辞典に見られた不備の一面を,ある程度補正することができたのではないかと思う.(種々の事情で,フランス語・ロマンス語の専門家の校閲をえられなかったのは遺憾であった.)　たとえば,Onions の語源辞典 (1966) における印欧基語レベルの記述は,ゲルマン語レベルに比べ見劣りがする.また Klein の語源辞典 (1966-67) [9]では,Klein がユダヤ系ラビであるが故に,セム語関係の記述は信頼性が高いかと予想していたが,実際には多くの誤りがあり,通俗語源を安易に踏襲している場合が少なく

寺澤　芳雄

ないことが明らかとなった.

　一例として，三つの語源辞典における Adam と Adam's apple の記述を対比してみたい.

Adam n. **1** 《OE》【聖書】アダム. **2**《?c1200 *Ormulum*》男性名. **3**《*a*1569》(人間が生まれながらにもつ) 罪深さ. Cf. Shak. *H5* 1.1.29. ◆ ME *Adam* □LL□Gk *Adhám*□Heb. *Ādhā́m* (原義) man '-d-m red. ◇原義は「赤い肌をした者」か. *adhāmāʰ* the ground からの派生とみなす (cf. Gen. 2.7) のは通俗語源かといわれる. Adam's apple 「のどぼとけ」は Johnson (1755) から. この句の成立には二つの俗説がからんでいる. まず, Gen. 2-3 の「禁断の木の実」をリンゴとするのは, ラテン語で *mālum*=*mālus* apple が *malus* evil と同形であるために作られた俗説. これに基づき, そのリンゴがアダムののどにつかえたためのどぼとけができたとするもう一つの俗説が生じた. したがって Klein の説などとは逆に, 「のどぼとけ；アダムのリンゴ」を意味する Heb. *tappúaḥ ādhā́m* の方が中世の伝説を反映した Adam's apple をなぞったものと考えるべきであろう (*tappúaḥ* の原義は apple(-tree)). (『英語語源辞典』)

Adam, n., name of the first man (*Bible*); in a figurative sense it is used to denote 'human nature, frailty'. — Heb. *Ādhā́m*, lit. 'man', usually with the def. art., *hā-ādā́m*, 'the man', prop. 'the one formed from *ădhāmā́ʰ* (i.e. the ground)'. See Gen. 2:7, 'The Lord God formed man of dust from the ground'. For the connection between Heb. *ădhāmā́ʰ* 'ground, earth', and *ādā́m*, 'man', cp. L. *homō*, 'man', *humānus*, 'human', which are rel. to *humus*, 'earth, ground, soil', and Gk. ἐπιχθόνιοι, 'earthly ones', men, fr. χθών, 'earth'. Derivatives: *Adam-ic*, *Adam-ic-al*, adjs., *Adam-ic-al-ly*, adv., *Adam-ite*, n., *Adam-it-ism*, n., *Adam-it-ic*, *Adam-it-ic-al*, adjs.

Adam's apple, the thyroid cartilage. — A name due to the inexact translation of Heb. *tappūaḥ hāādhā́m*, lit. 'man's projection (in the neck)', fr. *tappūaḥ*, 'anything swollen or protruding; apple', from the base of *tāpháh*, 'it swelled'. The rendering of this Hebrew term by 'Adam's apple' is due to two popular beliefs: 1) that the forbidden fruit eaten by Adam was an apple; 2) that a piece of this apple stuck in Adam's throat. (Klein, Ernest. 1966-67. *A Comprehensive Etymological Dictionary of the English Language*)

Adam æːdəm, name of the first man (Gen. ii), Heb. *ādām*; *the Old Adam* (cf. *the old man* of Rom. vi 6,etc.),also formerly simply *Adam* (XVI),unregenerate nature; *Adam's ale* water (XVII); *Adam's apple* (i) applied to various plants (XVI); (ii) cartilaginous projection in the throat (XVIII); after modL. *pomum Adami*, tr. Heb. *tappūach há'ādām*; cf. Da. *Adamsæble*, G. *Adamsapfel*, F. *pomme d' Adam*. (Onions, C. T. 1966. *The Oxford Dictionary of English Etymology*)

　まず Adam の語源については，我々は*adhāmáʰ*「土」から造られたが故に，*ādhám*「人」と呼ぶという「創世記」2章7節の解釈を通俗語源とし，*ādhām*を*ādhóm*「赤い」からの派生語とする（最近の）説，すなわち原義を「赤黒い肌をしたもの（赤児）」とする解釈を採用した．たとえ何等かの根拠に基づいて*adhāmáʰ*との語源的関係を認める伝統的解釈をとるとしても，Klein がここで他の語源説の可能性にまったく言及していないのは不可解と言わざるをえない．また，成句 Adam's apple「のどぼとけ」についても，我々の辞典に記したとおり，Klein 説はまさにヘブライ語の問題として認め難いと考える．Onions はいずれの場合も簡潔ではあるが不十分で，セム語学の成果をふまえているとは考え難い．

　以上先行の英語語源辞典について批判的な意見をのべたが，辞典編纂に当り，これらの語源辞典を始め，印欧語・ゲルマン語・ロマンス語その他の各種語源辞典に負うところ多大であったことは，言うまでもない．そして，我々の『英語語源辞典』に多くの不備があることも，編者である筆者が最も良く承知しているところである．もしこの辞典に対する desiderata をただ一つ挙げるとすれば，それは各項目内での参考文献指示の不備を補うことであろう．少なくも主要な，あるいは語源的に問題のある語については，それぞれの見出し語の項目に，従来の語源研究の主要なリストを附記すべきであったと思う．つまり，辞典に採用した語源説がどの学者によるものかを示すと共に，語源不詳の場合にも，従来の比較的有力な説を示す研究文献の具体的指示を行うことである．たとえば，我々が F. Robinson と共に主張する girl の語源[10]は，1878年出版の Edward Müller の英語語源辞典（第2版）[11] にすでに言及されているにもかかわらず，その後ほとんどの学者に気づかれずに終わっている．このことは，我々の研究において"古い"説もまったく価値なしとして，無視あるいは葬り去ってはならないことを暗示するものではないであろうか．我々は学術誌などに不定期に掲載される語源研究にも注目して，カード化を一時試みたけれども，これを有意味に実現するための時間とスペースがないことが分かり，結局割愛せざるをえなかった．もし本格的改訂が可能になった場合には，このよう

な研究文献指示を何らかの形で実現したいと考えている．

注（出典書目）

[1] Oswald Szemerényi, "Principles of Etymological Research in the Indo-European Languages", *Innsbrucker Beitäge zur Kulturwissenschaft*, Sonderhaft 15 (1962), pp. 175-212.

[2] C.T. Onions (ed.), *The Oxford Dictionary of English Etymology*. Oxford U.P. 1966.

[3] Émile Benveniste, *Le vocabulaire des institutions indo-européennes*. II (Éditions de Minuit, 1969), pp. 47 ff.

[4] William Morris (ed.), *The American Heritage Dictionary of the English Language*. Houghton Mifflin. 1969, 1992^3 [Includes an appendix, 'Indo-European roots' by Calvert Watkins]
Calvert Watkins, *The American Heritage Dictionary of Indo-European Roots*. Houghton Mifflin. 1985.

[5] 風間喜代三『言葉の生活誌：インド・ヨーロッパ文化の原像へ』(平凡社, 1987), pp. 119f.

[6] Pierre Chantraine (ed.), *Dictionnaire étymologique de la langue grecque. Histoire des mots*. Klincksieck. 1968-80.

[7] 寺澤芳雄（編）『英語語源辞典』研究社．1997．

[8] 鈴木孝夫『言語文化ノート』大修館書店．1998．

[9] Ernest Klein (ed.), *A Comprehensive Etymological Dictionary of the English Language, dealing with the origin of words and their sense development*. Elsevier. 1966-7.

[10] Fred Robinson, "European Clothing Names and the Etymology of *Girl*", *Studies in Historical Linguistics in Honor of G. S. Lane*, ed. W. W. Arndt et al. (N. Carolina, 1967), pp. 233-39.
Yoshio Terasawa, "Some Etymological and Semasiological Notes on *Girl*", *Anglo-Saxonica* (H. Schabram Festschrift: W. Fink, 1993) , pp. 233-39.

[11] Edward Müller (ed.), *Etymologisches Wörterbuch der englischen Sprache*. Cöthen: P. Schettler. 1865^1, 1878-79^2.

スペンサーにおける「新しいエルサレム」
——『妖精の女王』第一巻をめぐって——

根 本　　泉

はじめに

　スペンサーの『妖精の女王』 The Faerie Queene 第一巻（1590）は，「神聖」（"Holinesse"）を表す赤十字の騎士（the Redcrosse Knight）が，連れのユーナ姫（Una）の両親を脅かす竜を退治する物語が，その骨子となっている．しかし，騎士は，竜と戦うまでに様々な試練を経なければならない．すなわち，アーキマーゴーとデュエッサの誘惑，巨人オーゴーリオーの攻撃，＜絶望＞（ディスペア）との苦しい戦い，等々である．この段階で，騎士は既に「衰弱して」（I. x. 2）おり，なおこの上，竜と戦う余力を持ち合わせてはいなかった．そこで，ユーナ姫は，元気を回復させるために，彼を「神聖の館」（"house of Holinesse"）へ連れて行く．

　第十篇において語られるこの「神聖の館」の挿話の最後に，＜瞑想＞（コンテンプレイション）という名の年老いた聖人が，赤十字の騎士を山の頂へと案内し，そこから「新しいエルサレム」（"the new Hierusalem" I. x. 57）を見せるという，非常にヴィジュアルな印象深い場面がある．この「新しいエルサレム」が，新約聖書の「ヨハネの黙示録」（以下「黙示録」と略す）から取られた言葉であることは，明らかであろう．[1] この言葉は，キリスト教徒の「新天新地に対する憧憬」を表している．[2]

　ここで二つの疑問が起こる．第一に，スペンサーは聖書からのみ，このような着想を得たのであろうか，ということである．聖書以外に，より直接的に，彼にこのような着想を促すものはなかったのか．第二に，『妖精の女王』第一巻全体の中で，この場面はどのように位置付けられるのか，と

の疑問である.
　本小論では，この二点について検討を加えてみたい.

I 「新しいエルサレム」

　ハンキンズも述べているように，『妖精の女王』第一巻に「黙示録」のイメージが非常に多く用いられていることは，つとに指摘されてきたところである.[3] その一つに，先ず，赤十字の騎士が倒す竜をあげることができる. 竜は，「黙示録」ではサタンと同一のものとして，12章以下に登場する. また，第七篇16-18連に見られる，魔女デュエッサおよび彼女が乗る獣は，「黙示録」第17章3,4節に描かれる「大淫婦と赤い獣」の記事に基づいている.[4] そして，先に触れた「新しいエルサレム」は，救われた人々が神と共に住む都を表すものとして，「黙示録」第21章1節-第22章5節に，その様子が詳しく述べられている. ここでは，特に，「新しいエルサレム」について語られる『妖精の女王』第一巻第十篇55-63連について考察してみたい.
　＜瞑想＞(コンテンプレイション)が，赤十字の騎士に，山の上から「新しいエルサレム」を見せるのは，騎士が「神聖の館」で，老女シーリアたちの教えと癒しによって元気を取り戻し，自らを律して生きることを学んだ後のことである.（「神聖の館」については，第三節で再び触れる.）ここでは，「新しいエルサレム」は，険しく長い小道の先にある「美しい都」("a goodly Citie" I. x. 55) として，次のように描写されている.

> Whose wals and towres were builded high and strong
> Of perle and precious stone, that earthly tong
> Cannot describe, nor wit of man can tell;
> Too high a ditty for my simple song;
> The Citie of the great king hight it well,
> Wherein eternall peace and happinesse doth dwell.

> その町の城壁と塔は真珠や宝石で
> 高く強く築いてあり，
> そのさまは筆舌に尽くし難く，人知で語ることもできず，
> 私のつたない歌には余りにも壮大な主題である.
> 大王の町とはよくも名づけたもので，
> そこには永遠の平和と幸福が住んでいる.　　　　(I. x. 55)

「黙示録」第21章12-21節では，都の城壁，門，土台石，大通り等の規模，

それに用いられている宝石について詳しく述べられているのに対し、ここでの描写はかなり簡潔である。
　次に、＜瞑想＞が騎士に、この都について説明する箇所を見てみよう。

> Fair knight (quoth he) *Hierusalem* that is,
> 　The new *Hierusalem*, that God has built
> 　For those to dwell in, that are chosen his,
> 　His chosen people purg'd from sinfull guilt,
> 　With pretious bloud, which cruelly was spilt
> 　On cursed tree, of that vnspotted lam,
> 　That for the sinnes of all the world was kilt:
> 　Now are they Saints all in that Citie sam,
> More deare vnto their God, then younglings to their dam.

>「騎士殿（と老人）、あれはエルサレムの町、
> 　選ばれた人々が住むようにと
> 　神が造り給うた新しいエルサレム。
> 　神に選ばれた人々とは、
> 　貴い血で、汚れた罪を清められた人々。
> 　その血とは、全世界の罪のために殺され給うた
> 　無垢の子羊の体から、呪われた木に酷くも流されたもの。
> 　今では、みな聖徒となってあの町に共に住み、
> 神にとって、母にとっての幼児以上に大事な人たちです。」
>
> 　　　　　　　　　　　　　　　　　　　　　　　　（I. x. 57）

　この連で注目すべきことは、「新しいエルサレム」の住人は「神に選ばれた人々」であり、「無垢の子羊」の体から流された血によって「汚れた罪を清められた人々」である、と述べられている点である。「無垢の子羊」は、イエス・キリストを指していると考えられる。ここでは、イエスによって与えられた救いが強調されている。この救いの問題には後に触れる。
　騎士は、この世のものを遥かに凌ぐ、その都の美しさに魅せられる。＜瞑想＞は騎士に、竜を退治した後には、この「エルサレム」に向けて巡礼の旅をすることを勧める。そして、騎士が、「エルサレム」では武功も婦人の愛も捨てねばならないのかと尋ねると、彼は、そこは戦いのない平和な都で武具は必要ないこと、また、この世の愛は空しいものであることを語る。
　これに対し、騎士は次のように願う。

> O let me not (quoth he) then turne againe

> Backe to the world, whose ioyes so fruitlesse are;
> But let me here for aye in peace remaine,
> Or streight way on that last long voyage fare,
> That nothing may my present hope empare.
>
> 「ああ、では（と騎士），喜びがそんなにもはかない
> 世の中に，二度と私を返さないで下さい．
> いつまでもここで平和に暮らすか，
> それとも，何物も今の望みを損なわぬよう，
> すぐに，あの最後の長旅に出立させて下さい．」 (I. x. 63)

　ここで言われている「今の望み」("my present hope") は，これまで様々な誘惑や戦いの中で苦しんだ後，「神聖の館」で心身共に回復した騎士が，「新しいエルサレム」を示されることによって抱いた，救いへの希望を指している，と考えられる．

　しかし，騎士は，今いる所に留まることも，直ちに「エルサレム」を目指して旅立つことも許されず，竜と戦うために再びこの世へと戻らなくてはならない．

　以上，「新しいエルサレム」に焦点を絞り，いくつかの連を見てきた．この作業をとおして，「新しいエルサレム」がどのような文脈の中で語られているか，概観できたことと思う．

　ここで，「はじめに」で提起した，第一の疑問点に帰ってみたい．すなわち，スペンサーに「新しいエルサレム」の着想を与えたものは聖書以外になかったか，との問題である．

　この点について考える場合，以上の考察から得られる手掛りは，騎士が＜瞑想(コンテンプレイション)＞に導かれて「エルサレム」を望み見る場面の，非常に絵画的な描写である．この箇所を読む時，直ぐ心に思い浮かぶ人物がある．それは，スペンサーと同時代人で，オランダの詩人・著述家であるヤン・ヴァン・デル・ノート (Jan van der Noot) である．[5] 彼の著作『享楽的な俗人のための劇場』*A Theatre for Voluptuous Worldlings* (1569)（以下『劇場』と略す）にも，「黙示録」に基づく四つのエンブレムとソネットが収められており，その四番目のものが「新しいエルサレム」を描いている．『妖精の女王』における「新しいエルサレム」の場面は，ヴァン・デル・ノートのこのソネットに添えられたエンブレムを彷彿させる．スペンサーは，ヴァン・デル・ノートから何らかの影響を受けていたのではないか．次節では，この問題を取り上げてみたい．

II ヴァン・デル・ノートのエンブレムとソネット

『劇場』には，ペトラルカのマロによる仏訳からの重訳である六つのエピグラム，デュ・ベレーからの翻訳である十一のソネットと共に，ヴァン・デル・ノート自身の作である，「黙示録」に基づく四つのソネットが収められ，ほぼ全部の詩にエンブレムが添えられている．そして，さらに，これらの詩についての，ヴァン・デル・ノートによる注解が収められている．

ここで注意すべきことは，『劇場』のこれらの詩はすべて，スペンサーがそのフランス語版から英訳したと考えられている点である．[6] もしそうであるとすれば，これらの詩が，その後のスペンサーの思想形成に影響を及ぼしたことは十分考えられるであろう．以下，このことを踏まえて，「黙示録」に基づくソネットを中心に考察してみたい．

第一のソネットは，「黙示録」第13章における「二匹の獣」の記事に基づいており，第二のソネットは，第17，18章の「大淫婦の裁き」を，第三のソネットは第19章の「白馬の騎手」を，そして，最後の第四のソネットは第21，22章の「新しい天と新しい地」および「新しいエルサレム」の記事をもとに書かれている．[7]

ここでは，特に第四のソネットを，詩に添えられた木版画のエンブレムと共に見てみたい．

I saw new Earth, new Heauen, sayde Saint Iohn.
And loe, the sea (quod he) is now no more.
The holy Citie of the Lorde, from hye
Descendeth garnisht as a loued spouse.
A voice then sayde, beholde the bright abode
Of God and men. For he shall be their God,
And all their teares he shall wipe cleane away.
Hir brightnesse greater was than can be founde,
Square was this Citie, and twelue gates it had.
Eche gate was of an orient perfect pearle,
The houses golde, the pauement precious stone.
A liuely streame, more cleere than Christall is,
Ranne through the mid, sprong from triumphant seat.
There growes lifes fruite vnto the Churches good.[8]

「私は新しい地と新しい天を見た」と聖ヨハネは言った．
「そして，見よ，もはや海はない
（と彼は言った．）聖なる神の都が，天から
愛する花嫁のように着飾って下ってくる．
その時，ひとつの声がした．『神と人との
輝く住まいを見よ．なぜなら，神は彼らの神となり，
彼らの涙をすべてぬぐい取ってくださるからである．』
この都の輝きは類い無きものであり，
四角い形で，十二の門があった．
それぞれの門は，ひとつの光り輝く完全な真珠でできており，
家は金で，道は宝石でできていた．
水晶よりも透明な命の川が，
勝利の玉座から湧き出て，中央を流れていた．
そこには，命の木の実がなり，神の民を養っていた．」　　　　（拙訳）

このソネットは，「黙示録」の内容を，ほぼそのまま詩へと移しかえたものである．そして，詩では略されているが，エンブレムでは，「黙示録」第21章9，10節に記されているように，「天使」が「大きな高い山」の上からヨハネに「聖なる都エルサレム」を見せている場面として描いている．第一節の終わりでも述べたように，『妖精の女王』第一巻で＜瞑想(コンテンプレイション)＞が騎士に「新しいエルサレム」を見せる場面の視覚的な描写は，このエンブレムを連想させる．『劇場』の詩を翻訳することで，スペンサーは，「黙示録」に基づく四つの幻，特に「新しいエルサレム」を遥かに望む場面を描くこのソネットとエンブレムの影響を強く受けていたと推測される．

ここで，やはりスペンサーの訳と考えられている，エピグラムおよび残りの十一のソネットにも目を向けておく必要がある．これらは，詩人——ペトラルカおよびデュ・ベレー——が見た数々の幻として語られている．たとえば，一頭の美しい雌鹿が二匹の犬に殺されるという幻．高価な宝を積んだ船が突然の嵐で座礁する幻．ドーリス式の建造物や立派な皇帝の墓が突然の地震，嵐のために倒壊してしまう幻．[9] さらには，泉のほとりで平和に集うニンフたちが，ファウヌスたちによって追い払われる幻，等々．いずれの詩およびそれに添えられたエンブレムも，この世の「無常」(mutability) を描いている．

　これらの詩を「黙示録」に基づく四篇のソネットと比較してみると，実に対照的であることがわかるであろう．すなわち，前者が世の無常を主題としているのに対し，後者は，この世の終末において，キリストのサタンに対する勝利によって到来する，「新しい天と新しい地」(「黙示録」第21章1節) への希望を描いている．[10]

　では，このような，無常と黙示録的なヴィジョンとの対照的な描写は，『妖精の女王』第一巻においても見られるのであろうか．つまり，ヴァン・デル・ノートの第四のソネットおよびエンブレムのみならず，『劇場』における「無常と黙示録的な希望」という大きな枠組みそのものも『妖精の女王』第一巻に影響を及ぼしているのであろうか．この問題は，「はじめに」における第二の疑問，すなわち，赤十字の騎士が「新しいエルサレム」を望み見る場面は，『妖精の女王』第一巻の中でどのように位置付けられるのか，という問題に通じるであろう．以下，この点について考察してみたい．

III　無常と恩恵

　『妖精の女王』第一巻を概観した場合，先ず気付くのは，第一篇から第九篇までを印象付ける「暗さ」と，第十篇に入って感じられる清らかな「明るさ」である．

　赤十字の騎士について言えば，第九篇までの「暗さ」には大きく分けて二つの要因が考えられるであろう．すなわち，ひとつには，＜迷妄＞，巨人オーゴーリオ，アーキマーゴー，デュエッサなど，彼と戦い，また彼を誘惑する外からの悪の力がある．そして，もうひとつは，騎士自身の内側の罪の問題である．騎士は，アーキマーゴーによってだまされ，一時ユーナ姫を捨て，偽ってフィデッサと名乗る魔女デュエッサと行を共にした

のだった．そのような，騎士の人間的な弱さもまた，物語の暗い雰囲気を生み出していると言える．

　この罪の問題との関連で，赤十字の騎士の最も手強い敵は，第九篇に登場する＜絶望(ディスペア)＞であった．彼は，人生の無常とそれに伴う人間の悪，罪について騎士に語る．彼によれば，人生には愛すべき何物もなく，「気まぐれな運命」(I. ix. 44)が常に猛威を振るっている．そして，彼はこれまでの騎士の罪を責め，神の掟は「罪あるものはすべて死なしめよ」，「生きとし生ける者はすべて死すべし」(I. ix. 47)ということなので，自ら進んで死ぬように，と勧める．

　この言葉を聞いて，騎士は自ら犯した醜い罪の行為を思い出し，良心が責められ，魂が地獄の苦しみにさいなまれ，＜絶望(ディスペア)＞の命ずるままに自害しようとする．しかし，ユーナ姫は次のように言って騎士を励まし，彼を難局から救う．

> Come, come away, *fraile, feeble, fleshly* wight,
> 　Ne let vaine words bewitch thy manly hart,
> 　Ne diuelish thoughts dismay thy constant spright.
> 　In *heauenly mercies* hast thou not a part?
> 　Why shouldst thou then despeire, that *chosen* art?
> 　Where iustice growes, there grows eke *greater grace*,
> 　The which doth quench the brond of hellish smart,
> 　And that accurst hand-writing doth deface.
> Arise, Sir knight arise, and leaue this cursed place.

> さあ，出かけるのです，脆く，弱い肉の子，
> 　つまらぬ言葉に雄々しい心を迷わせてはなりません．
> 　悪魔の考えに，堅固な心をたぶらかされてはいけません．
> 　天の恩恵に与っているお方ではありませんか．
> 　選ばれたあなたが，どうして絶望なさるのですか．
> 　正義が育つところには，大いなる神の恩寵も育ち，
> 　それが地獄の苦痛の火を消し，
> 　呪われた判決の証書を塗り消すのです．さあ，立って，
> 騎士様，立って，この忌まわしい場所を去るのです．」(I. ix. 53)
> 　　　　　　　（原文のイタリックおよび訳文の傍点は筆者）

　ユーナ姫は，騎士を「脆く，弱い肉の子」と呼び，その彼が「天の恩恵("heauenly mercies")に与」り「選ばれた」("chosen")者である，と言う．また，姫は「大いなる恩寵」("greater grace")について語る．すなわち，こ

こでは，人間としては弱く，罪深い騎士の「恩寵」による救いが告げられているのである．

　続く第十篇，すなわち「神聖の館」の挿話の「明るさ」も，実は「恩寵」と密接に関わっていると考えられる．『妖精の女王』(1590年)のコンコーダンスによれば，"grace"という語が用いられる頻度は，第一巻中第十篇が最も高く，その中の半分以上は「恩寵」という意味で用いられている．[11]

　赤十字の騎士は，「神聖の館」で疲れた体を十分休めた後，館を治める老女シーリアの娘たちによって教育を受ける中で，「天の恩寵」("heauenly grace" I. x. 21)の完全さを知る．さらに彼は罪を清められ，美徳の規律についての教えを受け，その後，＜慈悲＞(マーシー)という名の老女の案内で，＜瞑想＞(コンテンプレイション)のもとへと導かれる．騎士は，ここで「新しいエルサレム」すなわち「天国」を望み見ることになる．そして，既に，第一節で引用した第十篇57連で見たとおり，この「新しいエルサレム」は「選ばれた("chosen")人々」が住むようにと神が造った都であり，「選ばれた人々」とは，すなわち「罪を清められた人々」であった．

　以上の考察から，『妖精の女王』第一巻においては，人間の力ではなく神の「恩寵」が強調されていることがわかる．[12]そして，第九篇までの「暗さ」が「世の無常」およびその中に生きる人間の「罪」を示しているのとは対照的に，第十篇の「明るさ」には，「恩寵」による救いと希望が表されていると言えるであろう．そして，この希望の頂点に「新しいエルサレム」があると考えられる．赤十字の騎士が「新しいエルサレム」を望み見る箇所は，「恩寵」によって罪から救われた者が，その最終的な到達点を示される場面として位置付けることができよう．

　このような『妖精の女王』第一巻全体の枠組みは，第二節で検討した，ヴァン・デル・ノートの『劇場』における無常と黙示録的なヴィジョンの対照的な描写に共通するものである．この点から考えて，スペンサーは，単にヴァン・デル・ノートの「新しいエルサレム」を描くエンブレムとソネットからだけではなく，『劇場』全体の構成およびそこに込められた思想からも，深い影響を受けていたことが推測されるのである．

おわりに

　本小論では，『妖精の女王』第一巻の，赤十字の騎士が＜瞑想＞(コンテンプレイション)の導きで「新しいエルサレム」を望み見る場面について，第一に，ヴァン・デ

ル・ノートのエンブレムおよびソネットとの関連で考察した．そして，第二に，この場面の，第一巻における世の無常・罪と「恩寵」による救いという大きな枠組みの中での，位置付けについて検討した．この枠組みは，ヴァン・デル・ノートの『劇場』中の詩とエンブレムにおける，無常と黙示録的なヴィジョンという枠組みに共通するものであった．これらのことから，ヴァン・デル・ノートが，スペンサーに思想的に大きな影響を及ぼしていたことが窺われる．

　『妖精の女王』第一巻における「新しいエルサレム」については，作者スペンサーの伝記的背景をも視野に入れた，さらなる検討が求められるであろう．そのような作業をとおして，「新しいエルサレム」に込められた詩人のキリスト教思想の特質が，より明らかになるものと思われるのである．

注

　スペンサーのテクストは，A. C. Hamilton, ed., *The Faerie Queene* (1977; rpt. London and New York: Longman, 1989)による．引用においては，巻，篇，連の順に，(I. ii. 3) のように示し，訳は，和田勇一・福田昇八訳，エドマンド・スペンサー『妖精の女王』(筑摩書房，1994年) を用いた．ただし，一部私訳の箇所もある．

[1] 「新しいエルサレム」という言葉は，「黙示録」第3章12節および第21章2節に見られる．また，スペンサーが用いている"Hierusalem"という綴りは，『主教聖書』*The Bishops' Bible* (1568)に見られる．*The Bishops' Bible, A Facsimile of the 1568 Edition*, introd. Bin Hamajima (Tokyo: elpis, 1998)の該等箇所を参照．なお，本稿においては，聖書からの引用は新共同訳（日本聖書協会，1987年）による．

[2] 黒崎幸吉『註解　新約聖書　ヨハネ黙示録・ヨハネ書簡』（立花書房，1985年）143ページを参照．

[3] John E. Hankins, "Spenser and the Revelation of St. John," *PMLA* 60 (1945): 364.

[4] Hamilton, *Faerie Queene* 99における第七篇16, 17連の注，および和田・福田訳106ページにおける第七篇16連の注を参照．

[5] ヤン・ヴァン・デル・ノートは，生年1538年または39年，没年が1596年から1601年の間とされている．A. C. Hamilton et al., eds., *The Spenser Encyclopedia* (1990; rpt. Toronto and Buffalo: U of Toronto P; London: Routledge, 1992), s.v. "Noot, Jan van der." なお，以前に，『妖精の女王』第二巻の「至福の館」の挿話との関連で，ヴァン・デル・ノートのスペンサーへの影響について述べたことがある．拙論「Spenserにおける『ピューリタン的熱狂』の問題——*The Faerie Queene*,『至福の

館』の挿話を中心に——」，東北学院大学大学院文学研究科『東北』第27号（1993年1月）：11ページ以下を参照．

6 Hamilton, *Spenser Encyclopedia*, s.v. "*A Theatre for Worldlings.*" なお，エピグラムおよびソネットのスペンサーによる翻訳については，前記拙論（注5参照）11ページでも触れている．

7 これら四つのソネットの「黙示録」における関連箇所についての詳細は，Edwin Greenlaw et al., eds., *The Works of Edmund Spenser: A Variorum Edition*, vol. 8 (Baltimore: Johns Hopkins P, 1958) 279の編者による注を参照．

8 Jan van der Noot, *A Theatre for Voluptuous Worldlings*, introd. Louis S. Friedland (1569; rpt. New York: Scholars' Facsimiles & Reprints, 1977)から引用した．

9 ソネットの中，建物等の倒壊を描いているものについては，前記拙論（注5参照）12-16ページで，偶像破壊のイメージとの関連で論じた．

10 後者の四篇のソネットの「黙示録」における関連箇所についての解釈は，黒崎氏の注解（注2参照）を参考にした．なお，壱岐泰彦氏は，『劇場』にこれらの対照的な詩が収められていることについて，「世の無常を嘆く詩と，神の永遠なる世界へ導く終末のヴィジョンとが同時に収められていることは，スペンサーの心中で絶えず相克していた二つの態度に照応していて興味深い」と述べている．壱岐泰彦「スペンサーにおける無常」，『東北大学教養部紀要』第57号（1991年12月）：207ページ．

11 Hiroshi Yamashita et al., eds., *A Comprehensive Concordance to* The Faerie Qveene *1590* (Tokyo: Kenyusha, 1990), s.v. "grace."

12 『妖精の女王』第一巻における「恩寵」の重要性については，John Watkins, *The Specter of Dido: Spenser and Virgilian Epic* (New Haven and London: Yale UP, 1995) 90-112を参照．

フルク・グレヴィルの
『名声と名誉に関する論究』

志子田　光　雄

I

ウイリアム・ハズリット（William Hazlitt, 1778-1830）は『会いたかった人物について』（*Of Persons One Would Wish to Have Seen*）（1826）のなかで，ハズリットと交友のあったチャールズ・ラム（Charles Lamb, 1775-1834）が，「アパートの廊下で，ナイトガウンとスリッパ姿で出会ったとしても最高にうれしいと思える作家」として，フルク・グレヴィル（Fulke Greville, 1st Baron Brooke, 1554-1628）とトーマス・ブラウン卿（Sir Thomas Brown, 1605-82）を挙げて，次のように言った，と述べている。

'The reason why I pitch upon these two authors is, that their writings are riddles, and they themselves the most mysterious of personages. They resemble the soothsayers of old, who dealt in dark hints and doubtful oracles; and I should like to ask them the meaning of what no mortal but themselves, I should suppose, can fathom.... As to Fulke Greville, he is like nothing but one of his own "Prologues spoken by the ghost of an old king of Ormus," a truly formidable and inviting personage: his style is apocalyptical, cabalistical, a knot worthy of such an apparition to untie; and for the unravelling a passage or two, I would stand the brunt of an encounter with so portentous a commentator!'[1]

「私が彼らを挙げた理由は，彼らの書き物が謎であり，彼ら自身がきわめて不可解な人柄の持ち主だからである。彼らは，謎めいた暗示と怪しげな神託を弄する古（いにしえ）の予言者だ。私は，彼ら自身以外にはおそらく誰にも窺い知れないように思える意味を，彼らに尋ね

てみたいと思っているのだ ···. フルク・グレヴィルについて言えば, ··· 彼は, 彼自身が書いた [グレヴィルの劇作品『アラーハム』(Alaham)に登場する]「オーマスの老王たちの一人の亡霊によって語られるプロローグ」のようなものに他ならず, 本当に手ごわい, しかも魅力的な人物である. 彼の文体は黙示的, 秘教的で, このような幽霊が解くに相応しい難事である. そのため, 一つ二つの文章を解明するにも, 物々しい解説者と一緒に相手の矛先に立ち向かわなければならないのだ.」

ラムは, さらに『エリザベス朝の劇作家達について』(On the Elizabethan Dramatists) において, グレヴィルについて次のように述べている.

> Whether we look into his plays, or his most passionate love-poems, we shall find all frozen and made rigid with intellect. . . . it requires a study equivalent to the learning of a new language to understand their meaning when they speak. . . . It is as if a being of pure intellect should take upon him to express the emotions of our sensitive natures. There would be all knowledge, but sympathetic expressions would be wanting.[2]

> 彼の劇, あるいは彼のきわめて情熱的な恋愛詩でさえ, 読んでみると, それらがすべて理知でもって凍りつき, 硬直化しているのに気付く ···. 彼らが語るとき, その意味を理解するためには新しい言語を学ぶに等しい努力を要する ···. それは, 感覚的存在の感情を表現するために, あたかも純粋に知的な存在が彼に取り憑いているかのようだ. 知識はあり余るが, 相手を顧慮する表現は欠如していると言えるのだ.

事程左様にフルク・グレヴィルの作品は難解である. 劇, 抒情詩においても, まして "treatie"(sic. =treatise)(「論文」) と銘打った哲学的な詩においては, 古今の思想をふんだんに盛り込んでいるからだというばかりでなく, その用語, 統語もグレヴィル一流のものであるため, 彼の作品の理解はなかなか一筋縄ではゆかない. したがって, 彼の作品のパラフレーズはそのまま解釈と分析の作業とならざるを得ない.『名声と名誉に関する論究』(An Inqvisition vpon Fame and Honovr)[3] も例外ではない. この詩は, 弱強5歩格6行を1連とする86連, 516行からなる詩であるが, その内容もまさに謎解きである. 以下の小論はその解釈の試論に過ぎない.

II

　この論文詩において，グレヴィルは「名声 (fame)」と「名誉 (honour)」を，はっきりと区別せず，互換可能な語として用い，少なくとも表面的にでも卓越した行動をなす人物に対する敬意を示す語として，また同時に他の人をそのような行動に駆り立てる動機となるべきものとしても用いている．[4] 言い換えれば，ある人の名声あるいは名誉とは，名誉や名声の源となるある人の卓越した行動が，他の人にも模倣を促して同様の行動をさせる動機となるようなものである．そのため，グレヴィルにとって，名声と名誉は，当然他の人の尊敬を得られないような悪なる行動と対照をなすものであり，また自尊にのみ依拠して無活動に等しいとグレヴィルがみなしているストア哲学の説く徳とも対立するものである．しかも，他の人の尊敬や自尊と関わりなしに唯一優れた行動を起こし得るキリスト教的徳目とも異なるために，分析に値する重要な主題であるとしている．グレヴィルにとり，名声と名誉は，いわばストイックな無為と「無恥 (shameless)」の行為という両極の中間に位置するものであり，キリスト教的には中程度の堕落の結果であるが，この世的には有用なものであると判断されているのである．したがって，他の人の尊敬を得るのではなく，自尊によって動機づけられたような「名誉ある」行動は厳しく除外されている．

　この詩において，グレヴィルは『学問論』(*Treatie of Humane Learning*)におけると同様の見地から名声と名誉を分析しているが，その推論は異なっている．『学問論』においては最初に信仰とのかかわりにおける永遠の見地から学芸，科学を批判し，しかる後にその有用性を認めているが，この『名声と名誉論』では，同様の攻撃を詩の最後において行っている(30-72)．それは，キリスト教的徳に関する結論的解説と著しい対比を作り出すためである．しかし，この詩の冒頭において，すでにこの結論的批判を予想させる表現は行っている．すなわち，名声と名誉に対する欲求は，「人類の出来損ない（discreation）の名残」(5) [5] であるため，救いとは何らの関わりもありえないとはっきり述べているが，しかし同時に「この栄誉への渇望」(6)は，栄誉をあざけるストア哲学の説く無活動的徳目よりも，また他の人の意見を軽視する無恥の行為よりも，人類のこの世の幸福のためにはるかに有益であると説いている(6-29)．この後，グレヴィルは，行動へ駆り立てる動機としての名誉に反対するストア哲学の論議を用いて名誉を攻撃しているが，すぐストア哲学的見解も永遠の見地からすれば同様

に堕落したものであり，現世的な観点からすればより危険であることを明らかにしている．

III

　もしこの難解な論文詩を，その根底に流れる比喩的構造，すなわちグレヴィルの考える神の現実とそのさまざまな「陰影(shadows)」(86)との関連で分析するならば，その修辞的構造によって作り出される難解さは幾分緩和されるであろう．彼の他の論文詩におけると同様，グレヴィルは人類の歴史と個々人の生涯を，所謂「存在の大いなる鎖 (The Great Chain of Being)」と類似している垂直的構造である存在の「階梯 (ladder)」の上での動きとの関連で描写している．階梯の頂点には唯一の現実である神，その底辺には完全に堕落した存在が位置し，その中間に，神の手の創造になりながらも不確実な人間存在，神の完全性を不完全な様態でさまざまに反映している階層がある．階梯の頂点にある人間の状態を描写するため，グレヴィルは「人間性 (Natures)」なる語を用いている．これは神が人間にその原初において付与した悟性 (understanding) と意志 (will)，ならびに肉体的行動の完全性を具備した状態を意味する．階梯の中間においては，人間の諸機能も行動もともに原初の完全性を失っており，どうにか「人間性」の影を宿しているだけで，いわば「失われた人間性の名目 (*names of Natures lost*)」(27)を保っているだけである．階梯の底辺においては，人間は全く非人間的 (unnatural) であり，「人間性」の名においてその邪悪性を覆うことすらできない．階梯の各段階によって幸福の度合いは異なり，至福から「不福 (unbliss)」(19)までである．人類の堕落の結果，全人類は階梯の中途まで滑落し，次第に，しかも不可避的に，底辺に向かって滑り落ちているというのである．人は「完全と不福の間」(19)に生を受け，上なる完全性をかろうじて悟りつつ，底辺の無へ落下する危険性の警告を絶えず受けている．この階梯の比喩に，グレヴィルはしばしば光のイメージも併せ用いている．すなわち，上なる「真理の光」は「雲間に現れ」(10)ているが，下方は全くの暗黒である．このような状態にあっては，その中間の「慎重を要する薄明の中において (in this *twilight* of Deliberation)」(11)善への上昇を求めることは「ことのほか困難である(too hard)」(19)ことを知るが，同時に

　　　. . . to be nothing to subsistence is

> A fatall, and unnaturing award;
>
> …自存のためになにもせざるは
> 致命的にして人間性に反する報い,   (19)

でもあるのだ.

　この時点では，人の力では「人間性」の回復はまったく不可能なので，神の介入が唯一の救いにつながる．しかし，グレヴィルにとって，この神の介入はすべての人類に対して平等に行われるのではなく，神の選民 (the elect) に対してのみ行われるのである.

　彼は，この救済の手段を，もう一つの階梯，すなわち人間性の階梯とは異なるヤコブの梯子[7]，あるいは「イスラエルの階梯」(77) で説明しようとする．この超自然的階梯を通して，神は「冠を与えるべき」人々に「真の徳」を下し，これらの徳が，選民の魂を，完全なる全的存在である原初の「人間性」に類似する状態である新たな「パラダイス」へと運び上げてくれるというのである．この「新たに作られたパラダイス」は，最初のエデンの園とは異なり，時間の支配する現世的地上にあるのではなく，「人間の心の中」にのみ存在するのである (80)．そのとき選民は神の創造した人類の原型の「純粋な反映」となり，その目は絶えず天に向けられ，堕落した人間性から得られる利得も権力も悦楽も名誉も望まず，ただ神を愛するがゆえに，有徳の行為をなすのみである．この神の創造の計画による人間性の反映としての選民に比すれば，神に見捨てられた者の階梯に占める位置が低くなるのは当然である.

　神に見捨てられた者は「静心なき罪から成れるもの(restless compositions of sin)」であり，微かに見取ることのできる善と自滅への道を進む悪との間での絶え間なき戦いに巻き込まれている．個人においては，混乱した知性（wit）が感情によって支配されている意志と苦闘し，政治においても同様に，

> Rebellion in the members to the head,
> Aduantage in the head, to keepe them vnder,
> The sweet consent of sympathie quite dead,
> Selfenesse euen apt to teare it selfe asunder:

> 長に対する構成員の反逆,
> 長の優位を用いての彼らへの抑圧,
> 共感といううるわしき同意の完全なる消失,

自らをも引き裂きかねない利己主義，　　　　　　(14)

のみがはびこり，その結果，個人においても，国家においても，「同じ有様にて，崩壊の恐れ，自らの存続の転落と不安定を感じる」のみである (12-14)．自らの存在の理由を神の意志への服従にありとすることも出来ず，またその意志もない．しかし，抑制なく自らの欲望に身をゆだねることは無に帰すること必至であると恐れながらも，善への思いと利己追求の混じったものを崇拝の対象とする偶像（idol），すなわちイドラとするのである．このイドラは，「名誉，／知恵，迷信，学問」や，「拘束する法律，／すなわち我らが造り主をないがしろにしたこの世の狂える組織」などのさまざまな形を取り得るのである．このイドラは，どのような形を取ろうとも，二つの性質を共有する．第一は，「欺き」で悪を支配はするものの，「心に教えることなく」，ただ「強いる」だけであること，第二は，すべてが人類の喪失（堕落）による無から現出したように，「すべては次第に無へと戻ってゆき」，人間とその社会が落ちてゆくこと必至の地獄では，その消滅に抗すべき砦はないということである(10-11,15-18)．名誉をイドラとする者は，暗々裡に，絶対的な邪悪性（viciousness）に対する精神的，内的制御は不十分であると認めている．そのため，わずかに残る堕落する以前の名残を強めるために，他の人の意見という「外的助力」，すなわち「人間性の抱く恥への想い」を求めるのである (19, 26)．エデンの園では，神の目から見られることを恥じるという想いのゆえに罪から遠ざかることができた．それと同様に，他の人が高く評価するものを尊重する者は，人々の目に己の恥をさらすことを惧れることにより，過度の悪を思い止どまるのである．しかし，もし恥による悪の抑制が人間の堕落以前の状態を反映しているとするならば，「名誉ある」行為を求める動機，すなわち他の人の目の前で「神 (a god)」になろうとする欲求は，ルシファーとアダム両者の堕落を反映していることになる (33, 34)．なぜなら，名誉への欲求には，アリストテレスの言葉を用いれば，いかに「雅量 (magnanimity)」によって権威づけられようとも，神聖の「超自然的火花」を持つ者にのみ栄光はもたらされるという「自負 (conceit)」による「心の誇り (pride of mind)」という最大の悪は残るからである(38)．これは「愚かな」，しかも「呪われた」想いである．何故なら，人類の堕落の後，人間の行動は，それが「他の人の称賛をかち得たものであっても」すべて堕落にすぎず，善ではなく，単に「偽善によって鍍金された悪」に他ならず(31, 32,

39), 人はもし賢ければ, その行動を「隠そうとし」, その空しさを他の人の詮索の対象にしないように努めるからである (39-41).

IV

　名誉は, 永遠の相から見れば, 人の心を捉えて, やがては滅ぼしてしまう表面を飾った「無 (nothing)」にすぎない (72). すべてのイドラのように, これは堕落した人間性の産物であり, それはさらに堕落をもたらす. しかし時の相から見れば, 名誉は, ストア哲学者たちが名誉を非難するときに用いる「徳」, すなわちそれ自身のためにのみ追求される「徳」というもう一つのイドラよりは, 社会の繁栄と安寧に対して貢献するところがより大であると言わねばならない. 何故ならば, 「栄光への渇望」は, 少なくとも国家を強固ならしめる行為を創出するからである. もし「栄光への渇望」が無いなら,

> ... what Gouernour would spend his dayes,
> In enuious trauell, for the publike good?
> Who would in Bookes, search after dead mens wayes?
> Or in the Warre, what Souldier lose his blood?
> 　Liu'd not this Fame in clouds, kept as a crowne;
> 　Both for the Sword, the Scepter, and the Gowne.

> …どのような政治家が, その民の福利のために
> 嫌々ながらの労苦のうちにその日々を過ごすであろうか?
> 誰が書物の中に死せる人々の生き方を捜し求めるであろうか?
> あるいは戦において血を流す兵士がいるであろうか?
> 　この名誉は雲中にあらず, 王冠のごとくに保たるべきなり,
> 　剣, 笏,［地位を表す］正服のためにも. 　　　　　　　(7)

名誉は曖昧に示されるべきではなく, 王冠が常に王の頭上にあって衆目を引き付けるように, 明らかに示されなければならないというのである.

　さらに, 名誉は, 恥の感覚, すなわち堕落した原初の人間性の名残であり, 邪悪を阻止し, その意味で (堕落のゆえに)「その方法と理由をわきまえないながらも」「真理の城壁となり, その目的を遂行する」(9) 恥の感覚を弱めずに保つのである. この点で, 名誉と名誉が刺激する行為は, ストア哲学の説く「徳」に優るのである. ストア哲学は, 「行為の誇り」を「思想の誇り」でだめにし, 堕落した世界においては「名誉を伴う知性によって」のみ機能する「人間性のもつ恥への恐れ」を無に帰してしまう

のである (20, 21, 26).

> Mans power to make himselfe good, they maintaine;
> Conclude that Fate is gouern'd by the wise;
> Affections they supplant, and not restraine;
> Within our selues, they seat Felicities;
>
> 自らを善ならしめるために人間の力を, 彼らは主張し,
> 運命は賢者によって支配されるものと結論づけている.
> 彼らは熱心な追求を根こそぎにし, 抑制のうちに置こうとしない.
> 彼らは我々自身の内部に至福ありとするのだ. (23)

　カルヴィニストとしてのグレヴィルの視点からすれば, これらの見解は「地獄の偽善」,「頭の中での, 鍍金あるいは彩色された像」,「内は全く汚れているのに／肉体が耐え得ぬ程に純化された観念（イデア）」(18, 20, 22) でしかない. ストア哲学は, 行為の動機と尺度となれる他の人の意見を軽視するが, しかし, 彼らも同様に, 腐敗した「自己」を内的価値の尺度とし, 至福はそこにありとしているのである. 彼らの誇りは, 名誉を追求する者の誇りよりも危険である. したがって, 彼らは「失われた人間性の名目」にすぎない徳を誇り, 本質は有徳ではない「名目」に依拠して, 少なくとも真の徳が作り出す行為に似ている「行為」を信用しないのである. さらに, 個々人を自らの価値の尺度とすることによって, 彼らは「人間の持つ正邪両方の最後のエコー」である公けにされることを恥じる気持によって起こされる抑制をぐらつかせ, 無恥にして自己正当化の悪への道を辿るのである (21, 24, 26-28).

V

　キリスト教の真理という「清澄な流れ」は, 名誉と, それと対立するストア哲学の考えを両方とも同時に運ぶ. しかし, 両方とも「ただ影がもたらす影」にすぎないのである (30, 86). しかし現世的な効用から考えれば, 名誉への欲求によって刺激される行為は国家を「興隆」させるので,「人は良くならず, 国家も成長させない」ストア哲学の「純化された観念」よりも好ましいのである (6, 20, 22).
　グレヴィルは, 名誉を,「過誤の迷宮, 欺瞞の工房, 悲嘆の海に過ぎない」(1) 人生において, 知識や富み, 権力, 快楽, ストイックな徳とともに, この世の迷妄 (illusion) に過ぎないとしながらも, 堕落した人類の生存を

継続させ，行動に駆り立てるこの世の最も有益な刺激のひとつであるとして評価している．名誉に対するこのようないわば ambivalent な姿勢は，1604年から1614年までの間の公職から離れていた時期，特にその後期において彼が経験したと考えられる（Ronald A. Rebholtz の言葉によれば）"conversion (回心)" の結果であると言えるであろう．[8]「ただ主の導きのままに従う」ことができると信じていた(80)[9]グレヴィルは，回心後最初に書かれたと思われる『名声と名誉に関する論究』において，少なくとも『貴婦人への手紙』(*A Letter to an Honorable Lady*) に盛り込まれているような，以前に惹かれていたストイックな思想とは決別し，永遠の相の下に理想を望みながらも，時間の相の下に現実を肯定する姿勢を示しているのである．これは，この時期には公職を離れていたものの，常に英国の将来を背負う意欲を抱いていたグレヴィルのリアリスティックな政治家としての姿勢を示していると言えるであろう．

注

[1] *The Complete Works of William Hazlitt in Twenty-one Volumes*, ed.by P. P. Howe (London and Toronto, J. M. Dent and Sons, Ltd., 1933)Vol. XVII, p.124.

[2] *The Works of Charles Lamb: Poetical and Dramatic Tales, Essays and Criticisms*, ed. by Charles Kent (London: George Routledge and Sons, 1889), p.583.

[3] 本論で用いた *An Inqvisition vpon Fame and Honovr* のテクストは，*Poems and Dramas of Fulke Greville, First Lord Brooke*, edited with Introductions and Notes by Geoffrey Bullough, 2 vols, (New York, Oxford University Press, 1945)による．本文中，同詩からの引用の後の括弧付きの数字は stanza の数字を表す．

[4] Bulloughは，グレヴィルは「名声」と「名誉」の二つをあまりはっきり区別せずに用いていると言いながら，「名声」は死後にまで持続する評価であり，「名誉」は生存中の評価であると示唆している（*Poems and Dramas of Fulke Greville*, i, 64）が，その区別を確認することは容易ではない．むしろグレヴィルは「名声」(fame)の方を好み，韻律上必要がある場合に「名誉」(honour)を用いたと言えるようである．いずれにしても，この論文詩は，名誉の定義よりも機能を説くことに中心をおいており，したがってルネッサンスの名誉観の広範な研究である Curtis Brown Watson の *Shakespeare and the Renaissance Concept of Honor* (Princeton, New Jersey, Princeton University Press, 1960) に言及されているところは少ない．

[5] "discreation" に対して，Grossart は "Perhaps somewhat uncouth, but a word worthy

revival to express the change consequent on the supreme Bible-fact of the Fall." と脚注をつけているが，神の創造の完全性が損なわれた結果を意味するものと推測される． *The Works in Verse and Prose Complete of The Right Honourable Fulke Greville, Lord Brooke for the First Time Collected and Edited: with Memorial-Introduction: Essay critical and elucidatory: and Notes and Facsimiles.* By the Rev. Alexander B. Grossart, St. George's, Blacburn, Lancashire. In four volumes. (Originally Printed for Private Circulation, 1870. AMS Press, Inc. New York, 1966), Vol. 2, 69 note.

6 "unbliss"はグレヴィルの造語．OEDには"Lack of bliss; unhappiness"とあり，唯一この箇所が用例として記載されている．

7 創世記28章10-17節参照．

8 Cf. Ronald A. Rebholz, *The Life of Fulke Greville, First Lord Brooke* (Oxford, 1971), pp. 216-32 et al.

9 Cf. John Calvin, *Institutes*, i.690.

ロマンティック・コメディのゆくえ

境野　直樹

I

　意中の異性を獲得するために，策謀を用いて障壁（主として父権者）を回避する喜劇のプロットを，今仮にロマンスという言葉で考えるならば，シェイクスピア喜劇の多くもロマンス仕立てということになる．『お気に召すまま』のハイメンを想起するまでもなく，策謀（時に略奪でさえある）による混乱を収拾するのは，きまって「機械仕掛けの神」であり，この意味でロマンスの特質としてのリアリティの欠如をそのような喜劇の構成要素とみなすことも可能だろう．だが演劇を観る大衆の趣向が変わり，「いつかどこかで」起こる絵空事ではなく，「いま，ここ」で繰り広げられる日常が演劇の世界に入り込んでくる．いわゆる都市喜劇の時代である．じじつ，ジョンソンを経てミドルトン，ボーモント＆フレッチャーと引き継がれる一連の都市喜劇群においては，市民の富と凋落する貴族の家柄，血筋が，喜劇の主人公たちの欲望の対象そのものとなり，肝心の女性たちは，主人公の欲望の目的から手段へとその地位を追われてゆくようにみえる．とはいえそうした演劇の底辺に，たとえどれほど薄められたとはいえ，あるいは批判的，逆説的であったとはいえ，ロマンス劇の構造があることは見逃されてはならないだろう．都市喜劇がそこに描かれる人間の欲望を，不条理なまでにデフォルメし，笑いのめし風刺することで異化しようとするのにたいして，ロマンスは社会の契約のしがらみ・ルールを情熱的なやり方で乗り越えようとする特権的快楽を，類型化されたプロット，登場人物を用いることによって万民のものとする ── つまり同化する ── ことをめざす．[1] だとしたら，都市喜劇が人間の欲望の「悪ではなく愚かさを」（ジョンソン）暴こうとしたのにたいし，ロマンスはその欲望をなんとか

してリアルに共有しようとしていたことになる。²

　1590年頃の作者不詳の芝居の一節から，時代を超えて受け継がれているロマンスの常套的な主題を確認しよう．

　　　甘美な愛と美徳が祀られている神々しいまでの君の姿に，
　　　この世はおよそ似つかわしくない．
　　　悪い世の中だ．富が愛と美徳にまして尊ばれ，
　　　卑しき目にはほかに豊かに映るものがない．
　　　　　　　　　　　　　　（『麗しのエム』B1v. - B2r）³

ここで賛美されているマンチェスターのしがない粉屋の娘の正体は貴族の娘であることが判明し，喜劇は大団円へといたる．ここでロマンスの障壁として語られるのは，封建制度下の身分の上下ではなく，資本主義的な貧富の差 (riches)であることに注目したい．この芝居が大衆劇場で上演されたことを考慮するならば，（登場人物がじつは皆，変装した貴族たちであるという設定であるがゆえになおさら）動かぬ身分の差ではなく，現実に乗り越えられるかもしれない貧富の差こそがロマンスの成就の可能性として描かれたと考えてみたくもなる．⁴要するにここでロマンスは近代と出会っているのだ．

　近代社会は絶対的で安定した価値を提供することはなく，そこでは最終的な目標を見据えることも出来ぬままに，ひとはとりあえず走り出すほかはない．絶対的な到達点は見えてこないけれども，走りつづけることによって，個人と社会の矛盾との対峙は先送りされ，その結果，人々はつかの間の安定感を獲得するが，この安定感は「言語」と「宗教」によって通約された等質性を標榜する社会での関係性を前提として，相対的に達成されるものにすぎない．この相対性じたいは，第三の通約媒介，すなわち「貨幣」によるさまざまな質的差異の解消によって，つまり金銭的な価値の大小への還元によって支えられている．等質性によって担保される差異．

　あらゆる欲望の可能性を具体化し保証しようとする貨幣は，欲望実現の可能性の蓄積，すなわち資本の蓄積というかたちをとって，人々の欲望をより過激なものに，還元すれば，さらに先を目指して不安に駆り立てられながら突き進む力へと変換してゆく．「宗教（倫理）」による規制をも突破しようとする際限のない欲望は，「言語」を媒介として想起されるや否や，ただちに等質的な「貨幣」によって通約・変換されてゆくのである．ここでは二つのことに注意を喚起しておきたい．ひとつは，本来個々人に固有の体験として生起するはずの欲望が，言語化のプロセスを経て共同体にお

いて普遍化され共有されるのと寸分違わぬしくみで，貨幣によって普遍化され顕在化し，通約されること．もうひとつは，（順序が逆だが）かかる資本主義の動力としての欲望の対象が，そのように通約・矮小化され，誰の目にも明瞭に判別されうる具体的な対象として（言語化／現前化のプロセスを経て）提示されてしまうことである．こうして市場経済は，すべてを貨幣に変換し尽くすことで，未知なる「外部」を消失させる．『テンペスト』においてキャリバンを見たヨーロッパ人は言う．「この怪物をロンドンに持っていって見世物にすれば一財産なのになあ．」「怪物」(monster)は今や，かつての出会いの衝撃・驚異に集約される一瞬の判断の停止，とまどいを経た解釈による占有といったプロセスをまったく経ることなく，その「新奇さ」をただちに貨幣価値へと変換されるのだ．また『ヴェニスの商人』で箱選びに託されるポーシャの運命は，契約とロマンスのせめぎ合う場として読めるだろう．経済の中心，「資本主義」という「物語」の舞台となる大都市では，ひとはそれ以前の世界を支配していた封建的な社会制度から自由になれるという夢を抱く．夢は富と名誉の獲得によって実現される，いや，富と名誉の獲得それ自体が自己目的化した夢そのものとなる．未だ資本家と労働者の対立の構図が明瞭でない状況下では，「大衆」という新しいカテゴリーの夥しい数の流動的な身分・地位の人々にとって，願望充足の物語のモデルは，ときに人口に膾炙したロマンスの世界の主人公たちだったかもしれない．もちろん，ロマンスは絵空事である．しかし同時に，現実世界での願望充足を阻まれた都市生活者にとって，それはフラストレーションの安全弁として機能した可能性もある．フィリップ・シドニーは『詩の弁護』(1579-80)において，「詩は楽しませつつ，教える」というホラティウスの主張を弁護した．[5]これは，詩が嘘によって構成され，ありもしないこと，けしからぬことを読者に吹き込もうとするものだという趣旨の，文芸一般に向けられた攻撃に対する反論である．絵空事の世界であることを承知の上で，観客・読者は，現実には叶えられる見込みのない一幕の願望充足の世界に心をあそばせつつ，自分を取り囲む現実を相対化してゆくのだ．だが，貨幣経済のシステムが富を可視化，流動化することによって勤勉イデオロギーの根拠となり，想像を絶するほど巨大なスケールの「物語－虚構」に成長する事態が出来すると，制度からの逸脱を図るロマンスの主題は，いくつかの点で大衆劇場の観客にとって実現可能な欲望と交差しはじめる．英国ルネサンス喜劇の底流には，資本主義との出会いによっ

て変容するロマンスの姿が，たしかにみてとれるのである．

II

　その生涯をロンドンの歴史の記述にささげたジョン・ストウは，その『ロンドン概観』において，しばしばローマ時代にまでさかのぼりつつ，古典的で安定した，静謐な秩序に満ちた空間を，ノスタルジックなまなざしで描いている．1525年生まれの彼が生きた時代は，中世以来の安定したギルドのシステムが，流動する資本のメカニズムによって崩壊してゆく時代であった．『概観』の語り部フィッツスティーヴンは，古きよきロンドンをこう描写する．

> 教会へ足繁く通って神に仕え，祝日を尊び施しに篤く，旅人をもてなし婚姻を厳かに尊び宴を飾り，葬祭をもひとしく疎かにしない．このような都市は他に類を見ない．
> 　ロンドンの唯一の害悪は，愚かな手合いによって引き起こされる騒乱と頻繁な火災くらいのものだ．
> 　　　　　　　　　　　　　　　　　　　　　　（『概観』, 80-81）[6]

ストウが懸念する，封建制の底辺を形成する貴族の使用人たちと資本制の下支えする徒弟たちによって引き起こされる度重なる騒乱の様子は，そのままトマス・デカーの，『靴屋の休日』(acted 1599, published 1600)に，ホラティウス／シドニーの説くロマンスの効用を反映しつつ，再現されている．靴屋のギルドのリーダー，サイモン・エアは，陽気で寛容，徒弟たちの信望も篤い．また，貴族以上に誇り高い市民や徒弟たちは，自分の主人を，そしてロンドンを守り抜くが，そこに描かれるのは，芝居上演当時の現実である，退屈極まりない労働の日々や，スペインとの戦争の膠着状態とアイルランドへの出征がもたらす景気の低迷，黒死病の再来と空前の農作物不作といった不安，暗さとは対照的な，ストウが喜びそうな，古きよきロンドンの秩序あるギルド社会の様子であるといえよう．じじつデカーの時代，職人の組合はさしたる発展材料にも恵まれず，失業者，浮浪者が増加しており，待遇改善が望めない徒弟たちのフラストレーションは，すでに社会的な脅威となり始めていた．[7] 不満の矛先は，労働と資本の循環から自由でいるようにみえる貴族階級へと向かうだろう．劇の冒頭近く，サイモンの片腕の職人レイフが徴兵され，妻ジェインは取り残される．夫の留守につけこんで美貌の人妻を口説く上流階級の男ハモンの手口に，おそらく

は民間伝承にその原型を持ち，トマス・モアの『リチャード三世史』に描かれ，トマス・ヘイウッド作とも言われる『エドワード四世第1部』にも展開されるジェイン・ショアのエピソードを重ね合わせて見る誘惑を断ち切ることはできまい．[8] 店番をするジェインを口説くハモンの言葉には，身分の差もろとも婚姻のモラルも越えようとするロマンスの暴力的な側面を垣間見ることができる．

 ジェイン
  お探し物はなんでしょう．
 ハモン
  [傍白] 君が売ってはくれないものさ．まあでもやってみよう．
  このハンカチはおいくらかな．
 ジェイン   お安くいたします．
 ハモン
  ではこの袖飾りは．
 ジェイン   それもお安くいたします．
 ハモン   この帯も．
 ジェイン
  お安く．
 ハモン みんな安くしてくれるんだね．では君の手は．
 ジェイン
  私の手は売り物ではございませんのよ．
 ハモン   じゃ，あげるものなのかな．
  でも僕は買うつもりできたんだよ．
 ジェイン   いつになりますやら．
 ハモン
  うつくしいひとよ，ちょっと仕事の手を休めて，遊ぼう．
 ジェイン
  お休みをいただいたら食べていけませんわ．
 ハモン
  遊んだ分は僕が払おう．
 ジェイン
  私が相手じゃ，割に合わない額ですわよ，きっと．
           （『靴屋の休日』12場23-33）

商取引のコンテクストで展開される恋の駆け引きには，軽妙で洒脱な側面がたしかにある．遊戯化された恋愛に誠実さは期待できない．はたせるかなこの直後，戦死者名簿に自分の夫の名前を見せられ，悲嘆に暮れるジェインにたいして執拗に迫るハモンの姿には，ロマンスが持つある種理不尽な強引さが凝縮されている．

ハモン
　　　死んだ者のことは忘れ，生きている者を愛するのだ．
　　　彼の愛はしおれた．僕の愛がどれほど繁茂するか見てくれ．
ジェイン
　　　愛について考えている場合じゃないわ．
ハモン
　　　今こそ愛について考える時だよ．
　　　愛する者が生きていないのだから．
ジェイン
　　　　　　　　　　　　　　たとえ彼が死んでも
　　　私の彼への愛は葬られはしない．
　　　お願いだから，ひとりにして．
ハモン
　　　意気消沈し，嘆く君を捨て置くなんてできっこない．
　　　僕の懇願に答えてくれ．そしたら引き下がりもしよう．
　　　イエスかノーか，言ってくれ．
ジェイン　　　　　　　　　　ノー．
ハモン　　　　　　　　　　　　　　ではさようなら．
　　　一度きりのさよならが何になる．もう一度．
　　　さあ涙に濡れた頬を拭いて．お願いだ，ジェイン，
　　　もう一度，イエスかノーか．
ジェイン　　　　　　　　もう一度言うけど，ノーよ．
　　　もう一度言うわ，去って．じゃなければ私が去るわ．
ハモン
　　　何だと．じゃ強引に迫ろう．この白い手にかけて，
　　　君が冷徹な「ノー」を改めるまで，ここにいよう．
　　　君の頑なな心が―
ジェイン　　　　お願いだからもう黙って．
　　　あなたがいると私の悲しみはますます深いものに．
　　　こうしてあなたがいることがというのではなく，ひたすら
　　　悲しくて一人になりたいだけ．だから手短に
　　　これだけ言うからお別れということにさせてください．
　　　もし万一誰かと結婚するなら，あなたを選びましょう．
ハモン
　　　ああ麗しき声！いとしいジェイン，もうせがむまい．
　　　君の言葉が私を豊かにしてくれた．
ジェイン　　　　死が私を貧しくさせるというのに．
　　　　　　　　　　　　　　（『靴屋の休日』12場101-124）

　結局ジェインの夫は帰還し，ハモンは喜劇の大団円から排除される．つま

り，ハモンの描くロマンスが喜劇的完結に向かうかに見えるこの場そのものが，終幕のより大きなロマンスの完成のために必要な障害として，いわば入れ子細工的に描きこまれているのだ．同じ芝居からもう一例あげよう．貴族の家系に生まれながらも放蕩三昧で親権者から見放されたレイシーは，ドイツ系の靴職人に変装してサイモン・エアの下で他の徒弟たちと働きながら，市長の娘ローズと恋に落ちる．ロマンティックな駆け落ちに経済用語がちりばめられていることに注意したい．

> ああ，きみの完全なる豊かさゆえにどれほどか
> 喜びに満ち足りて，僕は幸せなことだろう！
> だがきみが私の希望に利子を上乗せし，愛に愛を累積し，
> 厚かましい負債者よろしく僕にさらに上乗せさせてくれるなら，
> 今宵，屋敷を抜け出してきてくれ．そして最近どこかの参事の
> 死によってロンドン市長になった，かつての私の親方，エアの家で
> きみのレイシーとおちあうんだ．あそこでなら，運に見放され，
> きみのお父上の怒りと僕の叔父の憎しみが迫り来ようとも
> 僕らは幸福な結婚を実現できるだろう．
>
> （『靴屋の休日』15場9-19）

駆け落ちへのいざないは，いまや利子，累積，負債者などの経済用語で飾り立てられ，障壁としての父権者（貴族）は，きわめて象徴的なことに，ロンドン市長になったサイモン・エアという豊穣・過剰の権化(Lord of misrule)によって，その脅威を排除されることになる．*Deus ex machina*としていきなり国王が現れるのではなく，あくまでも市民の社会における市民の喜劇の完成があり，その秩序を最後に国王が登場して祝福することで市民と国王の結びつきが強化され，結果的に貴族たちが周辺化されるこの芝居は，ロマンスを宮廷から都市に委譲することを要求しているのだ．1600年版の扉には，"As it was acted before the Queenes most excellent Majestie on New-years day at night last..."とあることも勘案すると，この芝居，C.L. バーバーが『シェイクスピアの祝祭喜劇』で論じたモデルにじつによく符合することに気づく．つまりそこに展開されるのは，日常が強いる抑圧的状況と，祝祭による開放，そしてそれを通じての新たな秩序の成立という図式である．ただし，物語の枠組みとなる社会構造が，旧世界的な階級の差と，市民階級の台頭によって表面化した新しい緊張関係という二重の枠組みに支えられていることを考え合わせるとき，カーニヴァル的な豊穣の中心としてのサイモン・エアの周囲に結実する祝祭は，封建的な

秩序を構成するひとびとにとって，かならずしも全面的に心地よいものとはなりえない．劇中の英国王は言う．「ロンドン市長というのは，かくも豪勢なものか」(Scene 19. 1)と．ポール　S．シーヴァーは，ストウによってノスタルジックに描かれた世界をなぞるようなこの劇の設定が，市民の台頭によって相対的に描かれる宮廷批判についての検閲をかわすための偽装である可能性を指摘する．[9] だが，宮廷を批判しつつロマンスを受容する矛盾をどう考えればいいのだろう．

ひとつの答えがフランシス・ボーモントの『燃えるすりこぎの騎士』(1607)に提示されている．舞台上で『ロンドン商人』と題する芝居が上演されると告げられると，自分を馬鹿にするような芝居は許せないとばかり，商人がその妻と共に舞台に這い上がってくる．彼が上演を要求するのは騎士道ロマンスであり，困り果てた舞台監督に対し，商人は自分の使用人を主人公に仕立てるよう強引に迫る．こうして舞台では，『ロンドン商人』と『英国のパルメリン』なる二つのプロットが交互に展開し，商人とその妻は舞台の袖でいちいちコメントをつけるという展開になる．だが一見，水と油の二つのプロットは，じつは交差した構造をもっている．ロンドン商人は自分の娘の結婚相手を決め，使用人が娘に対して思慕の情を持つことを知ると彼を解雇する．使用人と娘は駆け落ちを企てるが，親との和解までは貞節を守ろうとするという展開である．だが，劇中の商人に感情移入してしまっている商人にとって，父親が出し抜かれる駆け落ちのネタは我慢ならず，彼はこの展開にクレームをつける．彼の好みは古風な騎士道ロマンス．ところがこの「英国のパルメリン」，巨人退治の話なのに，随所に「騎士も本職を疎かにして，女を助けるのにうつつを抜かすとは」（1幕1場 214-237）などと現実的，功利主義的コメントが介入する．要するにこの芝居では，一見せめぎあうロマンスと都市喜劇は，それぞれ互いの要素を取り込みつつ交じり合ってしまっている．みずからを貶めかねない都市喜劇に対するこの商人夫婦の嫌悪の奥底には，人間相互の契約によって成立する市民社会に身を置きながらも，娘を失う父親 ── つまりロマンスの枠組みの提供者，傍観者としての役割を押し付けられることの理不尽さへの思いを確かにみてとれる．だがこの芝居には，そうした彼らの悪あがきをも笑い飛ばす，もうひとつ外側の視点が存在する．主人公だろうが悪役だろうが所詮は芝居，目くじら立てても仕方がない ── メリーソートたちによって劇中に導入される当時流行した他愛のないラヴソングの数々が，プ

ロットのほつれを祝祭に向けて解いてゆく．あたかも終幕に向けて，この芝居は歌に呑みこまれてゆくかのごとくである．ロマンスへの敵意もまた，ロマンスの中にしか存在し得ないことを諭すように．

III

　欲望がいつもすでに言語と貨幣によって通約されてしまっているならば，いったいどうやってわたしたちは欲望を（再）分節すればよいというのか．貨幣に変換することが不可能な，つまり市場の原理から開放された欲望の対象などというものを，わたしたちはどうすれば読み取れる/書き込めるというのか．市場はその論理に従わない欲望の流通を許さないだろう．だが貨幣価値に（つまり市場性に）変換不可能な欲望の対象を想起することこそが，じつは「ロマンス的なもの」の希求にほかならない．たとえば，売春に対して共同体が抱く忌避感を想起するまでもなく，性的欲望は結婚という制度的安定をめざすとき，言い換えれば貨幣との変換可能性から遠ければ遠いほど「ロマンティックな」ものに接近する傾向をもつ．『尺には尺を』の男性登場人物たちは，パートナーの持参金の額をめぐって結婚をためらっているが，劇の幕切れにおいてこの経済的事情は，公爵の独断で行使される「ロマンスの正義」，あるいは喜劇の必然とでもいうべきものによって乗り越えられてしまう．ではなぜロマンスは貨幣に変換されることを拒むのか．問の立て方がひょっとすると逆だろうか——つまり，貨幣に変換不能な欲望，さらに言えば貨幣による支配を拒み，貨幣による通約・等質化，制度化を侵犯・越境する欲望そのものに現実を超える可能性を期待しつつ，わたしたちはこれをロマンスと呼ぶことができるのではないか．貨幣経済に象徴される人間同士の契約・制度を侵犯するための装置としてのロマンスは，みずからの物語性・虚構性を武器に，そうした契約・制度そのものの「物語性・虚構性」を照らし出すだろう．だとしたら，革命を経て王制という巨大な権力をもひとつの形式へと回収し，イングランド銀行の設立（1694年）に象徴される経済システムの確立を目前に控えた時代，演劇はロマンスに潜む暴力的なまでの秩序の侵犯と，貨幣を媒介とする市場経済の虚構性・演劇性の双方を，あるいはきわめて鮮明な意識で描いていたのかもしれない．貨幣に通訳できない欲望は，共同体に偏在する宗教によっても，さらに共同体に普遍の言語によっても分節しきれないなにかとして，価値判断・定義を保留されたまま描かれるべきだったの

かもしれない．

IV

　契約によって規定された社会に収まりきれずに暴走するロマンスへの欲望は，近世初期のヨーロッパにおいては，共同体の物的倫理的規範の外側へ，つまり新世界・植民地へとむけて開かれることになる．[10] 『東行きだよ！』(1605)には，放蕩者と詐欺師がテムズ川からヴァージニア植民地をめざすくだりがある．植民地は勤勉を要さずに豊かになれる牧歌的空間として言及される．

>　スクーノスリフト
>　　だが向こうにゃどえらいお宝があると聞いてるぜ，船長．
>　シーガル
>　　言っとくがな，こちらで銅が取れる以上に向こうじゃ金がごっそりあるのさ．で，取れる銅の量ときたら，重さにして金の三倍ってとこだ．なんたって手洗い桶から便器まで，純金なんだぜ．鎖だって町じゅうの鎖がぴかぴかの金．囚人たちも金の足枷をかけられてらあ．ルビーやダイヤモンドにいたっては，休日に浜辺に出かけちゃ拾ってきて，この国の子供たちがサフラン染めのブローチや，銀貨に穴をあけて飾るような気安さで，子供の上着に付けたり，帽子に飾ったり．
>　スケープスリフト
>　　で，住み心地のいい土地なのかい？
>　シーガル
>　　お天道様も顔を出し，あったかくて食い物の種類にも事欠かず
>　　…
>　　お巡りも宮廷人も，裁判官も密告者もいない自由な暮らし…
>　　　　　　　　　　（『東行きだよ！』3幕3場 24-44）

植民地では原住民と英国人の価値観が違うので，貴重なものが豊富に手に入り，しかも法による咎めがいっさいない．だが，その空間にいても豊かになれるわけではない．富と自由な暮らしは両立しない．無法地帯の植民地でかき集めた富は英国に持ち帰らなければ具体的な富には変換できないのだ．トマス・ヘイウッドの『西方の美しき乙女 第１部』(published 1631)でも植民地プリマスや西インド諸島が舞台となる．この芝居の副題は，こともあろうに "A Girl Worth Gold" である．ロマンスと資本の強引な結合．ヒロインのベスは皮職人の娘という社会の最下層からの上昇を予感させる

設定となっているが，そもそも彼女には上昇願望がまったくない．酒場を営みながらも純潔を守り抜く彼女と，相思相愛の仲であるスペンサーを隔てる身分の違いが，ロマンスの力によって解消されてゆくという設定であるが，彼女には出生の秘密などなく，二人の身分の差は終始不変である．そして彼女の内面的な徳と気高さがムーア人の王に賞賛されることを通じて，身分の差は乗り越えられる．つまりモロッコは，キリスト教国での貧しい生まれを無効にしてくれるロマンスの空間なのだ．

  ムリシェグ
   あなたは私の心に高貴な精神を呼び覚ましてくれた．
   情欲が徳に勝ることがあってはならぬ．今の今まで
   私は，英国の女性よ，あなたをその美しさゆえに重んじ
   てきた．
   だが今，私はあなたの貞節に驚嘆している．
  ベス
   ああ，あなたが私達と同じ信仰をお持ちなら，偉大なムリシェグ，
   あなたこそきっと，この世での神．だって私のスペンサーは
   生きていたのだから．本当に死んだと思っていたのに．
  スペンサー
   君への思いに支えられて，
   私は生きながらえ，いのちと自由を勝ち取ったのさ．
         （『西方の美しき乙女　第1部』第5幕）

市民社会の契約のわずらわしさから人間を解放し願望を充足させてくれる空間が，民族と宗教の垣根の向こうに広がっている．

　ロマンスの空間は，貨幣経済を根拠にした安定を目指して共同体が設定しようとする倫理観の壁を乗り越えるために想起される．だがそこにはひとつの大きなパラドックスがある．ロマンスほど時代，民族，イデオロギーを超えて普遍的に言語で媒介され，通俗的なまでに経済活動のなかで流通する言語実践はないのだから．言語と経済のシステムの核心に位置しつつも，そのシステムの外部を目指すマニフェストとして大衆によって消費されるロマンス．そこに展開されるのは，新世界（あるいは外部）に舞台を構えてはいるものの，むしろ旧世界における資本主義前夜の，暴力が契約に優先する世界である．もうひとつ，近世初期の演劇，わけても都市喜劇の隆盛と並立するロマンスがスキャンダラスなのは，それが資本の論理を超越する身振りを示そうとするとき，他ならぬその資本の論理を前提とせざるをえないみずからの構造を暴露するからである．ロマンスの成就が

主人公にとって幸福なのは，その成就の価値を保証してくれる世界，つまり帰るべき世界が存在するからである．ロマンスは，みずからが超越しようとする世界の価値観によって支えられているのだ．

こう考えてみると，ロマンスとは，言語，貨幣，倫理の三つ巴の制約の限界を見極め，その外部へと突き抜けようとする欲望のありようを，それが共同体にもたらすであろう脅威もろともひとたび設定し，それでいてそうした欲望の成就の価値を，制度の内側から言祝ぐことによって再度回収するという展開によって特徴づけられることがわかる．

だがもしロマンスが，そうした制度の綻びを垣間見る装置として想定されるとするならば，それが手垢にまみれた，ほとんどこれ以上しようがないほど類型化されたディスクールとなって現れることを，わたしたちはどう理解すればよいのだろうか．普遍による逸脱の包摂．時間的・空間的固有点としての逸脱の契機であるはずのロマンスが，手垢にまみれるほど徹底した流通によってその価値を保証される言語を媒介として，つまり，その固有の事象の固有性を限りなく失いつづけることによってのみ，読者の公共圏に流通・消費されてゆく事実．「制度の綻びのシナリオとしてのロマンス」は言語というきわめて制度的な媒介を得て万民のものとなる．あとは具体的実践の場としての「外部」の存在を待つばかりという状況であったとするならば，——いささか乱暴な図式化が許されるならば——ヘンリー八世のカトリックとの訣別によって決定的なものとなった，ヨーロッパ大陸（旧世界）からの分離と，新大陸への進出が一大ブームとなりつつあった近世初期の英国における演劇の風土は，まことにもってロマンスに好都合だったと言わねばなるまい．訣別すべき古い制度と目前に広がる搾取の自由に満ちた空間に挟まれて，英国ルネサンスは文字通り，かつてないほど自覚的にロマンスにふさわしい空間たりえたのだった．

注

[1] Gillian Beer, *The Romance*, (1970) によれば，
　　ロマンスは同じ世界の隠れた夢を明らかにすることに専念する．ロマンスの関心はつねに願望の実現なり，それゆえに多種多様な形態をとる．——英雄，田園牧歌，異国趣味，神秘，夢，幼年時代，灼熱の恋．それはたい

境野　直樹

てい，時代の感受性という鋳型で寸分の狂いなく鋳造されるきわめて当世風のものである．ロマンスは一社会の特定の欲求，特に社会の中でほどよく実現できない欲求を，繰り返し具象化する．(12-13)

2　*Everyman in His Humour*, Prologue 21-24.
3　*A Pleasant Commedie, of faire Em the Millers daughter of Manchester: With the love of William the Conqueror* (Fair Em: The Malone Society Reprints, 1927)
4　出版年のない版，および1631年版（共にQuarto）ともに，"As it was sundry times publiquely acted in the Honourable Citie of London, by the right Honourable the Lord Strange his Servants" とある．さらに，同種のタイトルで異なる地名を冠する芝居がいくつか残っている(*The Four Prentices of London, The Fair Maid of Bristow*など）ことからみて，たとえば劇団が地方を巡れば，その土地の名をタイトルに付けるような興行戦略があったことも考えられる．要するに，ロマンスの空間は同時に観客にとって，ひどく身近な場所にも出現しうることが重要だったのかもしれない．
5　*Miscellaneous Prose of Sir Philip Sidney*, 79-80.
6　*A Survey of London*, (C.L. Kingsford, ed., 2 vols., Oxford, 1908), vol. 1. 初版は1598年．5年後の第2版ははるかに大著となっている．StowはRichard Graftonとの間で，年代記の権威をめぐる熾烈な応酬を展開した．Stow, *A Manuell of Yͤ Chronicles of England from yͤ creation of yͤ World Tyll anno 1565* とGrafton, *Chronicle at large and mere Historye of the Affayres of Englande*, (1598)参照．両者の著書の比較からは，ストウがカトリック寄り，グラフトンがプロテスタンティズム擁護という姿勢の違いがうかがえるが，だからといって『概観』に展開されるノスタルジアをただちにカトリックへの回帰願望ということに結論付けることは難しい．というのもギルド時代の儀礼一般(civic rites)は市民の行動の規範として紹介されていて，この意味で伝統への傾倒は，新たな社会への変革の欲望に対する免疫的なはたらきとしての，戦略的な身振りだったと考えることも可能だから．詳細は，Lawrence Manley, 'Of Sites and Rites' in D. L. Smith, R. Strier and D. Bevington (eds.), *The Theatrical City* 参照．
7　Ian Archer, 'the Nostalgia of John Stow' in *The Theatrical City*参照．
8　国王による人妻の誘惑の主題は，最近シェイクスピア作とする説が有力になりつつある『エドワード三世』にも現れる．『靴屋の休日』同様，誘惑は実を結ばず，女性の貞節が賞賛されるタイプのプロットにその特質を認めることができるが，『エドワード四世』および，王政復古期にニコラス・ロウによって書かれた『ジェイン・ショア』においては，王権は婚姻の秘蹟を脅かすものとして描かれる．国王が変装してロンドン市内に入り込み，人妻を宮廷へ連れ去るプロットは，それ自体ロマンスの形態を忠実になぞるが，しかし同時に，倫理的，宗教的侵犯行為として，とりわけそれが国王によってなされるというスキャンダラスな設定ゆえに，自らを脱構築するロマンスとして読むことができる．

9 Paul S. Seaver, "The Artisanal World" in *The Theatrical City* 参照.
10 もちろんここでいう「新世界・植民地」とはかならずしも歴史的な時空に限定されることはない．言語，宗教，貨幣のダイナミクスによって象徴的倫理的規範として多重決定される，上述のごとき拘束条件をクリアできる要素を備えてさえいれば，このトポスはどこにでも出現しうる．市場経済の成立によって，ありとあらゆる人間的欲望は通約され，貨幣を媒介とするネットワークの中に囲い込まれてしまい，それ独自の経済的・倫理的規範の枠内で解決不能にみえる欲望は，その実現の可能性を共同体の「外側」に求めるようになる．すなわち「外部」の発見・発明．この意味で外部は，つねにすでに「内部」によって収奪される予定のもとに記述され想起されつづけなければならないものとなる．「外部」は「内部」のロジックによって発明されるやいなや，すぐさま「内部」に格納されるのである．

参考文献

Anonymous. *Fair Em* The Malone Society Reprints, 1927.
Barber, C. L. *Shakespeare"s Festive Comedy: A Study of Dramatic Form and Its Relation to Social Custom*. Princeton: Princeton UP., 1972.
Beaumont Francis. *The Knight of the Burning Pestle*, Ed. Michael Hattaway1969 rpt. London: A. & C. Black, 1986.
Beer, Gillian. *The Romance*, London: Methuen, 1970.
Chapman, George, Ben Jonson & John Marston, *Eastward Ho*. Ed. R. W. Van Fossen, Baltimore: The Johns Hopkins UP, 1979.
Dekker, Thomas. *The Shoemaker's Holiday*. Ed. Anthony Parr. rpt. London: A. & C. Black, 1990.
Heywood, Thomas. *The Fair Maid of the West: or A Girl Worth Gold, the first part*. In *The Dramatic Works of Thomas Heywood*, 6 vols., New York: Russell & Russell, 1964.
——. *The First and Second parts of King Edward the Fourth*. In *The Dramatic Works*.
Jonson, Ben. *Every Man in His Humour*. Ed. Martin Seymour-Smith, rpt. London: A. & C. Black, 1988.
More, Thomas. *The Histry of King Richard the Third*, Ed. Richard Bear based on W. E. Campbell's facsimile of the Rastell edition of 1557. http:// darkwing.uoregon.edu /~rbear/r3.html
Shakespeare, William. *As You Like It*. Ed. Agnes Latham, London: Methuen, 1975.
——. *Measure for Measure*. Ed. Brian Gibbons, Cambridge: Cambridge UP, 1991.
——. *The Merchant of Venice*. Ed. M.M. Mahood, Cambridge: Cambridge UP, 1987.
——. *The Tempest*. Ed. Stephen Orgel, Oxford: Oxford UP, 1987.
Shell, Marc. *Money, Language, and Thought: Literary and Philosophic Economies from the*

Medieval to the Modern Era. Berkeley and Los Angeles: U. of California Pr., 1982. Baltimore and London: The Johns Hopkins UP, 1993.

Sidney, Philip. *A Defence of Poetry.* In *Miscellaneous Prose of Sir Philip Sidney*, Eds. Katherine Duncan-Jones and Jan Van Dorsten. Oxford: Clarendon 1973.

Smith, David L., Richard Strier and David Bevington eds., *The Theatrical City: Culture, Theatre and Politics in London, 1576-1649.* Cambridge: Cambridge UP, 1995.

Stow, John. *A Survey of London.* Ed. C.L. Kingsford, 2 vols., Oxford, 1908.

17世紀英国の政治，宗教そして詩

荒 川 光 男

　本稿は17世紀の英国史（政治，宗教関係に限る）を概観・総括した上で，政治や宗教と詩（形而上詩人たち——Donne, Herbert, Crashaw, Vaughan そして Marvell——の詩，つまり1600年から1655年頃までの詩に限る）の関連性そしてそれへの詩人たちの対応性の一端を解明・検証しようとするものである．

I

　17世紀は宗教と科学，宗教的権力と法的権力の分離，位階（中世的調和・秩序）の崩壊そして革命の世紀であった．Elizabeth I（在位1558-1603）の後を受けて即位した英国国教徒の James I（在位1603-25）は，divine right of kings をより所に，国王の神聖な権利を公然と表明し，議会を無視して課税を強硬したり，カトリック教徒や清教徒を弾圧・迫害したりなど，王権乱用による専制政治をおこなった．James I はまた新祈祷書使用等の国教会改革を願う清教徒の千人嘆願（millenary petition）[1]を拒絶し，旧祈祷書の使用を拒否した清教徒たちを追放した（1604年）．方やカトリック教徒も国王の比較的寛大な姿勢に注目し，寛容政策を期待していたが，新国王が国教会政策を強硬したため，失望した一部のカトリック教徒が，議事堂の地下室に火薬を仕掛け，国王を議事堂もろとも吹き飛ばそうとした（1605年，火薬陰謀事件 Gunpowder Plot）．事件は事前に発覚し，実行犯 Guy Fawkes（1570-1606）らが逮捕されたが，カトリック教徒に対する態度はますます強硬になり，国王は「忠誠の誓い」（oath of allegiance）を踏み絵にして，政府に忠実なカトリック教徒と区別して，過激なカトリック教徒を国外に追放することによって国情安定を図ろうとした（1607年）．[2] 因に Hampton Court会議（1604年）でピューリタン側から提案され，国王から受け入れら

れた聖書の新しい英訳・欽定英訳聖書（The Authorized Version）が47人の学者・聖職者の計画のもと1611年に完成した．1618年には国王は自ら「スポーツの令」（Declaration of Sports）という布告を出版して，日曜日の午後には戸外で身体を鍛えることを奨励する[3]という意表をついた作戦に出た．これは明らかに教会で大衆強化を目論む清教徒に対する妨害行為である．国教会と対立関係にある清教徒たちは，安息日厳守主義（Sabbatarianism）を推進することにより，教会に背を向けがちな民衆に自分たちの説教を教えることによって，民衆を自分たちの陣営に引き込もうとした[4]のであった．方や国教会からの分離派教徒（Separatists）は信仰の自由を求めて新大陸への移住を決意し，帆船Mayflower号（清教徒41人を含む102人）でMassachusetts州Cod岬に到着（出帆した英国の港町に因んでPlymouthと名付けた）した（1620年）．Pilgrim Fathersにとっては新天地での新しい生活は苛酷なものであったことは想像に難くない．国王の大権を笠に着てJames Iは国王は法をこえた存在であると自認し，必要なときは法を改廃できると主張したため，絶えず議会との確執が起こり，そのため1614年から1621年にかけて国王は議会を召集せずに統治したのである．国内外の情勢の変化に伴い7年ぶりに議会が再開されたが，議会が国王の外交・財政政策を批判したため，国王はこれを押さえようと大権を主張し議会を解散してしまった．どこまでも専制的なJames Iは不人気のまま1625年に死去した．

　James Iの後を継いだ息子のCharles I（在位1525-49）も課税（トン税やポンド税等）を強化し清教徒を弾圧したため，議会は「権利の請願」（Petition of Right）を提出（1628年）し，国王Charles Iに議会の同意のない課税の禁止や不法な逮捕投獄の停止，軍法裁判の乱用の停止などといった国民と議会の権利と自由の保証を確約させた．新王は，財政難打開のための特別税（14万ポンド）を議会に承認させるため，Petition of Rightを一時は裁可したが，翌年（1629年）これを破棄すると同時に議会を解散し，反対派の中心議員を投獄して，以後11年間（1629-40年）議会を開かず独裁政治を続けた．新王を支えたのは側近の専制主義者たちであったが，宗教面での専制的な政策を推進したのは，1633年にCanterbury大主教となったWilliam Laud（1573-1645）であり，彼は国教主義の徹底を図ったが，カトリックに対するよりも清教徒に対する取り締まりを厳しくし，彼らに苛酷な弾圧を加えた．[5] 弾圧を逃れて新大陸へ移住する者が増加し，また祈祷書

を使用しない牧師は追放された．1637年にLaudが長老教会主義（Presbyterianism）を国教としていたScotlandに英国国教会の祈祷書（Common Prayer）を強制したことに対して，Scotlandの長老派は激しく対抗し，ついに主教戦争（Bishop's War）へと発展して行く（1638年）．Charles ⅠはすぐさまこのScotlandの反乱を鎮圧しようと決意するが，十分な戦費も軍隊も有していなかったため，戦わずして敗れ和平が成立（1639年）した．再び戦争の準備をしようとしたが，戦費捻出の必要に迫られた国王は，船舶税（ship money）など諸課税方法を復活させるべく，11年振りに議会を召集したが，議会が諸課税の承認を拒否したばかりでなく積年の不平不満を爆発させたため，議会は3週間で解散させられた（Short Parliament; 1640年4/13~5/5）．しかしScotland軍はすでにEngland北部に侵入しており，戦費調達に窮した国王は再び議会（Long Parliament;1640年11/3 Charles Ⅰが召集し1660年3月まで続いた——1653年にCromwellにより一旦解散させられるが1659年に復活）を召集せざるを得なくなった．この議会はLaud（清教徒弾圧の廉で，1645年）と国王のもう一人の片腕Thomas Strafford（1593-1641，反逆罪で，1641年）の処刑を可決し，ship moneyなどの臨時諸課税の不当性を宣言した（1640年）．更に星室裁判所（Star Chamber）が廃止され，三年議会法（3年に一度議会を定期的に開くこと），解散反対法（議会の同意なしに，国王は議会を解散すべきではないとする）やship money廃止法等を可決した（1641年）．これら議会制定法による改革は国王を倒すという過激なものではなく，国王による専制支配の打破・改善を意図するものであった．

　1642年議会が国王を激しく攻撃したため，国王は急進派議員たち——John Pym（1584?-1643）やJohn Hampden（1594-1643）等——を逮捕し，議会を弾圧しようとしたので，議会派と王党派間に武力衝突が起こり革命（内乱）が始まった．当初は王党軍が優勢であったが，清教徒・議会派のOliver Cromwell（1599-1658）の率いる議会軍・新型軍（New Model——1645年に編成）が勝利し，国王は「専制君主，反逆者，殺人者，国家に対する公敵」として処刑され，英国は王政に代わって共和制になった（1649年）．この革命は国王（独裁政治）対議会（議会政治）という政治戦争であると同時に，国教会対清教徒という宗教戦争でもあった．共和国を統治する立場にあったCromwellはEngland, Scotland,そしてIrelandの護国卿に就任（1653年）し，共和国で最高の立法権と行政権を得，植民地貿易拡大のため航海条例（Navigation Acts——

英国の港に貨物を運んでくる場合オランダ船を用いてはならないという条例，1651年）を発し，英蘭戦争（1652年）を引き起こしオランダを破った．外交面ではかなりの成果を挙げることができたCromwellだったが，内政面では懸命な努力を傾けたがその努力は報いられる事なく彼の政治は失敗に終わった．武力によってその地位を得た彼は武力によって国を統治しなければならなかったのである．[6] Charles I よりも強大な権力を掌中にし，軍隊で国を統治しようとするCromwellの努力は大変評判が悪く，王国の法と秩序を維持するために軍隊を用いるという考え方はずっと不評であった．Cromwell政府の不人気には他にも理由があった．例えばCromwellはChristmasやEasterを祝うことを禁じたり，日曜日の娯楽をも禁じたのである．[7]

　1660年5月末，20年に及んだ清教徒革命で処刑されたCharles I の遺児で大陸に亡命していた長男のCharlesが，市民の歓呼のなかLondonに帰還し，正式に国王Charles II として即位し王政復古がなされた．君主制をはじめ，上院，国教会（カンタベリー大主教をはじめとする国教会主教職をLaud派が次々と占めて革命中に廃止された主教制度も）も復興し，非国教徒迫害（新王Charles II は非国教徒の信仰の自由を奪い，法令に従わない牧師や説教者を弾圧した）が始まった．国教会の祈祷書の復活を強制するため礼拝・祈祷を統一する礼拝統一法（Act of Uniformity）を制定（1662年）し国教会が再建されることになった．祈祷書の含んでいる一切に対する承認を拒否した多くの清教徒が聖職から追放された．因みに，John Bunyan (1628-88) も許可なく説教した廉で逮捕され，有罪の判決を受け十数年の獄中生活を強いられた．この他，1661年から65年にかけて制定された四つの法律はいわゆる「クラレンドンの法典」（Clarendon Code）と呼ばれて国教会樹立を推進することになった．まず1661年制定の「地方自治体法」（Corporation Act）は自治体吏員はすべて国教徒であるべきことを規定しており，「許可法」（Licensing Act）は政府の許可なく印刷を行うべきでないことを規定している．また1664年の「集会法」（Conventicle Act）は非国教徒4人以上の集会を厳罰を以て禁じ，1665年の「五マイル法」（Five Miles Act）は聖職から追放された聖職者はその教区から5マイル以上離れるべきことを規定している．これらによって国教会は確立されたが，清教徒は革命以前と同様のあまりよくない状態におかれるようになった．[8] 1672年Charles II はカトリック教徒を擁護するために「信仰自由宣言」（Declaration of Indulgence）を公布し，カトリック

教徒及び非国教徒に対する刑罰を免除した．これに対して議会は国王がカトリックに傾斜するのを警戒して，国王にDeclaration of Indulgenceを撤回させ，さらに国教徒以外の者が教会や政府の官職に就くことを禁じる「審査律」(Test Act) を可決 (1673年) した．このTest Actでは，官職就任者は国教会の聖礼典を受けること，国王の至上権を認めること，カトリックの根本教義である化体説を否認することを義務づけている．直接のねらいはカトリック教徒を公職から排除することにあった．この法律は1828年に廃止されるまで国教徒優先の英国社会を支えることになる．[9]

　1678年には英国の，国王と議会との対立再現の，不穏な政情を揺るがすような「カトリック陰謀事件」(Popish Plot──カトリック教徒がLondonに放火し，国王Charles IIを殺害して，国王の弟でカトリック教徒のYork公James (1633-1701) の即位そしてカトリック復活を企図したという架空のでっちあげ事件で，捏造者Titus Oatesという国教会の聖職者の無責任な言葉によって告発され，30人以上もの無実な人々が処刑された）が起こった．このPopish Plotと18年続いた議会の解散により，内政は新しい局面を迎えることになった．1st Earl of Shaftsbury (1621-83) を中心とする反国王議員らは議会内外で反国王勢力を組織し，次期国王と予想される王弟York公の王位継承を阻止しようと画策し，「王位継承排斥法案 (Exclusion Bill, 1678年) を議会に提出したため，国王は議会を解散してしまう．この法案の推進派（請願派ともいわれる議会主義派）とこの要求を排斥しようとする嫌悪派（国権支持派）はホイッグ党 (the Whigs) とトーリー党 (the Tories) と呼ばれるようになる（英国の二大政党制議会の基礎になる）．The Whigsが優勢になった初めての議会は法によらない逮捕・拘禁を禁ずる「人身保護法」(Habeas Corpus Act, 1679年) を制定し，個人の権利と自由を守ろうとした．

　1685年Charles IIが病没すると，王弟York公がJames II (在位1685-88) として即位した．熱心なカトリック教徒である新王James IIは議会を無視してDeclaration of Indulgenceを二度 (1687, 1688年) 公布し，カトリック教徒の礼拝を激励しようとしたので，事態を憂慮したthe Whigsはもちろん国王を支持していたthe Toriesや国教会派も国王の大権乱用とカトリック復興政策には強く反対し，James IIを廃位し王女Mary (1662-94) とその夫William of Orange (1650-1702) を共同統治者として招こうと画策した．招請をうけたWilliamが強力な軍を率いてEngland西南部DevonshireのTorbay

に上陸すると，James IIは交戦せずしてフランスに亡命（国王のカトリック傾倒が命取り[10]）したので，WilliamはWilliam III（1689-1702）として，MaryはMary II（1689-94）として共に王位に就いた（1688年　この名誉ある革命は，歴史的にも，政治的にも，称賛に値する教訓と言える．神に由来する権利をもつと考えられた国王が追放され，国民的同意に基づく君主に代わったのである．王政というものが《神秘的》な至上命令の意味を失って，《政治的》機関になった．国王と議会の対立は二つの権限の協調にとって代わられたのである[11]）。WilliamとMaryが即位して議会の地位は安泰なものとなり，1689年「権利章典」（Bill of Rights——国王には法律の停止権がないこと，カトリック教徒は即位すべきでないことをはじめとして，国民の権利と自由を保証するもの）が議会を通過した．続いて，宗教の自由の始まりとも言える「信仰自由令」（Toleration Act）が発布され，非国教徒たちにも自由な礼拝が許されるようになった．[12] そして1701年に「王位継承法」（Act of Establishment）が発布され，王位は議会の決するところとなった．

II

　政治と宗教が全く相互に係わりあっていた17世紀英国の詩人たちは，その政治抗争・対立や多様な宗教問題と深く係わり，苦悩し刺激をも受けた．ローマ教皇権を否認したHenry VIII（在位1509-47）以降英国の国王は国教会の最高位に就き，国家と教会を，つまり宗教的・世俗的支配権を掌中におさめてきたが，スチュアート君主政体と国教会はカトリック教徒や清教徒の反対に遭い，17世紀は激動・革命の世紀となった．その政治闘争や宗教闘争に形而上詩人たちはどのような反応・対応を示しているのかを主に詩作品を通して探ってみたい．

　堅固なローマ・カトリックの両親から生まれ，イエズス会士を家庭教師として，カトリック信仰の中で育ったJohn Donne (1572-1631) には，Elizabeth I (1558-1603) の統治する国教会の取ったイエズス会士弾圧，カトリック教徒迫害は大きな衝撃であったし，また国教会の社会情勢下で世俗的野心を達成することも困難であったため，Donneの心は激しく揺れ動いたようである．Izaac WaltonによるとDonneは19歳（1592年）の時にどの宗教に就くべきかに迷い，そのうえ最も正統的な宗教を選ぶことが自分の魂にとって重要であると考え，神学研究のために他の勉強を捨てた[13]とい

う。Donneの不安定な態度を表現したものといわれる *Satires*（1593年から98年の間に書かれた）は自己糾弾的様相を呈する——"Satire I"ではAnglican的友人が諷刺されているが、この友人像はDonneの分身であろうし、"Satire II"では詩人や弁護士が諷刺され、Catholic批判の様相を呈し、"Satire IV"と"Satire V"はAnglican内の対立を諷刺している——が、最大の自己糾弾詩は"Satire IIIであろう。Donneは、この詩の第二段（宗教に対するDonneの考え——宗教的中立的立場の一面）ll.43-69で、Mirreus, Crants, Graius, PhrygiusそしてGracchusに嘲笑を浴びせる——

> Seek true religion. O where? Mirreus
> Thinking her unhoused here, and fled from us,
> Seeks her at Rome, there,because he doth know
> That she was there a thousand years ago,
> He loves her rags so, as we here obey
> The statecloth where the Prince sate yesterday.   (ll.43-48)

> 真の宗教を探せ。ああ、何処にあるのか。ミレウスは
> 彼女はこの地から追い出され、我々のもとから逃げ出したと思い、
> 彼女をローマで探し求めている。なぜならば彼は
> 彼女は千年前にローマにいたのを知っているからである。
> 我々がローマで前日国王が座った天蓋を遵守しているように
> 彼は真の宗教の襤褸を敬愛している。

A. J. Smithによると、Mirreusはその名の由来（'myrrh'）通り incense-scented manの意であり、'rags'は'shreds of the original truth that Rome retains'[14]のことであり、いわゆるこの詩行はローマ・カトリックの感覚的で装飾的な側面を暗示・諷刺したものと言えるし、

> Crants to such brave loves will not be enthralled,
> But loves her only, who at Geneva is called
> Religion,   (ll.49-51)

> クランツは、そのような派手な女の虜にはならず、
> ジュネーブで宗教と呼ばれている女だけを
> 愛している。

派手な女の虜にならずに、ジュネーヴで宗教と呼ばれる女だけを愛するCrantsとは新教徒のことであり、Donneの目に映ったピューリタンに対する諷刺である。

> Graius stays still at home here, and because
> Some preachers, vile ambitious bawds, and laws
> Still new like fashions, bid him think that she
> Which dwells with us, is only perfect, he
> Embraceth her,   (ll.55-59)

> グレーウスは，自国に留まり，僧侶や
> いかがわしい野心のある女郎屋の主人
> そして常に流行のように変わる法律が
> 我々と共にある女だけが完全なのだと思えと
> 彼に命ずるがゆえに，その彼女を抱き締める．

一部の僧侶，いかがわしい女郎屋の主人や流行のように絶えず変わる法律の言い分に従い祖国に住み着いている宗教だけが完全なものと信じるGraiusであるが，これは紛れも無く国教会の成長過程を諷刺したものである．

> Careless Phrygius doth abhor
> All, because all cannot be good, as one
> Knowing some women whores,dares marry none.   (ll.62-64)

> 無頓着なフリージアスはすべての女を嫌う，
> なぜならば中には売女もいるのを知っているものは
> だれとも結婚しないように，すべての女は善人ではないからである．

身勝手なフリージアスは，すべての女（宗教）が善人ではないのであらゆる宗教を好まない，いわゆる無神論者のことである．

> Gracchus loves all as one, and thinks that so
> As women do in divers countries go
> In divers habits, yet are still one kind,
> So doth, so is religion;   (ll.65-68)

> グラッカスはすべての女を同一に愛し，
> 女は国が違えば装いも違うが，
> 女であることには変わりない，と思っている．
> 宗教もそうであると思っている．

お国柄，衣装は違っても，女はみんな同じと考えるGracchusはすべての宗教をgoodとする人のことである．異なる宗派のまちまちの主張の最中に身を置き，途方に暮れるDonneは「正しい」（'right' l.71）そして「最善の」（'best' l.75）宗教を追い求めよと強調し，宗教の探求の術を熟慮する──

> On a huge hill,
> Cragged, and steep, Truth stands, and he that will
> Reach her, about must, and about must go;
> And what the hill's suddenness resists, win so;　　(ll.79-82)
>
> To will, implies delay, therefore now do.　　(l.85)

　　真理は
　巨大で，ごつごつした，険しい山上に立っている．
　そこに行き着きたい人はめぐりめぐつて行かなければならない．
　そんな具合に突然立ちはだかる山頂に達する．

　願うだけでは遅れを取る，だから今すぐ行え．

Donneは諸宗派の背反を超克して，最も正統な宗教の認識の可能性を信じ，真の宗教を見出そうと前進していくことになる——

> As streams are, power is; those blessed flowers that dwell
> At the rough stream's calm head, thrive and prove well,
> But having left their roots, and themselves given
> To the stream's tyrannous rage, alas are driven
> Through mills, and rocks, and woods, and at last, almost
> Consumed in going, in the sea are lost:
> So perish souls, which more choose men's unjust
> Power from God claimed, than God himself to trust.　　(ll.103-110)

　権力は河の流れのようなもの，激しい河の
　静かな水源に咲く花花は生い茂りすこやかだが，
　一度根から離れて，河の激流に身をまかせると，
　悲しいかな，水車場，岩山，木立の狭間を押し流され，
　通り抜け，流れ行くうちに，姿衰え，ついに大海に消える．
　このように，神に頼るよりも，神から請求して手にいれた
　人間の不当な権力を選ぶ魂も消滅する．

さまざまな宗教をいろんな流れがまじっている川の流れに譬えたものであるが，あらゆる権力の静かな源流つまり真の宗教に住むのはGodと'blessed flowers'だけである[15]という．Donneにとっての難題はどの宗教への忠誠が'true'なのかという一点にある．時を相前後して，Donneの心には世俗的野心を実現してくれそうな道（国教会社会）への密かな選択が働き，Donneのカトリック背信は増大の一途をたどることになる．1596年，1597年にはEssex伯Robert Devereux（1566-1601）に従ってAdiz, Azores群島に遠征（ス

ペイン戦争に従軍)するし，1597年から1602年までの5年間国璽尚書 (Keeper of the Great Seal) のSir Thomas Egerton (?1540-1617) の秘書として働いた．これらはまさしくカトリック背信(カトリックを迫害し，国教会忠誠を強要する当時の国家体制に対し忠実な僕となる表現)[16]の所為と言える．"The Cross" (1607-08年頃の作) ll.1-4

> Since Christ embraced the Cross itself, dare I
> His image, th' image of his Cross deny?
> Would I have profit by the sacrifice,
> And dare the chosen altar to despise?

> キリストが十字架そのものを喜んで受け入れたのだから
> 彼の似姿である私がどうして彼の十字架の姿を拒もうか．
> 彼の犠牲によって恵みを受けながら
> 選ばれた祭壇を敢えて蔑むことなどしようか．

これは1603年国教会改革を請願(新祈祷書の使用や洗礼式に於ける十字架像廃止など)する清教徒のmillenary petitionに対するDonneの拒絶を示唆して余りあるものである．Donneの国教会への傾斜は1610年出版の*Pseudo Martyr*あたりから急速度に展開していくカトリック教徒にJamesⅠへの忠誠の誓いをたてることを勧めると同時に，国王支持の態度を表明する*Pseudo Martyr*の目的は教会の統一と平和にあり，しきりにイエズス会(忠誠の誓いを拒絶した過激なカトリック教徒の一部)を批判するが，カトリックそのものを否定するものではなく，あくまでもJames王朝英国の平和・秩序(Donneの王権擁護)であった．[17] Donneは国教会の中に，人間の霊魂を極端から極端に揺り動かすことのない中庸の精神('Mean ways'—"A Litany XIII" l.9)を認識し，次のようにうたうのであった—

> From being anxious, or secure,
> Dead clods of sadness, or light sqibs of mirth,
> From thinking, that great courts immure
> All, or no happiness, or that this earth
>   Is only for our prison framed,
>   Or that thou art covetous
> To them whom thou lov'st, or that they are maimed
> From reaching this world'd sweet, who seek thee thus,
> With all their might,Good Lord deliver us.   ("A Litany XV")

> 心配することから，安心することから

土くれのような悲しみから，火花のような歓喜から
　　　大宮廷にはすべての幸福があるとか全く幸福などない
　　と思ったり，この世は我々の牢獄としてのみ作られたとか
　　　あなたは愛するものたちにたいしては強欲であるとか
　　　全力を尽くしてあなたを求めるものたちは
　　この世の快楽を得ようとするのを邪魔されると
　　考えたりすることから，
　　慈愛に満ちた主よ，我々を救いたまえ．

因に，'From . . . , Good Lord deliver us'という祈願の仕方はまさしく国教会の祈祷書 *Common Prayer* のうたい方である（*Common Prayer* の"The Litany"では'Good Lord, deliverus. From . . . 'ではある[18]が）．"A Litany"全体（1608年秋?の作）が'evenness', 中庸の道そして有害な両極端からの救出を真剣に説いた[19] private prayerであると言える．これが宗派間の懸け橋になると確信し，国教会の主義主張に妥協することができたのであった．このようにDonneの国教会への忠誠は妥協的で穏健主義的なもの[20]であった．DonneはJames Iの要望により，国教会の聖職——1615年1月15日 St. Paul's Cathedralの執事司祭（deacon and priest）——に就き，そして1621年にはLincoln's Innの説教者に任命され，聖パウロ的伝道師となって神への道を説くことになる．

　George Herbert（1593-1633）は聖職（国教会）に就くまで長い間遅疑逡巡し，任官になりたいという野望を捨て得なかったが，1630年に聖職に就いた．国教会の代表的詩人であるHerbertにとって聖書は彼の宗教生活のより所であった——

　　　　　　　thou art heav'ns Lidger here,
　　Working against the states of death and hell.
　　　Thou art joyes handsell: heav'n lies flat in thee,
　　　Subject to ev'ry mounters bended knee.
　　　　　　　　　　　("The H. Scripture I" ll.11-14)

　　　　　あなたは死と地獄の国々と戦っている
　　　天から遣わされた地上に駐在する大使である．
　　　　あなたは喜びの保証，天はあなたのなかにたいらに横たわり
　　　　天に昇ろうとする人の跪きに応えてくれる．

聖書（'thou', 'Thou'）は天を地上の世界に示す書であり，いつも全能の神の地上における駐在大使（'Lidger'）であるという．このくだりは権力のあ

る国王や政治権力と宗教の親密な関係を暗示するものである．"The Btitish Church"において，キリストのために英国国教会に全霊を捧げて献身することを表白するHerbertは教会の存在をかなり重視しており，如何にHerbertが聖書を重視するプロテスタントのスタンスと教会を重視するローマ・カトリックのスタンスの両者を融合しているかがわかる．ll.1-9で英国国教会のvia mediaの様相を述べ，ll.13-18で七つの丘にできたローマ教会の虚飾性を，そしてll.19-24ではsimplicityを標榜するジュネーヴ教会の実態を究明し，英国国教会への献身の意志を明確にするのであった——

> But, dearest Mother, what those misse,
> The mean, thy praise and glorie is,
>   And long may be.
> Blessed be God, whose love it was
> To double-moat thee with his grace,
>   And none but thee.　　　　　　　(ll.25-30)

> だが親愛なる母よ，それらが逃したもの
> 中庸こそがあなたへの賛美であり，あなたの栄光であり
>   それは久しく続くでしょう．
> 神にお恵みあれ，神のお恵みであなたを，
> 外ならぬあなたを二重に濠を回らし守られるのは
>   神の愛であった．

'those'とか'double'はローマ・カトリック教会つまりCatholicismとジュネーヴ教会つまりGenevan Calvinismを意味するものであり，'the mean'とは英国国教会のことであることは言うまでもない．教会は自分を抱き，育んでくれる慈愛に満ちた母であるとうたい，ローマとジュネーヴのいずれにも片寄る事なく，両者に欠けているものを見事に備えている国教会を称賛している[21]のである．

III

　Richard Crashaw (1612?-49) は若い頃には国教会に属し，王党派の心情をうたい，またGunpowder Plotに寄せてローマ・カトリックの弾劾詩やCharles Iの戴冠を祝う詩を書いている．国王Charles Iに後ろ盾され，1633年にカンタベリー大主教になったWilliam Laudは当時の清教徒弾圧に強力に挑み，1640年に長期議会で弾劾されるまで国教会を支配した．Laudの主要な革新は宗教の実践面での儀式と祭儀の役割を新たに強調することであ

った．Laudの礼典重視主義（sacramentalism）は礼拝の形式的・外面的局面つまり教会建物の神聖さ，司祭への告解，型通りの祈祷そして救済は教会と礼典を通してもたらされるとする信念を強調するものであった．これは明らかに個人の良心の至高と聖書に対する個人の反応は教会諸儀式の正しい履行よりも重要であるとする清教徒への挑戦であった．[22]

> Rise then, immortal maid! *Religion* rise!
> Put on thy selfe in thine own looks: t' our eyes
> Be what thy beauties, not our blots, have made thee,
> Such as (e're our dark sinnes to dust betray'd thee)
> Heav'n set thee down new drest; when thy bright birth
> Shot thee like lightning, to th' astonisht earth.
> (1635 "On a Treatise of Charity" ll.1-6)

不死なる乙女よ　さあ立ち上がれ！宗教よ　さあ立ち上がれ！
あなた自身の姿を身にまとえ．
（我々の暗き罪があなたを裏切り死に至らせた時より前に）
我々のしみではなく，天があなたに新たに装ったような
あなたの美の姿を現前させよ，
あなたの輝かしい誕生が稲光のようにあなたを地に射
地を驚かせた時のように．

教会（装飾品や儀式）の破壊の現状を嘆いたものである．Crashawによって表現される宗教的感受性とLaud流の方向性は清教徒たちの間に大いなる敵愾心を招いた[23]のであった．Laudの儀式重視主義を最も典型的に示すCrashawは1643年内乱勃発直後清教徒たちによってCambridgeから追い出された．内乱が生じ清教徒の勢力が増大し，Cromwellの率いる軍隊が，Crashawがこれまで過ごして来たPeterhouseの教会堂St.Mary's Churchを破壊すると，Crashawはこの社会的責任は英国国教会のせいであるとし，Cambridgeを去り大陸へ遍歴の旅に出て，1646年ローマ・カトリック教徒に改宗するのであった．

　Civil Warという国家的混乱期に英国国教を堅持し，試作活動を励行したHenry Vaughan (1622-95)には他の形而上詩人たちとは異なるところがある．1645-46年の短期間王党人及び国教徒として王党軍に参加もしくは協力した[24]ことのあるVaughanは国内外の政治的・宗教的動向を思う時，社会・道徳面の瓦解・矛盾した価値変転に激しい恐怖と嫌悪を懐いたことは*Olor Iscanus*(1647年)の自伝的序詞"Ad Posteros"から十分窺い知ることができる――

This was my shaping season; but the times
In which it fell were torn with public crimes;
I lived when England against waged
War, and the Church and State like furies raged.
Through happy fields went these demented foes,
And the coarse rush beat down the holy rose;
They fouled the fountains, peace died gasping there,
Glooms wept above and veiled heaven's glittering air.
But, Honour led me, and a pious heart:
In this great ravenous heat I had no part;[25]

これぞ私の形成の季節であった．だが
その時期は公の罪でかき乱された．
英国が他国と戦争を行い 教会と国とがはげしく
憤激した時代に私は生きた．
発狂した敵が幸福な野を荒らし
粗暴な突撃が聖なるバラを打ち倒した．
敵は泉を汚し，平和は喘ぎながらそこに死に
暗闇が頭上に拡がり 天の輝かしい大気を覆った．
だが私は節義心と敬虔な心に導かれ
このような強欲な憤激には加わらなかった．

動乱期における自分を取り巻く青年期の環境の腐敗・堕落の様相，つまり英国国教会への冒瀆や王党派への清教徒反乱軍の暴虐ぶりを諷刺したもの(Civil Warの最中にあり，言論統制下にあったため自由な発言はできなかった)[26]である．Vaughanは風刺の対象として清教徒の異端・迫害，議会党員・Cromwell新政権の悪政をとりあげるが，その大部分は散文と世俗詩であるが，"The World", "The Proffer", "Religion", "The Constellation"や"L'Envoy"など宗教詩でも至る所で取り上げている．次の "The British Church" (1650年出版 *Silex Scintillans* Part I) はVaughanの深い喪失感と伝統的な教会秩序消失への懸念を表したものである——

　　　　Ah! he is fled!
And while these here their *mists*, and *shadows* hatch,
　　　　My glorious head
Doth on those hills of myrrh, and Incense watch.
　　　　Haste, hast my dear,
　　　　The soldiers here
　　　Cast in their lots again,
　　　　That seamless coat

>   The Jews touched not,
>   These dare divide, and stain.　　　　　　　　（第一連）

>   ああ，彼が亡くなられた．
> この地上でこれらが靄や影を作る間に
>   わが輝かしい頭は
>   没薬と芳香の丘に夜も寝ずにおられる．
>   　我が愛する人よ 急いでください
>   　兵士たちが
>   今再び終結しています．
>   　ユダヤ人だって手を触れなかった
>   　あの縫い目のないコートを
>   兵士たちは大胆にも引き裂き汚している．

'these here thier *mists*, and *shadows* hatch'は清教徒の罪深い行為を，'those hills of mirrh, and Incense watch'は英国国教会を意味するものであることは言うまでもない．ll.6-12は清教徒による教会秩序への冒瀆である．第二連では——

>   O get thee wings!
>   Or if as yet (until these clouds depart,
>   And the day springs,)
>   Thou think'st it good to tarry where thou art,
>   Write in thy bookes
>   My ravished looks
>   Slain flock, and pillaged fleeces,
>   And haste thee so
>   As a young roe
>   Upon the mounts of spices.

>   　ああ，あなた 翼を付けて下さい．
> さもないともしまだ（これらの雲が去り
>   　日が現れるまで）あなたが今のところに
> 留まることがよいと考えるならば
>   　あなたの本に
>   　私のうっとりさせるような姿
>   殺害された羊の群れそして略奪された羊毛を
>   　書き記して下さい．
>   　あなた 急いでください
>   　芳香の山上の若い雄鹿のように．

英国国教会を略奪した議会派兵士たちの悪行——内乱と議会軍によってもたらされた破壊——を強調し，悲観的なVaughanは伝統的な制度（国教会）の混沌とした現状を悲しむのであった．

　自然詩人，恋愛詩人，諷刺詩人そして政治家でもあったAndrew Marvell (1621-78)はヨーク州のワインステッド（Winestead-in-Holderness）で国教会司祭の息子として生まれた．1624年に父がHullのHoly Trinity Churchの講話者に任ぜられ，一家はHullに移り住むことになった．CambridgeのTrinity Collegeを卒業後1642年に外国語習熟のためとCivil Warに巻き込まれるのを避けるために欧州大陸旅行に出た．帰国（1649年?）後彼は議会の指導者たちに接近していたようであり，1657年にはJohn Milton (1608-74)のラテン語の秘書（外交文書制作）として国政に参与し，また1658年から死ぬまでの20年間Hull選出の国会議員を務めた．この間にCromwellを中心とする政治諷刺詩などを書いた．1650年"An Horatian Ode upon Cromwell's Return from Ireland"を発表し，熱烈な愛国心を披露している——

>　　Who, from his private gardens, where
>　　He lived reserved and austere,
>　　　　As if his highest plot
>　　　　To plant the bergamot,
>　　Could by industrious valour climb
>　　To ruin the great work of time,
>　　　　And cast the kingdoms old
>　　　　Into another mould.　　　　　　　　　　　(ll.29-36)

>　　この人こそが，あたかもベルガモットを
>　　栽培するのが精一杯の庭地であるごとく
>　　　　控え目に質素にすんでいた
>　　　　自分の庭から出て，
>　　絶えず勇気を奮って
>　　時の築いてきた大いなるものを破滅させ
>　　　　古き王国を別の形に鋳造するために
>　　　　昇りつめてきた人である．

>　　Nor yet grown stiffer with command,
>　　But still in the Republic's hand;
>　　　　How fit he is to sway
>　　　　That can so well obey.
>　　He to the Commons' feet presents
>　　A kingdom, for his first year's rents:

>   And, what he may, forbears
>   His fame, to make it theirs: (ll.81-88)

　　指揮権を得ても尊大にならず
　　今なお共和国の掌中にある．
　　　　こんなにも従うことのできる彼は
　　　　どんなにか支配するのに相応しい人物である．
　　彼は初年度地代として議員たちに
　　一つの王国を与え，
　　　　自分の名を控えて，でき得る限りのことを
　　　　議員たちのものとするのである．

Cromwellこそがたゆみなく武勇をふるい古き王国を別の型に鋳直すことのできる為政者であり，また大権を得ても奢らず，つねに共和国・議会に身をゆだねる立派な指導者であるといって，Cromwellの出現を歓迎し称賛するのであった．

　"Bermudas"（1653年?）は地上の楽園やカンタベリー大主教Laudの唱道する礼拝がもはや強制されない安全な聖域を探して，Laudの権力の絶頂期の激動の英国から逃げ出す迫害された清教徒たちの感情的・精神的な経験を劇的に表現したもの[27]である——

>   Where the remote Bermudas ride
>   In the ocean's bosom unespied,   (ll.1-2)

　　世界から隔絶したバミューダ島が
　　大洋の胸に人に気づかれずに浮かぶところ

新世界アメリカ発見への関心を反映するところであり，次の四行は追放の身の清教徒たちの経験や小さな共同社会を象徴するものである．清教徒の共同社会は神の摂理によって導かれるという——

>   From a small boat, that rowed along,
>   The listening winds received this song.
>   'What should we do but sing his praise
>   That led us through the watery maze,   (ll.3-6)

　　漕ぎすすむちいさなボートから
　　風たちがこの歌を聞いてくれた．
　　　　我々を水の迷路を通り抜けさせてくれる
　　　　神への賛美をどうして歌わずにいれようか．

汚れなき楽園のヴィジョン（ll.11-30）が展開され，最後に神が新しい土地

の岩山の間に清教徒たちの礼拝のために神殿（教会堂）を建てられたことに対しての神への感謝と称賛そして神を信ずる清教徒たちの確固たる進行がうたわれる——

  And in these rocks for us did frame
  A temple, where to sound his name.
  Oh let our voice his praise exalt,
  Till it arrive at heaven's vault:
  Which thence (perhaps) rebounding, may
  Echo beyond the Mexique Bay.'
  Thus sung they, in the English boat,
  An holy and a cheerful note,
  And all the way, to guide their chime,
  With falling oars they kept the time.   (ll.31-40)

  この岩山の間に我々のために
  神の御名を讃えるための教会堂を建てられた．
  ああ，我々の声を高め神への賛歌を歌わせてください
  それが天の蒼穹に届くまで．
  そこから（多分）こだまして
  メキシコ湾のむこうまで轟くでしょう．
  このようにかれらは，イングランドの小舟の中で
  神聖かつ快活な歌を歌い，
  その間ずうっと彼らの美しい調べを
  乱さぬように 水くぐるカイで調子を整えた．

　再びCromwellの話になるが，Cromwellの護国卿（Lord Protector,1653年）になっての一周年を記念しての祝いの詩"The First Anniversary *Of the Government under O. C.*"（1655年）では政治空白期間におけるCromwellの果たした政治的役割を称賛し，Cromwellを新しい政治秩序の創造者として評価するのである——

  'Tis he the force of scattered time contracts,
  And in one year the work of ages acts: (ll.13-14)

  拡散した時の力を凝集して
  幾時代のなせるものを一年で行うのが彼である．

  Here pulling down, and there erecting New,
  Founding a firm state by proportions true. (ll.247-48)

  こちらでは取り壊し，あちらでは新しいものを建て

真に釣り合いのとれた強固な国家を構築した.

Cromwellの護国卿としての能力や権力を是認するMarvellではあるが,急進的な政治形態は批評の対象となる. ll.257-64では急進的平等主義者(Levellers)や急進的民主主義者(radical democrats)が, ll.293-320では政治的にはより保守的なCromwellに反対した急進的な清教徒たちが批判される.そして革命期の10年の最後にはMarvellの予言と期待にもかかわらず,実験的護国卿は崩壊したのである.[27]

以上のように,各詩人のほんの一部の作品を通してのみの検証を試みたにすぎないが,それでもなお各詩人が当時の政治上のそして宗教上の動乱・混沌状態にそれぞれのスタンス・方途で鋭く対応していることが十分に窺い知ることができる.

注

[1] Cf. 浜林政夫『イギリス宗教史』(大月書店, 1987), pp.133-34 James I (1567年以来James VIとしてScotland国王であった)がEdinburghからLondonに向かう途中Englandの清教徒たちが国王に提出し,請願したことは, 1) 礼拝に関するもの――礼拝の際十字架を用いないことや礼拝を短くし,歌や音楽を華美にしないことなど――, 2) 牧師に関すること――説教もできないようなものは牧師にしないことなど, 3) 聖職録に関すること, 4) 教会規律に関すること――俗人による破門を禁止することなど――であった.この請願の調整のため, James IはHampton Courtで会議を開いたが,国王も国教会側も反発.

[2] これに対し,イエズス会士Robert Parsons (1546-1610)は「良心の自由」を打ち出し,俗事においては国王に従うが,宗教や良心に関しては自由であると強調し,「忠誠の誓い」を拒否する姿勢を示した.

[3] 日曜日にも教会から帰った後は,「合法的な遊び」はリクレェーション及び身体鍛練のため許されるとしている.「合法的な遊び」としてあげられているのはダンス,アーチェリ,跳躍,メーデーの遊び,モリス・ダンスなどである(浜林政夫,前掲書, p.137). 1633年Charles Iも『スポーツの書』を公布し,ピューリタンの戦略を妨害した.

[4] Cf. 永岡 薫・今関恒夫編『イギリス革命におけるミルトンとバニヤン』(お茶の水書房, 1991), pp.128-29; 圓月勝博・小野功生・中山 理・箭川 修『挑発するミルトン』(彩流社, 1995), pp.22-23.

5 チンドレ・J・フルード（高山一彦・別枝達夫共訳）『英国史』（白水社，1976），p.72.
6 石川敏夫『図説[英国史]』（ニュー・カレントインターナショナル，1987），p.163.
7 David McDowall, *An Illustrated History of Britain* (Longman,1989), p.93.
8 *Ibid.*, p.184.
9 『クロニック世界全史』（講談社，1994），p.552.
10 Roy Strong, *The Story of Britain* (Hutchinson,1996), p.288.
11 チンドレ・J・フルード，前掲書，p.88.
12 Cf. 石川敏夫，前掲書，p.202.
13 Isaak Walton, *The Lives of John Donne Sir Henry Wotton Richard Hooker George Herbert Robert Sanderson* (Oxford Univ. Press,1973), p.25.
14 A. J. Smith, *John Donne The Complete English Poems* (Penguin Books,1971), p.482.
15 Arnold Stein, "Voices of the Satirist:John Donne" in *The Yearbook of English Studies* Vol. 14, 1984), p.135.
16 原田 純『ダン コンテキスト』（研究社，1991），p.32.
17 *Pseudo Martyr*に関しては格好の論文 高橋正平氏「『偽殉教者』試論――ジョン・ダンとジェィムズ王を中心にして――」（『新潟大学教養部研究紀要』第20集，1990）がある．
18 *The Book of Common Prayer and Administration of the Sacraments and Other Rites and Ceremonies of the Church according to the Use of The Church of England* (Eyre and Spottiswoode Limited), pp.60-61.
19 Douglas Bush, *English Literature in the Earlier 17th Century 1600-1660* (Oxford Univ. Press,1973), p.135.
20 Cf. Helen C.White, *The Metaphysical Poets* (Collier Books,1962), pp.62-63,68.
21 J.B.Leishman, *The Metaphysical Poet* (Russell & Russell,Inc.,1963), pp.112-13.
22 Cf. David Loewenstein, "Politics and Religion" in Thomas N. Corns, *English Poetry Donne to Marvell* (Cambridge Univ. Press,1993), p.15.
23 *Ibid.*, pp.17-18.
24 荒川 光男「Henry Vaughanと諷刺」（『東北学院大学英語英文学研究所紀要』第9-10合併号，p.11） Vaughanと政治そして宗教関係はこちらで詳述しているので，本稿ではほんの一部のみに限った．
25 Edmund Blundenの英訳 "To After Ages" (*On the Poems of Henry Vaughan*, Russell & Russell,1969) ll.11-20.
26 Cf. L.C.Martin, *The Works of Henry Vaughan* (Oxford At the Clarendon Press, 1963), pp.97,100,108.
27 David Loewenstein, *op. cit.*, p. 18.
28 *Ibid.*, pp.25-26.

John Donne, 'Apparition' の解釈
——呪いの歌の系譜を考える——※

西 山 良 雄

はじめに

　ジョン・ダン(John Donne; 1573-1631)の「幽霊」(Apparition)という詩は，ショークロス(Shawcross)[1]によれば『唄とソネット』(Songs and Sonnets)の中の多くの作品とともに，1593-1601年の頃に書かれたのではないかとされている．内容をごく簡単に要約すると，恋人にふられた男が，亡霊になって寝室に忍び入って彼女の恋路の邪魔をして，きっと後悔させてやるぞという脅迫と呪いにみちた怒りの開陳をしているものである．恋の未練と悔しさから猥褻な脅しで嫌がらせをするという，一種の滑稽風刺詩である．本稿はこの'Apparition'と題する滑稽風刺詩の内容に留意し，この韻文作品を構成している用語の特異性を考えてみたい．遠くは古代ローマの宮廷お抱えの楽人道化師(Ministerialis)の流れを汲む吟唱詩人(Minstrels)に起因し，近くは北イタリアとプロヴァンス地方の旅芸人いわゆる吟遊詩人(Troubadours)の唄に発したものと規定し，その底に流れる南欧的な文学性と思想性の両面についても，ささやかながら敢えてダン文学解釈上の私見を述べようとするものである．

I　南欧的民衆歌謡の胎動とトゥルバドゥールの背景

　元来この地方にはキリスト教の典礼音楽の影響があって，古代ローマの俗歌謡とその影響をうけた巷の民衆の歌らしきものは流行しにくかった．11世紀半ばまでその影響が続いて，むしろユダヤ教会の名残をとどめた「勤行音楽」とでもいうべきものが主流だったのである．一般に普及して

いたのは，聖句の荘重な朗唱(いわゆる聖歌吟唱)や詩篇吟唱，またユビルス聖歌(jubilus)とよばれていた神への賛美詠唱などであった．聖句の荘重な吟唱は，高低のアクセントをつけて荘厳な典礼にあわせて行われていた．詩篇吟唱にはプサルモディア(psalmodia)とよばれる3種類の吟唱法があった．①詩篇を連続して独唱するもの　②先唱者が歌う吟唱に会衆が応唱するもの　③交互の吟唱いわゆる交唱詩を朗唱するという3種類である．

概してこのようなラテン語の教会賛美歌は，グレゴリオ聖歌やそれから派生したトロープス(tropus; ミサの中の交誦)やセクエンティア(sequentia; ハレルヤの後の歓びの歌)やヒュメーン(hymen; 賛美聖歌)などの形で親しまれていたが，これらはカトリック聖歌の中のキリエ・エレイソン(求憐誦; ギリシャ語で「主よ，憐れみ給え」という祈り)や，多くのマリア賛歌の例に見られるようなメロディーで，徐々に民間にも広く浸透して行った．合唱や合奏を伴う中世演劇や，楽器に合わせて実演される身振りのショーとしての武勲詩(Chanson de Geste)が大衆の前で楽器の演奏に合わせて吟誦され，世俗的な単旋歌へと同化して行ったのである．とくに武勲詩は，忠義・武勇・仁愛・礼儀作法・女性崇拝・勧善懲悪などの騎士道を歌って，当時大いに流行った吟唱歌の典型であるが，吟唱詩人や吟遊詩人の好みも入って少しずつ変質して行ったのは当然の成り行きであった．それでもカトリックの聖歌に似た詠唱的な旋律は長く後代に残ったのである．

11世紀以前の北イタリアには古代ローマの一般歌唱の流れも残っていた．その代表的なものは，韻文聖者伝(legendarium)，皇帝賛歌・英雄賛歌の類(gloria)，凱旋の歌(victoria)，記念祭歌(festidies anniversaria)である．それらのラテン的なメロディーが，宮廷官女らの愛の歌(貞淑と不貞の唄，純愛と失恋の唄など)や，修道院などで聖課の余暇などによく歌われ土地言葉(vernaculus lingua)の鄙歌や古謡などと混在して存続していたのである．

11世紀後半になると，現在のフランス南部の地に，世俗的な内容の声楽を伴って心情を吐露するような抒情文学が出現した．これらの抒情詩はラング・ドック(Langue d'Oc)とかオクシタン(Occitan)とよばれるプロヴァンス地方の言葉(Provençal)で歌われることが多かった．[2]このような土地なまりを含んだ抒情詩を流行させたグループがトゥルバドゥール(Troubadours)とよばれていたのである．もともとプロヴァンス語の"Trobadors"とは発見者・創始者の意である．歌曲と歌詩の発見者（最初の作者）という意味で，

楽器を奏でて弾き語りをしたのがトゥルバドゥールである．彼らはもともとはローマの貴族たちに道化師(joculator)として雇われ，主人とその一族を慰めるためにあらゆる工夫を怠らなかった．あるいは楽器を奏でて巷で流行っている歌を披露し，人形を使い，曲芸をやってのける道化師であった．彼らこそ武闘を演じたり楽器を奏でたりして主人に奉仕したローマ帝政時代の奴隷たち(ministralis; いわゆるミンストレルの語源)の後継者である．彼らの別のグループをなしていた宮廷楽人らの一部は，城から館，館から城へと，パトロンを頼って巡遊するようになり，ヴィエル(viéle)とよばれる五絃琴にあわせて吟唱するのが常だった．ヴィエルというのは，16・7世紀のヴィオルの前身で今日のヴァイオリンの祖先にあたる楽器である．主としてローマの影響が強い「武者修行の唄」や「英雄賛歌」や「凱旋歌」や「ベルジェリ」(bergerie) とよばれる牧歌，田園詩の類の詩を，この楽器の伴奏で吟遊していた．彼らは一般にはジョングルール(jongleurs)とよばれて戦争詩や武勲詩の弾き語りをすることも多かった．楽器の演奏家であると同時に喜劇役者でも軽業師でも人形使いでもあった．彼らはかってJoculator(is)とよばれたローマの楽人道化師の流れを汲む多芸多彩な芸人だったのである．"Joculator(is)"という語は手品師，曲芸師を意味する英語の"juggler"の語源をなしている．

アニュエス・ジェアハーツ(Agnués Gerhards)はその著『中世社会』(*La Société Médiévale*)の中で次のように述べている．

> 都市には，民衆文化が花開くのに絶好の場所があった．公共広場である．ジョングルールや猿まわしもここから生まれた．ジョングルールたちは，あるときは時事問題の解説者に，またあるときは風刺歌謡作家(chansonniers)に姿を変えた．1259年，イギリス国王とフランス国王がノルマンディー問題を解決するための条約を締結した直後，あるジョングルールがイギリス国王を嘲笑した風刺詩を歌っているのもその一例である．このエピソードは，エティエンヌ・ボワローの『同業組合の書』に記されている．ニュースは，この広場から町中へ，また農村へと広まったのであろう．日常生活でのあらゆる出来事は，しばしばここで話され，もしくは≪公共広場に届けられた≫のである．最初は教会や典礼を舞台としていた演劇は，やがて公共広場で，俗語で演じられるようになっていく．[3]

同業組合が拡充し発展するにつれて，次第に一般大衆の集まる町や村の広場で春夏秋冬の自然を盛り込んだ四季の歌(とくに春の喜びを歌った"reverdie"が有名)，朝の唄(aubade)・夕べの歌(serenade)を含む恋愛詩，ま

た糸つむぎ唄(chanson-de-toile)を含む職業歌や俚謡などを歌ってやんやの喝采を浴びるようになった．ピーク時には，ロワール川南方に常時500人近くのこのような楽人が広場を賑わし，約2600篇の唄を残したといわれている．この地方は進んだ自治都市の中で，領主も一般市民も自由で洗練されたいわゆる南仏的な文化を享受していた．たおやかな宮廷恋愛をも容認する豊かな文化都市だったのである．繊細で洗練された文学ジャンルが広く流布していたことは言うまでもない．

このプロヴァンス地方にはマニ教徒のカタリ派(Cathari)の宗教が信者を増やしていた．彼らネオ・マニ教徒らは，物質と肉体を激しく攻撃して，至高存在である神と地上の人間との仲介者ともなる処女マリアのような理想の女性美を追い求める二元論的宗教集団であった．言うまでもなく吟遊詩人らは大陸の大旅行家であった．中でもいわゆるトルバドゥールらの奏でる愛の俗歌謡として，カタリ派のこのような女性賛美の思想と熱情が巷間に浸透し伝播したのである．[4]北イタリア出身のトルバドゥールとプロヴァンス出身のトゥルバドゥールとは，土俗的なメロディーとリズムを保ちながらも，相互に影響し合いながらカタロニアやアンダルシア地方の歌謡にまで広範に影響を与えたのである．プロヴァンス地方の吟遊詩人の中でよく知られたものは，セナンク，ル・トロネ，ダロン，グランセルヴのような大修道院を抱えるいわゆる門前町出身の楽人が多かった．勿論マルセーユやモンペリエのような港町もトゥルバドゥールの拠点となっていた．

カタリ派の中心地アルビ遠征を目的としてフランス王権を背景に組織されたいわゆるアルビジョワ十字軍[5]が，この地方で容赦ない殺戮を行ったのは13世紀初頭のことである．これがオック文明とトルバドゥールの芸術文化に打撃を与えて，ついには衰微させる結果になったのである．多くのプロヴァンスの吟遊詩人たちの中にはイタリア，スペイン，ポルトガルに逃れるものが多かった．後にエリザベス時代のイングランドで抒情歌謡全盛時代の到来を迎えるのは，このような経緯があったからである．

13世紀半ばを過ぎると，北欧各地では吟遊詩人らの後継者がやはり宮廷恋愛を中心にした歌謡などを流行らせていた．ロワール川から北側のいわゆるオイル方言(Langue d'oïl)を使う地方に流行したトゥルヴェール(trouvère)や，ドイツのハウゼン，エッシェンバッハ，パッサウ，ウィーンなどを中心に活躍したミンネゼンガー(Minnesänger)などが，それぞれの土俗的・伝承的魅力をたたえながら活躍していたのである．独特の大道芸を

披露して歩く彼らの音曲の底流には，まだ北イタリアのラテン歌謡とプロヴァンスのオック歌謡の片鱗が漂っていた．

　フランチェスコ派の修道士ペトラルカ(1304-74)が，ラテン文芸を伝承しながら斬新なプロヴァンス歌謡に大影響を与えるような作品を残したのは，14世紀半ば，フランス人司教らがクレメンス五世を推し立てて教皇庁をアヴィニオンに移した，いわゆる「アヴィニオン捕囚時代」(1303-1377)であった．

　ペトラルカ一家がフィレンツェ南東約26キロのアルノ渓谷沿いのインチーザ村(Incisa)から，父の仕事の関係でアヴィニオンに移住したのはペトラルカ8才のときである．そしてジョヴァンニ・コロナの礼拝堂司祭の職を得て17年をこの地で暮らし各地を転々とし諸所に招かれ寄寓することも多かったが，アヴィニオンはペトラルカの生涯の文筆活動の拠点であった．サン・クレール(聖アキラ)教会で恋人ロール(ラウラ)とめぐり逢ったのも，(パルマ滞在中に友人の手紙で知ったことだが)ロールが昇天したのもアヴィニオンである．

　このラテン的人文主義者の大詩人ペトラルカが，アヴィニオンを中心に活動したことの意味は重要である．ペトラルカとそのイタリア，フランスの模倣者らは古典古代のラテン詩人を模範としていたが，同時にプロヴァンサールの圧倒的な影響を受けながら名声を得たのである．この地こそ，プロヴァンスのトゥルバドゥールが誕生し活躍した中心軸であったからである．

　トルバドゥール歌謡はスペインのカタロニア地方からアンダルシア地方の民謡などにも影響を与え，さらにポルトガルの歌謡にまで広くその影響を及ぼした．

　イングランド文芸が百花繚乱の時代を迎えたのは，ワイアット(Wyatt)がイタリアから帰国してペトラルカの訳詩を試みたりペトラルカらを下敷きにした作詩を試みたりした頃からである．ロンドンでは武勲詩や聖者伝の名残りを漂わせた古謡から新しい抒情詩の時代に移っていた．ワイアット卿は言うまでもなく，サレー伯(Henry Howard, Earl of Surrey; ?1517–47)，グリマルド(Nicholas Grimald; ?1519–?62)などのほか無数のペトラルカ風の抒情詩人が簇出した．それらの影響を受けながら多くの俗歌俗謡も巷間で実際に奏でられ歌われた．その中からバード(William Bard)，ギボンズ(Orlando Gibbons)，ダウランド(John Dowland)，ウィールクス(Thomas Weelks)

などの著名な作曲家が輩出したのである．プロヴァンスを経由したマドリガル，土俗性の強いバラッド(いわゆるfolk ballad)もあった．グリマルドやヴォーズ（Thomas Vaux）などは当時流行していた12音節と14音節を交互させる民間の歌のリズム(poulter's measure; 鳥屋の韻律)を取り入れることがあった．これは狩猟の盛んな16世紀半ばに，同業組合を組織して栄えた家禽類や野鳥を売る「鳥屋」の店先で大口売買を行った際，1ダース単位で大声をあげて鳥を数えたことに起因するという．しかし何と言っても下層社会で人気のあったのは，生活苦を忘れさせるような，猥雑だが他愛ない滑稽恋愛詩や滑稽抒情風刺詩であった．

次に上げるものは16世紀初頭から流行り出して，ロンドンの居酒屋などで大いに評判をとったラテン語のカタコトを取り混ぜた一種の戯れ歌(burlesque)である．

   Amo, amos, I love a lass,
   As a cedar tall and slender,
   Sweet cowslip's grace is her nominative case
   And she's of the feminine gender.
   Rorum corum sunt divorum harum sacrarum Divo!
   Tag rag merry derry, periwig and batband
   Hic Hoc borum genitivo.
   Can I decline a nymph divine?
   Her voice as a flute is dulcis;
   Her oculis bright, her manus white,
   And soft when I tacto, her pulse is,
   Rorum corum sunt divorum harum sacrarum Divo!
   Tag rag merry derry, periwig and batband
   Hic hoc borum genitivo.
   Can I decline a nymph divine?
   Her voice as a flute is dulcis;
   Her oculis bright, her manus white,
   And soft when I tacto, her pulse is,
   Rorum corum sunt divorum harum sacrarum Divo!
   Tag rag merry derry, periwig and batband
   Hic hoc borum genitivo.
   O how bella my puella,
   I'll kiss secula secrorum;
   If I've luck, sir, she is my uxor!
   O dies benedictorum!
   Rorum corum sunt divorum harum sacrarum Divo!

Taf rag merry derry, periwig and batband
Hic hoc, borum genitivo.⁶

　　惚れた，惚れたよ，あの娘に惚れた，
　　すらり，ほっそり，糸杉娘，
　　クリンザクラもさながらに，あの娘はきれいで上品で
　　女らしさが主格だよ．
　　大事なおいらの露の玉，聖なる神への捧げ物．
　　男と女の所有格，ロールム・コールム・ホイホイホイ．
　　あんなにきれいなニンフの女神，とても捨てては置けまいぞ．
　　声は甘美でフルートまがい，目はぱっちりと大きくて，
　　シラウオ指に触っただけで胸もときめくたおやかさ，
　　大事なおいらの露の玉，聖なる神への捧げ物．
　　男と女の所有格，ロールム．コールム・ホイホイホイ．
　　何と上等なおいらのあの娘，
　　娑婆の娘にキスしたあげく
　　運がよければおいらの嫁だ！
　　アー，今日はいい日だホイホイホイ．
　　大事なおいらの露の玉，聖なる神への捧げ物．
　　男と女の所有格，ロールム・コールム・ホイホイホイ．　　（拙訳）

　この詩の特徴は，猥雑な隠語の部分を聞きかじりのラテン語と威勢のいい土地言葉(vernacular)とを混ぜこぜにして，しかもリフレインにしていることである．いかにも文法学校の初級読本をもじったような崩れたラテン語(lingo)を使ったこの滑稽恋愛詩は，間接的にはやはり16世紀初頭にプロヴァンス地方に流行った雅俗混交体(macaronic verse)のおどけた戯れ歌の影響をうけているのである．一般に雅俗混交体風の詩形は本来数種の言語の混交詩をもっていたギリシャの大衆歌謡に起源をもつものだが，やはり北イタリアの多言語地域から大流行したものである．とくにベネディクト会修道士のテオフィロ・フォレンゴ(Teofiro Folengo; ラテン名 Merlinus Cocaius)⁷の『雅俗混交体狂詩集』(*Opus Macaronicum*; 1517)が流行に火をつけたことはほぼ確実である．ここに引用した滑稽詩の形式は，ラングドック地方の隠語(patois)を頻繁に用いた吟遊詩人らによって西方に伝わり，ロンドン市内でそれをまねて歌われるようになったものと思われるが，それ自体下町小唄としてロンドンの下層市民の生活心情をよく伝えている．

　次に，ヘンリー八世時代のイングランドで作られ徐々に巷間に広まったプロヴァンス歌謡風の抒情小唄の例をあげてみたい．

> Ah, Robin, gentle Robin,
> Tell me how you leman doth,
> And thou shalt know of mine,
> My lady is unkind, I wis, Alas! why is she so?
> She loves another better than me,
> And yet she will say no, Ah, Robin . . .
> I cannot think such doubleness
> For I find women true.
> In faith my lady lov'th me well,
> She will change for no new.
> Ah, Robin, gentle Robin.[8]

> ああロビンよ，優しいロビンちゃん！
> 可愛い君がどうしているのか教えてくれたら
> 僕のことも打ち明けよう．
> 冷たい態度になったけど，
> 君は，ああ何でそんなになったのさ？
> ほかの男を好いていながら，
> 違う，違う，と言うなんて，ああロビンちゃん…
> 君の実意を信じる僕には
> 浮気などとは思えない．
> 僕をまだ愛しているよね，本当はね，
> 心変わりなぞありっこないよね．
> ああロビンよ，優しいロビンちゃん！　　　　　（拙訳）

　これは一時ヘンリー八世時代の寵臣だったウィリアム・コーンシャイ(William Cornshye; c.1465-c.1523)が作って広まった歌で，大分後になって国王付きオルガン奏者ヘンリー・パーセル(Henry Purcell; c.1659-95)が編曲したものである．コーンシャイは後に彼の作った滑稽風刺詩の数篇が国王の逆鱗にふれて投獄されたが，当時キャッチ(catch)とよばれた彼の輪唱風の小唄が居酒屋などを中心に評判となり，後のエリザベス朝でトゥルバドゥール風の浮気を主題にした俗歌謡の流行に火をつけたものである．

　以上のような歴史的背景を前提にしてダンの前半生の作品とその展開を考えるとき，その中にラテン的特色，プロヴァンス的特徴が多分に流れていることは否めないのである．

　16世紀末葉のロンドンで，一団の若い詩人らが古代ローマの風刺詩を発見して刺激をうけ，当代に爆発的な社会風刺詩の流行をもたらした．彼らがまず模範としたのは古典古代のペルシウス(Persius; A.D.34-62)であった．

あらゆる点で従来とは全く異なる激動の時代に，独特の社会不安を内面に鬱積させていた風変わりな憂国の若者らにとって，ペルシウスは魅力的な奇矯表現によって新時代を映し出す韻文作者の手本だったのである．同時に若者たちの間では，高邁な愛国心を鋭敏な感覚で表明したホラティウス(Horatius; B.C. 65-8)や，非情なほどに仮借ない風刺で社会の不健全を糾弾したユウェナリス(Juvenalis; c.A.D. 50-130)などが評判となって，ひそかに模倣する者も多かった．古代ローマのこのような風刺文学に熱中したロンドンのインテリ青年たちの中に，金物屋の秀才息子ジョン・ダンがいたことは言うまでもない．1593年ごろに，彼はグロテスクなほどに屈折した思いを表明した3篇の『風刺詩』(Satires, 1593)を書き，またさらに4篇の風刺詩断片を残している．しかし現在よく知られている『唄とソネット』(Songs and Sonnets)なども，その題名からは想像もつかないほど風変わりで猥雑な滑稽風刺詩集だったのである．このようなラテン世俗詩といわゆるプロヴァンス風の滑稽世俗詩とが融合した形をとりながら，エリザベス女王時代の抒情詩全盛時代を迎えるのである．

II　オウィディウスの「呪いの歌」とダンの「幽霊」

「オウィディウスはあらゆるラテン作家中もっともフランス的でありイタリア的である」と言ったのはギルバート・ハイエット(Gilbert Highet)である．その著『古典の伝統』(The Classical Tradition)の中で彼はこうも述べている．

> 1234年に世に出たプロヴァンスの詩『フラマンカ』(Flamenca)には，吟遊詩人たちが歌ったと思われる当時よく知られた物語の一覧表が載っている．そのうち幾つかはキリスト教的騎士道物語であるが，それよりはるかに数が多いのはギリシャ・ローマ神話からとった物語である．しかもその大部分はオウィディウスからのものである．[9]

このように，トゥルバドゥールの伝えた歌の中に多くのオウィディウス(Publius Ovidius Nasso; 43BC–?A.D. 17)の社会風刺詩・恋愛風刺詩が多かったことは否定できない．オウィディウスだけでなくホラティウス，ペルシウス，ユウェナリスなどの古代ローマの抒情風刺詩が16世紀後半のロンドンで急に流行し始め一世を風靡するようなジャンルとなったのは，文法学校で用いた暗唱読本(Commonplace Books)[10]に盛られた古典古代の文人の金言，格言，俚謡の類の影響も大きかったが，トゥルバドゥールの圧倒的

な影響を受けた多くの詞華集の出版が流行したためである．

　ワイアット卿（Sir Thomas Wyatt; ?1503-42)やサレー伯(Howard Henry, Earl of Surrey)を始めグリマルド(Nicholas Grimald)その他の詩人らの作品を収録したいわゆる『トトゥル詞華集』(Tottel's Miscellany, 1557)は，その後の多くの詞華集の嚆矢をなすものである．Tottel's Miscellanyという呼称は当時の出版業組合(Stationer's Company)の組合長リチャード・トトゥル(Richard Tottel)の名前でよばれた通称で，正式の書名は *Songs And Sonettes, written by the ryght honorable Lorde Henry Haward late Earle of Surrey, and other* [sic] という長いものであった．この本の内容は言うまでもなく，ペトラルカ風の多くの恋愛風刺詩・滑稽恋愛詩である．たとえば恋人への純愛の吐露，女に振られた男の片思いの嘆き，冷たい彼女への哀願，彼女の浮気への皮肉，地獄の責苦以上の失恋の苦悩，つれない返事への絶望的な悲嘆などである．当時北イタリアからプロヴァンス地方にかけて，ソネトー(Sonetto)，バラータ(Ballata)，マドリガーレ(Madrigale)，セスティーナ(Sestina)，カンツォーネCanzone)，ストランボッチ(Strambotti)などの詩形の抒情歌謡が大流行して，ペトラルカ(Francesco Petrarca; 1304-74)はもちろんその亜流詩人が多く活躍し各時代を彩った．これらの民衆歌謡がエリザベス朝のロンドンに斬新な息吹きの新歌謡として持て囃されたのである．ダンの詩集いわゆる『唄とソネット』(*Songs and Sonnets*)は，『トトゥル詞華集』(*Tottel's Miscellany*)の正式な書名にならって名付けられたわけである．

　ダンのこの詩集にはやはり雑多な主題が扱われている．求愛や愛の幸福を扱ったもののほか，別離の悲しみ，絶望，浮気への皮肉と報復，嫉妬，敵意，など多様である．脅迫に類する詩もあるが，やはりペトラルカ流の抑制もある．たとえばワイアットの"My lute awake" [11]の場合，復讐を歌っていてもペトラルカ風に聖書的である．雅歌の表現にならって"Vengeance shall fall on thy disdaine / That makest but game on earnest paine" [sic] と一種の脅し文句で歌っても，結句は"Now is this song both song and past, / My lute be still for I have done." と結んでいる．ワイアットの詩は，たとえ脅迫的表現があってもどことなく控えめである．バーバラ・エストリンの言葉を借用すれば「威嚇的だが漠然とした脅迫」 (a bullying and vague threat)[12] なのである．

　このように1500年前後のイングランド歌謡は，ペトラルカの影響は言うまでもなく広範な南仏的影響をうけたが，当時のラテン語教育の盛んなエ

リザベス朝のイングランドでとくに社会風刺詩・滑稽恋愛詩の系譜を考えるとき，ウンブリア地方，トスカーナ地方から古代のいわゆるプロヴァンキア地方にかけての抒情文学の中に入っていた古代ローマのオウィディウスらの遺風を看過するわけには行かないのである．

　脅し(threatening)や怒り(wrath)や呪い(curse)の唄の表現形式は，概して古代ローマの誹謗の歌(Libellus) や悲嘆の歌(Tristia)の流れを汲んだものも多いが，ダンの『唄とソネット』には，とくにオウィディウスの「とき鳥」(Ibis)と題する詩が深い関わりをもっているように思われる．たとえば「幽霊」や「呪い」や「葬式」などと題する恋愛詩がそれである．

　オウィディウスはこの「とき鳥」という風変わりな作品(644行のエレゲイア形式の韻文)を書く以前に，『恋の手くだ』(Ars Amatoria)と題する韻文作品を，ローマ皇帝アウグストゥスの孫娘のユーリアに捧げた．それが不道徳きわまる下劣な誘惑行為として讒訴する者がいて皇帝の激怒を買い，黒海沿岸のトーミ (Tomis；現在のルーマニアのコスタンツァ)に流されて，生涯ローマには戻れなかった．自分だけでなく妻をも告訴して財産を没収しようとした憎むべき讒言者を，「とき鳥」にたとえて非難した呪いの歌である．昔の紋章図案では「とき」は攻撃のシンボルであった．漢字で「朱鷺」と書くこの鳥は，エジプトではペストの元凶とされた蛇を猛然と攻撃殺戮するというので大切にされた聖鳥だが，古典古代とくにキリスト教に改宗してからのローマでは，不潔・怠惰・肉欲の象徴とみなされて嫌われていた．往時，この鳥はアレキサンドリア周辺の何処にでも見られたむしろ人間にとって忌まわしい鳥だったのである．もしかすると告げ口をしてオウィディウスを攻撃し讒言し続けた憎むべき相手は，長いクチバシをもつ嫌われものの「とき」のように，痩身で攻撃的な性悪な側近だと言いたかったのかも知れない．

　作品の冒頭でオウィディウスは次のように言っている．

> 名前は何かとたずねる人に，お前が誰かは言わないつもり．
> お前は当分「とき」の名でいるがいい．私の歌う詩行の奥に
> 小暗い晦渋の感があるけれど，同じようにお前の方も
> 生涯にわたり，闇の中に無名のままでいるがいい．[13]

　また「何れにしろ私はずっと相手の名前はふせておこう」[14]と言っているように，結局最後まで「とき」と名指しされた人物の本名は明かさなかったのである．

彼はこの作品で憎むべき怨敵を呪い殺してやろうとするかのように，この詩全体にわたってあらゆる呪詛の言葉を撒き散らしている．若干の断片を例としてあげれば次の通りである．

> 拷問のあげく死に果てて手足から霊魂が脱け出すまで，
> ずっとお前は苦悶を続け，なるべく長く処刑台で悶えるがいい．[15]
>
> 私が死んで虚ろの中にぽーっと立ち上がったら，
> 私はお前の居場所を突き止めて，亡霊となって
> お前の面前に出てやろう．決して
> おまえの仕打ちは忘れまいぞ．されこうべ姿の亡霊となって
> 真正面から襲いかかってやろう．[16]
>
> 目を覚まさせて，お前に私をみせてやろう．夜のしじまの
> 暗やみに面と向かって現れて，お前の夢を壊してやろう．
> お前が何をしてようと，お前の鼻先に迷い出て
> 積もる恨みを吐き出せば，心安らぐ場所もなかろう．[17]
>
> お前の嫌らしい寝姿を徹底的に暴いて苦しめてやろう．さらにまた
> お前には，地獄の閻魔さまがあらゆる刑罰を与えよう．[18]　　　(拙訳)

「面と向かって」とか「鼻先に」という言葉が多いように，憎悪と呪詛のあからさまな感情が誇張した韻文表現で巧みに表出されているが，これは終始オウィディウス独特のエレゲイア詩形によって支えられているものである．

　古代ローマの文人たちは多様な詩的表現に長短短5歩格のエレゲイア詩形の2行連句を用いたが，その内容は多種多様で，悲しい追悼詩，沈鬱な瞑想詩も入っていたが，今日の哀歌・挽歌と訳されるようなエレジーの内容とは異なるものであった．古代ローマに流行したエレゲイアの中から一例をあげれば，簡潔明快なカトゥルス(Gaius Valerius Catullus; c.84-c.54B.C.)をあげることができる．彼のラテン詩は，恋愛を中心としたエピグラム風の短詩の繰り返しであった．オウィディウスはこのようなエレゲイアの2行連句を，多様な主題の詩歌のために生涯にわたって使用し続けたのである．それでもやはり中心テーマは，概して愛憎についての省察，瞑想的な情緒の表現だったことは間違いないのである．

　ギリシャ詩に溯りうるこのエレゲイア形式は，本来は英雄や偉人の葬式に際しての葬送演説や追悼詩のための修辞形式であって，近代の哀歌としてのエレジーは，主としてこの悲嘆・悲哀の内容を盛ったものである．ギ

リシャのエレゲイアには，慟哭の歌(threnos)，哀悼の歌(paramythia)，それに称賛の歌(epainos)の3種類があったが，要するに悲嘆を称賛へと高める追悼詩の形式として広まった．古典古代の時代に瞑想や省察の概念が拡大して「恋の恨み」や「恋人賛美」や「羊飼いの悲恋と孤独を歌う牧歌」となったのである．ルネッサンス時代のプロヴァンス地方ではさらに主題項目が増えて，いわば「雑抒情詩」とよんでもいいような，境界を越えた広いジャンルになったのである．オウィディウスのエレゲイアは，この雑抒情詩的な性格をもつ風刺的瞑想詩，あえて言えば「半ば真剣な滑稽風刺詩」といってもよいものだったのである．

III ダンの「幽霊」と呪いのパロディー

以上のように，エリザベス朝は雑多な抒情詩が吟遊詩人の広めた歌の余韻をたたえて流入した時代であった．中でも圧倒的な流行をみたペトラルカ風の恋の嘆き(Complaint)のジャンルから派生したとも考えられる「裏切られた男の呪いの歌」がある．ペトラルカ風のたおやかな愛の抒情詩とは一風異なるこの種の歌の多くは，プロヴァンス地方ではストランブリア(Stramberia)とよばれていた．「風変わりな歌」の意味である．後章で言及するストランボッチ(strambotti)のことで，異常，奇矯，歪曲を表す形容詞"strambo"から出た言葉である．これは後にイングランドで流行した強靭な詩行(Strong Lines)とか形而上詩(Metaphysical Poems)に似た特徴を示すもので，その原型とも考えられるものである．

多くのペトラルカ風抒情詩を伝えたプロヴァンス歌謡の中に，オウィディウス的な「怒りの歌・呪いの歌」の系譜に連動するような，いわば荒々しいほどの男性的な抒情詩もすでに混在していたことは事実である．プロヴァンサールとよばれたオック語を用いた抒情歌謡には大体3種類の異なる傾向ができていた．平易体歌謡(trobar-leu)と豊潤体歌謡(trobar-ric)と晦渋体歌謡(trobar-clus)の3種類である．この中の晦渋体歌謡はおそらくオウィディウスらの詩に感じられるような，晦渋で閉鎖的な感じの風刺詩の遺風を漂わせていたと思われる．

ペトラルカとその亜流の極端な屈折，強烈なパロディーとも考えられるこのような現象が，ダンの『唄とソネット』のような形で16世紀末のイングランドで顕在化したと推定される，というのは極論であろうか．

次に，ダンの「幽霊」(Apparitoin)と題する詩をとりあげ，その内容を拙

訳を付して検討してみたい．

> When by thy scorn. O murderess, I am dead,
>   And that thou thinkst thee free
> From all solicitation from me,
> Then shall my ghost come to thy bed,
> And thee, fegn'd vestal, in worse armes shall see; (ll.1-5.)

> ああうらめしや人殺し！君に嫌われ僕が死んで，
>   やれやれ，もう口説かれなくてすむと君が思ったそのときに，
> 僕は幽霊になって，君のベッドに現れてやる．
> 処女を気取ってくだらぬ奴の両腕に
> 君が抱かれているのを見てやろう．

　この詩は，これほどまでに誠意をつくす自分を無視して他の男とベッドを共にしている彼女に，怒り心頭に発した感じで冒頭から嫌みと脅しのありったけを投げかけている．この詩のスピーカーは，当時の恋愛抒情詩の常套に従って，彼女のつれない仕打ちのために絶望して死んでしまった亡霊として，自分自身を歌っているのである．"vestal"とは本来数人で祭壇の聖火を司った未婚の処女のことで，"feign'd vestal"というのは片思いの相手の人格を傷つけるほどの極端な毒舌による呪詛表現，古典文法上の一種のアナテマ語法(anathema)である．ここには，亡霊となった自分自身を，墓から立ち上がったイエスの立場において，愛に背いた恋人に永劫の罰を与えようとする，いわば冒涜が冒涜を破門する複合撞着のおかしさを表している．「主を愛さない者は，神から見捨てられるがいい」(コリントⅠ, 16: 22)という聖句のパロディーである．聖女の姦通は異端排斥いわゆる破門に値する大罪であった．これが"feign'd vestal"という言葉を詩人が誇張して用いた背景であり，自己撞着の面白さを示す機知表現なのである．

> Then thy sick taper will begin to wink,
> And he, whose thou art then, being tir'd before,
> Will, if thou stir, or pinch to wake him, think
>   Thou call'st for more,
> And in false sleep will from thee shrink; (ll. 6-10.)

> そのとき，罪に苦しむ君のローソクは揺らぎ始め，
> 君が，男を揺り起こそうとしてつねっても，
>   もっとと言ってねだっても，君をものにしたその男は，
> もうすでにうんざりして，狸寝入りで背をむけるだろう．

ここで "before" (l.7.)とあるのは "already"を意味する当時の副詞である．"sick taper"という用語も，聖堂のローソクの火を守る聖女の破戒を歌った後では，効果的な詩句である．"taper"を"candle"の意味と同時に「目のひとみ」と解釈すれば，幽霊に安眠を妨げられ，眠い目をしぶしぶあける瞬間の巧みな描写になる．またシェイクスピアの場合 (*Macbeth* 5:5)のように人間の命ととれば，彼女の「今にも消えかかるはかない命」の意味となる．また，"taper"には「男根」の意味もあるので，「目を閉じて見ぬふりをする」という意味の "wink"の語義と連動して，いかにも大衆歌謡に根づいた好色文学のモチーフらしく，今ベッドの中で狸寝入りしている男の滑稽な状況を暗示している，とも言えそうである．

  And then, poor aspen wretch, neglected thou
  Bath'd in a cold quicksilver sweat wilt lie,
  A verier ghost than I: thee now,
  What I will say, I will not tell thee now,
  Lest that preserve thee; and since my love is spent,
  I had rather thou shouldst painfully repent,
  Than by my thret'nimgs rest still innocent. (ll.11-17.)

  何と哀れ！無視された君はポプラのように震えおののき，
  水銀のような冷汗でびっしょりになって，
  幽霊の僕よりももっと幽霊らしく，青ざめて横たわる．
  言いたいことが僕にはあるが，今言うのは止めておこう，
  そのために，僕を捨てた罪から君がまんまと免れてはいけないからだ．
  君が潔白になってすんなり赦免を受けるのはもってのほか，
  痛々しい懺悔の苦しみを，君に味わわせてやりたいのだ．

「ポプラのように震えおののき」と歌っているのは，元来キリストの十字架の材料にポプラの木が用いられたという言い伝えがあるところから，これは改悛のシンボルとしての意味が込められている．後に明らかになるように，この詩行は「神の怒り」に関する聖句を背景にしているからである．

 「水銀のような冷汗でびっしょりになって」の部分の"quicksilver"は，ショークロスも言及しているように，往時水銀は梅毒の治療薬としても使われた．[19] ここで目指している「浮気の歌」のメタフォーとしては機知に富んだ実に巧みな用法であると言える．

 最後の2行連句はとくに重要な意味を持つように思われる．「私の脅迫

で君が無罪になってしまうくらいなら今は脅迫はやめておこう．痛々しく苦悶した末に心底から懺悔させてやりたいのだ」というのがこの詩行の主旨である．ここには懺悔に関する聖書的背景とそのパロディーがあることに注目すべきである．

要するに，この詩のモチーフには2つの旧約聖書的発想が関わっている．第1は神の怒りと呪いの思想，第2として犯した罪に対する懺悔の思想，という2つの考え方である．

まず留意すべきは「申命記」(Deuteronomy 28:15) にある「呪いの思想」が背景にあることである．

> もしあなたの神，主の御声に聞き従わず，今日わたしが命じるすべての戒めとおきてを忠実に守らないならば，これらの呪いはことごとくあなたに臨み，実現するであろう

このような「脅しの思想」——「申命記」のいわゆる「呪いの掟」——は，『一般祈祷書』(*The Book of Common Prayer*, 1549)にレントの初日や主教が指定する日時に朝祷，連祷(Litany)などの読誦に続いて唱えられる大斎懺悔(commination)の聖句から来ている．これは司式者と会衆が次のように交互に唱えるいわゆる交読文になっている．

> 司式者: 隣人の妻と寝る者は呪われる．
> 会　衆: アーメン．
> ‥‥
> 司式者: 無慈悲な者，密通する者，姦通する者，強欲な者，偶像礼拝者，他人を中傷する者，酩酊する者，金品を強奪する者は呪われる．
> 会　衆: アーメン．[20]

この "commination" のラテン原義は ＜com-minae-atus＞で，語根の "minae" は脅し(threat)の意である．昔のイングランドの地域社会，カトリック的宗教共同体の秩序を守るためには，大斎懺悔式におけるようないわば脅し文句とも言えそうな言葉の交唱確認が求められ，「詩編51」にあるような「神の怒りに対するとりなし」(suffrages)も必要だったのである．

聖書的発想の第2のモチーフは，犯した罪に対する懺悔の思想である．「申命記」(22:22)には次のような言葉がある．

> ある男と婚約している処女の娘がいて，別の男が町で彼女と出会い，床を共にしたならば，その二人を町の門に引き出し，石で打ち殺さ

なければならない

罪への恐れから来る心理的懺悔をローマ・カトリックでは不完全痛悔(attrition)とよび，すでに冒した罪への真の懺悔を完全痛悔(contrition)とよんでいる．「幽霊」という詩の末尾で歌われている"painfully repent"という言葉が，カトリック的なこの「完全痛悔」を暗示する巧みなパロディー表現になっていることも，興味をそそる点である．

Ⅳ ダンの「幽霊」におけるセラフィーノの影響

ルネッサンス文学研究家のドナルド・ガス(Donald L. Guss)博士が『ペトラルカ風詩人・ジョン・ダン』[21]を発表したのは1966年のことである．この書はルネッサンス期の一般的詩風とイングランドの独創的な詩人らの業績との関係を中心にして，とくにジョン・ダンの抒情詩の作風を，イタリアのペトラルカ風歌謡の観点から再検討・再評価して研究者を驚かせた．えてして20世紀の批評家によってダンが象徴主義的手法を用いた革命詩人と断じられることが多いけれども，実はダンの奇想の多くが一群のイタリアの先駆的文人の創始したものであることを論証し，その誇張的・形而上的表現の多くが革命的なものでなく，多くはルネッサンス・イタリアの遺風のもとにあった同時代の作詩慣行に沿って書かれた傑作であると論じたものである．

その論述の中でとくに印象的で説得力のある見解の一つは，ペトラルカ抒情詩の特徴——片思いのつらさや恋人の離反についての嘆き(complaints)，浮気の口実(excuses)，あり得ない事の羅列(list of impossibilities)その他の手法——が，概してプロヴァンス歌謡に歌われていたものだったと規定していることである．また，優雅な作法への敬意，高度に洗練された情感への傾倒など，ペトラルカの感受性を彩る宮廷愛的性質が，ローマ貴族に発しているというよりもむしろプロヴァンスの騎士道精神から出たものだと，主張している点である．[22] つまりガス教授の立場は，ペトラルカの『抒情歌謡集』(*Canzoniere*)のもつ最高の本領を徹頭徹尾プロヴァンス吟遊詩人特有のものだったと考えたことである．

それが国境を越えて徐々にイングランドに達するまでには，当時のイタリア半島にあった多くの方言の変化と純化を経なければならなかった．たとえばベンボー(Pietro Bembo; 1470-1547)などは，古典古代の文人とくにウェルギリウスやオウィディウスなどの正しい模倣が純正なラテン語を磨き

上げると信じていたし，ペトラルカを正しく模倣することが純正なイタリア語を作り上げると信じていたのである．ポリツィアーノ(Angelo Poliziano; 1454-94)はラテン語学者でありながら，ペトラルカ流の修辞法で舞踏に適したイタリア歌謡を広めたし，セラフィーノ・ダル・アキラ(Serafino dall'Aquila; 1466-1500)は斬新奇抜な表現で社交的で優雅な詩風を一般化させたのである．

　ペトラルカの亜流詩人ないし模倣詩人の歌が流行した16世紀半ばのロンドンでは，いわゆる純正ラテン語は議会議事録や法廷の裁判記録に用いられる公用語となり，政治・宗教的な独立ムードに傾いていた新しい世代の若者や一般民衆にとっては，むしろ純正イタリア語かオック語の方が新時代の青年の嗜好に合っていたのである．

　長いラテン文化の中で培われ純正ラテン語で教育されたイングランドの保守的な老人たちのあからさまな批判[23]にもかかわらず，若いインテリ青年の間ではイタリア北部やプロヴァンスから帰った留学生や僧侶などの土産話と流行歌謡がもてはやされた．当時のイングランドの若者たちは，立身出世のためにはラテン語が必須のものと思いながらも，プロヴァンス歌謡とその亜流が若い心に訴える斬新さに魅せられながら，その向こうのローマやフィレンツェやヴェネチアの先進文化の幻に憧れていたのである．

　ダンは家庭教師のイエズス会士によって幼児期からギリシャ語・ラテン語・フランス語・スペイン語の習得に励んだと言われる．旺盛な知識欲と才気煥発な青年詩人ダンの鬼才が，セラフィーノらのストランボッチ風の詩文体の流行に飛びついていわゆる形而上詩文体を流行させたとしても，不自然なことではなかったのである．ストランボッチはシシリーで始まった8行詩に由来し，プロヴァンス系とトスカーナ系に分かれて流行したが，プロヴァンス系が風刺文体に限定される傾向があったのに対して，トスカーナ系は内容的にやや感傷的で好色的な6行詩で流行したのが特徴である．

　セラフィーノの滑稽風刺詩は，後になって少なくともロンドンの若者らの間に，ラテン世俗詩やペトラルカ文体や広い意味のラング・ドック文体の流行と同時に受け入れられて，大いに喧伝された時期があったものと思われる．その証拠として，前述の『トトゥル詞華集』(1557-8)があげられる．その中には「作者不詳の詩集」('Poems by uncertain authors')という題目で一括される作品群があって，失恋の嘆きや浮気を責める唄を中心とする

多くの滑稽恋愛詩と滑稽風刺詩が紹介されている．そしてとくに14世紀末の流行歌謡の形をとったセラフィーノ風の「毒舌と呪いの唄」の片鱗が幾つか見られるのは注目すべき事実である．拙訳を添えて紹介する．

> Cruell and unkind whom mercy cannot move,
> Herbour of unhappe where rigours rage doth raine,
> The ground of my grief where pitie cannot prove:
> To tickle to trust of all untruth the traine,
> Thou rigorous rocke that ruth
> Daungerous delph depe dungeon of disdain: (ll. 1-6)

> 慈悲の心を持たない人，残酷で薄情な恋人よ，
> 君は，冷たい怒りが停泊する不幸の港，
> 僕には，憐れみの心を持たない悲しい暗礁だ．
> 浮気者をみな縛り上げる網の罠，
> さげすみという深い獄屋，
> 危ない奈落を見下す冷たい岩場…

これは「残酷な女に対して」('Against a cruel woman')[24]と題するペトラルカ風の浮気の唄に属する滑稽恋愛詩である．今は心変わりをして，彼を疎んじている相手の女性をなじっているのである．岩礁のイメジを用いて悪口を並べる「毒舌と呪いの唄」の一種である．

> The heape of mishap of all my griefe the graunge,
> What causeth thee thus causelesse for to chaunge.
>   Hast thou forgote that I was thine infeft,
> by force of love haddeste thou not hart at all, ... (ll. 23-7)

> 僕は不幸の塊，あらゆる悲しみの倉庫，
> 君をこんな風に突然心変わりさせる原因は何だろう．
>   君にぞっこん惚れこんで捧げ尽くしたのを忘れたかい，
> 僕のハートを掴んだのは，愛のお陰じゃなかったかい．

この詩行で分かるように，あらゆる毒舌の列挙の末に詩人(詩のスピーカー)が言わんとしているのは，破れた恋に対する未練と愚痴である．セラフィーノ風の「毒舌と呪いの唄」の形をとりながら，この詩がやはりペトラルカ風の「恋の嘆き」の範疇にあることを示しているのである．16世紀末のロンドンの俗歌謡の中には，このように南フランスと北イアタリアの抒情詩の手法が，あるいは混在し，あるいは融合していたのである．先に述べたように，ダンの「幽霊」と題する詩は，恋人の冷たい仕打ちに対

西山　良雄

して詩人（スピーカー）が怒りをあらわにしている作品である．ここには打ち明けた恋心への彼女のつれない無視または拒否という冷たい仕打ちにあうと男はみな死んでしまう，というペトラルカ的常套が前提になっていて，「幽霊」の状況設定はそのような条件の上に成り立っているのである．

　確かにペトラルカの『歌謡集』(Canzoniere)にも共通のプロヴァンス的モチーフがしばしば現れる．たとえば真の恋人同士を愛の戦士，灯火に身を焼く蛾，火炎の中に生きる火とかげ(salamander)，灰の中から復活する不死鳥にたとえたり，たそがれの逢瀬，きぬぎぬの別れ，また溜め息の風や涙の雨，女性の軽い会釈をそれまでの冷淡の罪を帳消しにするほどの恵みと考えて感激したり，死霊が不実の旅人を追いかける，などといった表現はプロヴァンス歌謡の常套である．しかし同時に，たとえ恐怖や怒りに類するものがモチーフとしてペトラルカの詩歌に出て来ても，セラフィーノほどは激しさを感じさせない．ペトラルカにあっては，憤怒・憎悪・脅迫・復讐に類した表現があっても，彼の心の底を流れるストア的自制心で抑止されていて，大分和らいだものになっている．その意味でダンの「幽霊」における「呪い」のモチーフは，あえて言えばプロヴァンス歌謡の中でもとくにセラフィーノ文芸の伝統を継ぐものとも解釈できるように思うのである．

　本名をチミネルリ(Serafino Ciminelli)といったセラフィーノ・ダル・アキラ(前出)は，アラゴン家など幾つかの宮廷に仕えた当時の著名な詩人であるが，劇作家・俳優のほか即興詩人・作曲者・竪琴奏者など幾つもの多彩な顔で知られ，豊かな発想と機知を簡潔な表現で歌い上げるのが特徴である．有名なネーデルランド派の作曲家ジョスカン・デプレ(Josquin Depres; 1450?-1521)はセラフィーノの風変わりな小唄に魅せられて作曲したことが知られている．セラフィーノは，ストランボッチのほかバルゼレッタ(balzelletta; 俚諺を頓知で歌った滑稽奇想短詩)やフロットラ（frottolla-barzelletta; 前のバルゼッレッタより1世紀半ほど遅れて流行った滑稽奇想短詩や滑稽恋愛短詩)といった和声的な小唄も作っているが，ペトラルカの主題を扱いながらペトラルカ風とはひと味違った歌い方をする詩人であった．次にセラフィーノのストランボッチの拙訳を掲げる．

　　　　もし君のために僕が死んで地獄へ落ちたら，
　　　　あらゆる僕の苦しみは，復讐を喚きちらすだろう．
　　　　君に対する告訴状を用意して，地獄の怨霊にそれを渡そう．
　　　　君は死刑を宣告され永劫の業火にあって，

>   すぐに吊り下げられて僕の許に戻るだろう．
>   万一君が祭りや歌で記憶されて，しばらくは生きたとしても，
>   僕は幽霊になって，いつも君の前に出てやろう．[25]

　この詩の中で「万一君が祭りや歌で記憶されて」の部分は，イタリア語の原詩では"in festa e in canti"となっているが，"festa"とはこの場合死者の記念祭のこと，"canti" (canto)は死者のための葬送歌である．ここには明らかに「幽霊」の最初の出だしの3行に歌われている脅迫・復讐・呪詛と共通した怒りがある．
　セラフィーノは別の詩行でこうも歌っている．

>   そしてこんなに僕に冷たくした浮気な君のハートを
>   僕自身の手で切り裂いてやりたい．
>   あげくには腹いせに殺してやろう，
>   どんな罪でも終いには正しい報いをうけるものだ．[26]

　ここにはロレンツォ・デ・メディチ(Lorenzo de Medici; 1449-92)などの詩で知られるいわゆる「ハート探し」や「ハート泥棒」の歌のジャンルがあって，これがまたダンが好んで歌ったモチーフなのである．吟遊詩人らが広めたペトラルカ的な滑稽恋愛詩の手法である．さらにセラフィーノは歌っている．

>   そして人の魂が肉体から脱け出して
>   幽霊になってうろつき回るのがほんとなら，
>   僕はいつでも君の回りにいるのだと知るがいい．[27]

　マリノ(Giovan Battista Marino; 1569-1625)が引き継いだ滑稽恋愛詩，恋人の心変わり(cangiamento)や浮気（incostanza)を主題とする滑稽恋愛詩[28]の手法が，ペトラルカとその亜流の影響をうけていて，ダンの抒情詩と相似たものになっていることは，すでに知られていることである．しかしダンの滑稽風刺詩の精深な解釈のためには，中世末期のラテン詩とくに滑稽民衆詩や近世プロヴァンスの吟遊詩人の機知とユーモアに富んだ大衆歌謡のモティーフ，ことに激しい憎悪，脅迫，復讐や呪詛のパロディーの源流と水路をたどってみることが極めて重要で興味ぶかいことのように思われる．

V 「呪いの恋愛詩」の源流としてのプロペルティウスのエレジー

　再び古典古代に戻って一人のエレジー作家の立場からダン文学への影響

を考えてみたい．色あせたバラのわびしさを嘆き，沈む夕日の哀愁に浸ったり，ヘレニズム風の衒学的なキューピッド描写をしたペトラルカ的手法と異なるダンの特徴を際立たせることになると期待するからである．恋愛風刺としてのダンの「幽霊」という詩には独特のおかしさが残る．屈折した恋情を描くダンの手法に単に滑稽詩としてのおかしさが残るだけでなく，その奥に地上の愛のやりとりのはかなさに対する笑いが残るのである．この笑いの底に沈澱する，人間の悲しい状況への激しいしかし鬱積した黙想がダンの特色である．彼はこの複雑な苦悶の描写法をセクストゥス・プロペルティウス(Sextus Propertius; c.48-c.14BC)から継承したのではないか，というのがこの章の意図である．

　ステラ・P・レヴァード(Stella P. Revard)が「ダンとプロペルティウス——ロンドンとローマの愛と死——」と題する論文[29]を公けにしたのは1986年のことである．プロペルチウスは，主著『シンシア』(*Cynthia*)というエレジーで知られ，オヴィディウスより5歳ほど年下の詩人セクストゥス・プロペルティウスのことである．論文の出だしを要約すると次のようなものである．

> 紀元1世紀における古代ローマの恋愛詩いわゆるラヴ・エレジーの中でも，たとえば'Jealousy'や'To His Mistress Going to Bed'などのエレジーや『唄とソネット』の中の求愛する男の言葉で分かるように，ダンの手法に影響を与えた詩人としてオウィディウスの名が上げられ，そのことは動かしがたい事実として現在まで際立って有名である．しかし，微細な点を考慮すればオウィディウスよりもむしろ彼の師であったプロペルティウスの影響の方が重要ではないか．ダンは形式と主題をオウィディウスから借りているが，プロペルティウスの作品から個性の深みと広さを抽出し活用しているように思われる．[30]

　このような書き出しでレヴァードは墓場や葬式といったプロペルティウスとダンの共通のメタフォーを指摘し，シンシア(実名はホスティア)の浮気をなじるプロペルティウスの唄の中にダンがペトラルカとはやや異なる内省的な深みを凝視している，というのである．論述の過程でレヴァードはダンがプロペルティウスから借用したと思われるイメジのいくつかを指摘している．

　ダンの「日の出」(The Sun Rising)の出だしの"Busy old fool"がプロペル

ティウスの「眼光も弱って充分な明かりも出せなくなったのに，おせっかいな耄碌じいさんの月よ」(luna moraturis sedula luminibus)からヒントを得たらしいこと，「無頓着者」(The Indifferent)や「女の貞操」(Womans Constancy)などの出だしで不貞賛美のような印象で読者を面白がらせておいて，逆説にみちた疑問文で当意即妙の締めくくり(repartee)をする手法が，プロペルティウスのエレジーに酷似しているというのである．

確かに，ダンの「幽霊」という詩のモチーフを考えた場合，プロペルティウスの毒舌(vituperation)の手法と脅し(Threat)の手法の奥にある黙想の内実には軽視できないものがある．

ペトラルカ風の「恋の嘆きの歌」は吟遊詩人らを通じて爆発的に広まったが，これもプロペルティウスやオウイディウスのエレジーから汲み上げられたことは誤りのない事実であろうが，この種の詩歌の中でもとくに「呪いの唄」の手法は，前述のようにオウイディウスのエレジーにある程度受け継がれているが，ペトラルカの恋愛詩には希薄になっている．まずプロペルティウスの片思いの嘆きと相手の浮気に対する怒りの表現を考えてみたい．

最初は恋がたきの男の誘惑をしりぞけて，シンシアは僕を愛してくれた．あらゆる都市の中でも僕というローマを愛して，「あなたがいなかったら私の王国は楽しくないわ」(sine me dulcia regna negat)と叫んでくれ，ベッドは貧弱で狭かったがシンシアは喜んで抱かれてくれた(illa vel angusto mecum requiscere lecto / et quocumque modomaluit esse mea).[31] そのときは私にとって「シンシアは始めであり終わりでもあった」(Cynthia prima fuit, Cynthia finis erit)[32] そしてさらにこうも思った．

   sive dies seu nox venerit, illa mea est!
   nec mihi rivalis firmos subducit amores:
     ista meam norit gloria canitiem.[33]

   夜が来ようと昼が来ようと，彼女は僕のもの！
   ライバルの誰にもこの恋人は渡すまい，絶対に．
     老いて白髪頭になっても勝利の冠は僕のもの．

しかしやがて彼女は浮気して僕には冷たくなり，僕の求愛など耳に入らなくなってしまったのである．

   nunc iacet alterius felici nixa lacerto,
    at mea nocturno verba cadunt Zephyro.[34]

他の男の腕にしなだれかかって幸せそうに寝るようになり，
  僕の求愛の言葉など，そよ吹く夜風にむなしく消えた．

「なんと残酷な！」(quamvis dura; I,x,16)とか，「僕の怒り」(ira mea; I,x)とか，「死霊の苦しみ」(tristes Manes; I,xi,1)などといった言葉が頻出するのは，それから後の詩句においてである．そして第1巻第19歌においては次のように歌っている．

> quam vereor, ne te contempto, Cynthia, busto
>   abstrahat ei! nostro pulvere iniquus Amor,
> cogat et invitam lacrimas siccare cadentes!
>   flectitur assiduis certa puella minis.
> quare, dum licet, inter nos laetemur amantes:
>   non satis est ullo tempore longus amor.[35]

> でもシンシアよ，君は僕のお墓を足蹴にするのか，
>   残酷な情念が，僕の遺骸から君を立ち去らせ
> 落ちる涙をも乾かしてしまうのか，ああ嘆かわしい！
>   死霊の脅しが続けばいかに高貴な女性でも
> 僕への愛を元に戻すかも．でも，愛しあって楽しくしよう！
>   永遠といっても，恋するにはあまりに短い人生だ！

プロペルティウスの「呪いの唄」はこの辺りから強まるが，死や骨壷や火葬のイメジを用いて歌った次のような文脈は，ダンが巧みに『唄とソネット』その他に取り入れたものである．

> deinde,ubi suppositus cinerem me fecerit ardor,
>   accipiat Manes parvula testa meos,
> et sit in exiguo laurus super addida busto,
>   quae tegat exstincti funeris umbra locum,
> et duo sint versus: QVI NVNC IACET HORRIDA PVLVIS,
>   VNIVUS HIC QUONDAM SERVVS AMORIS ERAT.[36]

> 火葬の火が僕を燃やして遺骨にしたら，
>   小さな土の骨壷に僕の魂も入れて，
> 小さな墓の上に月桂樹を植えて日陰を作ってくれ，
>   火葬の火もそこでは燃え尽きるだろう．墓には
> 次のように対句の銘を刻んでくれ：**昔たった一人の女だけを**
>   **愛した男が，今はただの土くれとなって，ここに横たわる**，と．

このような心象構成は，ダンの「列聖式」(The Canonization)と題する詩の

「精巧な細工の遺骨がめ」(a well-wrought urn)の文脈を連想させるに充分である。灰(cinerem; cinis), 霊魂(manes),私の小さな骨壷(parvula testa meos), 葬式(funus), 火葬(bustuarium)などは, ダンが抒情詩のモチーフとしてだけでなく多くの説教の中で用いた重要なキーワードだったからである。プロペルティウスはさらに第3巻に入って,「僕が火葬の火で焼かれてこの世にいなくなっても, 理想的な恋愛をしてそれを歌にして書き続けたローマ詩人としての評判が鳴り響き, 人口に膾炙することになるだろう。そうなれば, 誰も僕の墓場を踏み荒らし亡骸のありかを示す墓石を引き倒したりする者もいなくなるだろう」といった意味のことを歌っている. ここに盛られた詩人の主旨は, 明らかにダンが「列聖式」で作り出した心象構成と共通のものである.

物語としての筋の展開は断片的で整合性にやや欠ける嫌いは否めないが, 第4巻に入ると状況は逆転したかに見える. シンシアが死去したとの報に接した後に書かれた詩行, とくに第4巻第7歌以降の詩行では, シンシアその人が亡霊となって今は亡き相手(詩人)を狂乱の体で追い求めるのである.

  svnt aliquid Manes: letum non omnia finit,
   luridaque, evictos effugit umbra rogos.
  Cynthia namque meo visa est incumbere fulcro,
   murmur ad extremae nuper humata viae,
  cum mihi somnus ab exsequiis penderet amoris,
   et quererrer lecti frigida regna mei.
  eosdem habuit secum quibus est elata capillis,
   eosdem oculos: lateri vestis adusta fuit,
  et solitum digito beryllon adederat ignis,
   summaque Letharaeus triverat ora liquor.
  spirantisque animos et vocem mist: at illi
   pollicibus fragiles increpuere manus.[37]

  黄泉の国は作り話ではない：死がすべての終わりでもない,
   おぼろな幽霊となって火葬のたきぎの中から脱魂する.
  シンシアは腰をかがめて僕のベッドを覗き込んでいるらしい.
   淡い夢みた眠りの中で, 僕自身の恋の埋葬をしたばかりなのに
  シンシアは死んで賑やかな街の道端に埋葬され,
   僕の王国だったベッドも空しく冷たくなったと嘆いている,
  彼女の髪, 彼女の目も, 野辺送りしたときと同じ姿.
   火葬の火で, 着衣も腰まで黒焦げでエメラルドの指輪も失せ,

レイテの水であの唇も台なしだ．魂と声だけは生きているが，
　砕けそうな両手を見れば，ただ指の骨がカタカタと鳴るばかり．

　男はシンシアを恋い焦がれて，冷たい仕打ちのために死んだけれども，片思いの惨めさを歌って有名な詩人として今は墓地に横たわっている．すると立場が逆転して，昔自分につれなくした女性が，今はこの世を去り幽霊の姿になって男のベッドに入ろうとする．しかしそこが墓場であることを知って男(詩人)は幾重にも嘆くのである．

　「シンシアの亡霊が僕のベッドを覗き込む」とか「指の骨がカタカタ鳴っている」といった恐怖にみちた表現で，形而上詩人らを中心に継承されたと思われるいわゆる戦慄表現[38]の効果を表出している．プロペルティウスのエレジーの中でも，とくにこの部分は感動的で悲劇的な哀れさを表現しており，同時に旧約聖書の「コヘレトの言葉」(12: 5–8)を連想させるようなこの世の空虚と絶望をも感じさせる．詩人が意図的に深刻な黙想的表現をしていることが分かるのである．

　これに続く詩行を子細に吟味すると，「墓場の空き地を通りかかって誰か会釈する者がいるだろうか？」(denique quis nostro curvum te funere vidit?) [39]というような，雑抒情詩としてのエレギアの意味が特称化された近代の哀歌的要素(いわゆるエレジー的要素) が随所に見られると同時に，前述の形而上的戦慄をかもすような表現が用いられていることに気が付くのである．

> nunc te possideant aliae: mox sola tenebo:
> mecum eris, et mixis ossibus ossa teram.[40]

> 今はあなたが他人のものでも，そのうちいつかは私のもの，
> やがて私と一つになって，砕けた骨を混ぜ合わす．

　「幽霊」という詩の中でダンが目指した主題とイメジは，このようなプロペルティウス風の文脈に支えられているのである．これはグリアーソンの言葉を使えば「陰気で中世的な恐怖」(the sombre mediaeval horror)であり，「恐怖と魅力の交じり合ったもの」(the blended horror and fascination)[39]である．「幽霊」における，浮気な恋人に対する「呪い」の効果の内実なのである．

　ダンは，最初は当時流行の滑稽恋愛詩の手法にオウィディウス風のイメジを取り入れようとしたらしいが，最終的にはプロペルティウスのエレジーがもつ恐怖と戦慄の効果に注目し，その「呪いの唄」の伝統を重んじる結果になったと思われる．「使徒言行録」(4: 29)の言葉を用いて比喩的に

言えば，いわば「彼らの脅しに目を留め」て，「しるしと不思議な業」を「大胆に」語ったのである．

「形而上的要素つまり形而上的・想像的奇想は，中世恋愛詩に一貫していたものであり，エリザベス一世時代のソネットもそれから派生したものである」[40]といったのもグリアーソンである．「幽霊」と題する詩が訴える魅力もまた北イタリアから南仏を経由して，中世という時間を駆け抜けた形而上的特質の一つと言えるのではなかろうか．

これは単に「幽霊」だけの問題ではない．明らかにプロヴァンス地方を経由してイングランドに入ったと思われるダンの滑稽恋愛詩の多くに当てはまることである．たとえば，「おはよう」(The Good-morrow)，「唄──流れ星を」(Song: Go and Catch)，「日の出」(The Sun Rising)，「のみ」(The Flea)，「私の葬式」(The Funeral)などは，いずれも北イタリアの恋愛風刺詩や社会風刺詩の名残りを留めたまま南欧の詩人らが運んだ歌謡の特質を含んでいるように思われる．これはひいてはダン文学全体に関わる特質なのである．

むすび

ダンの『唄とソネット』に多くのイタリア風の手法が取り入れられていることは，たびたび指摘されて来た通りである．[41] しかし単にイタリア風として片付けられない問題が多くある．

たしかに中世後期には，あるいは生活語としてあるいは歌言葉として後期ラテン語が使われていた．しかしそれらは当時も生き続けていた古典古代のラテン語が部分的に変容したものであって，舌足らずではあったが中世の信心深い一般民衆が用いていた俗語も俗謡も，古代のラテン語とは大分異なることは言うまでもない．ましてイタリア各地それぞれの土地言葉を使った唄(poesia vernacola)はその違いが著しかった．言うまでもなく広域標準語としてのラテン語を，それぞれの在所言葉と同様に自由に話しかつ歌っていたが，ウンブリア地方やトスカーナ地方の言語に近いイタリア語に漸次標準化され統一化されて行ったのである．

その後も長い間ラテン語の陰に隠れて，イタリアの土地言葉は卑俗野卑と考えられた．深遠で難解な学問や高尚な文芸はラテン語で書かれ，俗語で書かれた身近な世話物や恋愛物語のたぐいは，もっぱら下層社会の人々が読むものとして軽蔑され，国家や人生の重大事はすべてラテン語でなければならなかった．大衆語としてのイタリア語が徐々に統一純化へと導か

れたのは，歴代の北イタリアの支配者の中に芸術文化・言語文化保護に熱心な脱都市国家的な教養人・知識人(cosmopolita)が多かったことと，ダンテ，ペトラルカ，ボッカチオなどのように，韻文・散文における俗語の価値を充分に認識していた卓越した文人(literati)が多く輩出したことである．彼らは例外なくプロヴァンス地方のオック語の文芸をも軽視することなく，いやむしろ発達した文化圏への賛仰と憧憬をもって作品の中にとりいれたのである．トスカーナ以北の民衆歌謡，またプロヴァンス地方の吟遊詩人が歌って歩いたいわゆる戯れ歌は，ダンの作品の中に『唄とソネット』以外にも，たとえば風刺詩，エレジー，寸鉄詩，祝婚詩などにも直接間接に取り入れられていることはほぼ確実である．

　本稿は，ラテン詩とくにプロペルティウスとオウィディウスの「脅しの唄」と「呪いの唄」を基本とした古典古代の恋愛風刺詩の一端を紹介し，プロヴァンス歌謡の展開を重視しながら，北イタリアの土地言葉がいかに復権して行ったかに言及した．またペトラルカの亜流ないし模倣者たちが残した具体的手法が，いかにダンの抒情詩の中に取り入れられたか，中でもセラフィーノ独自の滑稽風刺の手法がダンの韻文解釈にいかに重要な意味をもつものであったか，などについてささやかながら平素の考えを述べてみた．

注

※文中，固有名詞は原則としてカタカナ書きとし初出の場合に限って原名を添え，必要に応じ原語・原文を注に示した．とくに第Ⅴ章では，ダンとの比較照合の便を考慮して拙訳を例外なくラテン詩原文の直後に添えることにした．

[1] John T. Shawcross, ed. *The Complete Poetry of John Donne* (New York, 1967), p.412.
[2] 「ラングドック」という言葉は現在は南仏の一地方の名称になっている．いわゆるオック語または南仏の地方語を指す場合は，今はオキシタン語とよばれることが多い．
[3] 池田健二訳『ヨーロッパ中世社会史事典』「民衆文化」の項参照〔Agnuès Gerhards, *La Société Médiévale* (Paris, 1986)〕．
[4] Henrie Davenson, *Les Troubadours,* Coll. ≪Le Temps qui court≫, 23, Ed. du Seuil 1961; 新倉俊一訳『トルバドゥール』p.218ff.
[5] アルビジョワ十字軍とは，シモン・ド・モンフォール4世が招集した下層民の軍隊で，略奪，殺戮で名高い遠征軍である．主としてカタリ(Cathari)派の中心地ア

ルビを遠征の目標としたので，アルビジョワ十字軍といわれる．このカタリ派は，結婚を忌避し，聖者崇拝・偶像礼拝を拒否し，ローマ教皇の権威を認めなかった．マニ教の流れを汲む二元論異端者アルビ人たち(albigeois)を鎮圧するというのが，アルビジョワ十字軍の大義名分であった．

6 Booklet for *Tavern Songs: Catches, glees and other diverse entertainments of merrie England* (Compact Disc.; Nieuwegein, The Netherlands, 1956: 1994)

7 テオフィロ・フレンゴ(1492-1544)はロンバルディア地方のマントーヴァ(Mantova)の裕福な貴族の出身である．騎士道伝説にこって放蕩，冒険旅行，決闘などにふけって勘当され，修道院からもはみ出た破戒坊主だったという．Merlino Coccaioというペンネームで有名な『雅俗混交体詩集』(*Opus Macaronicum*)のほか数篇の滑稽風刺作品を書いた．その中で，「うまいマカロニが麦粉にチーズやバターやソーセージなどを大まかに混ぜ合わせて調理するように，マカロニ文体も大まかで粗っぽく田舎風(grossum, rude, et rusticanum)なのが美味なのだ」(*OED* "Macaronic"の項参照)と言っている．著作の中でも『バルドゥス』(*Il Baldo*)と題する作品が後にラブレー(François Rabelais; c.1490-1553)の滑稽戯作の手法に大きな影響を与えたことことがよく知られている．cf. Francesco de Sanctis, *Storia della Letteratura Italiana* (Milano, 1956), ch.14; 邦訳としては，在里・藤沢共訳『イタリア文学史』全2巻がある．

8 Booklet for *Tavern Songs* (Compact Disc.)

9 "In *Flamenca*, a Provençal poem dated to A.D.1234, there is a list of the well-known stories which minstrels would be expected to sing. Some of them are tales of Christian chivalry, but by far the greater number are tales from Greco-Roman myth, and most of these come from Ovid."(Gibert Highet, *The Classical Tradition* (Oxford,1949), pp.61-2；柳沼重剛氏の邦訳『西洋文学のおける古典の伝統』上下2巻がある．

10 "commonplace books" は当時の文法学校に「備忘図書」として備え付けられていた「詞華集」(韻文・散文) の総称である．"commonplace"の"place"はギリシャ語のトポス，ラテン語のロークスで，アリストテレスのいわゆる論証の基盤，議論のためのトピックの意である．当時の教師はラテン語の語または語句を教える際に，たとえば美徳，悪徳，学問，忍耐，逆境，繁栄，戦争，平和といった題目に関連づけて学習させたのである．文法学校はそのために，主として古典古代の英雄伝説，文豪・聖賢の遺訓，金言，格言，それに短い寓話，俚謡，古謡などの「詞華集」を常備していなければならなかった．この種の学校図書をイングランドで最初に提供したのがエラスムス(Desiderius Erasmus; 1466?-1536)である．cf. Marjorie Donker and George M. Muldrow, *Dictionary of Literary-Rhetorical Conventions of the English Renaissance* (Westport, Connecticut; London, 1982), pp.44-47.

11 *Tottel's Miscellany* (Cambridge, Massachusetts, 1966), II, p.62.

[12] Barbara L. Estrin, *Laura* (Durham and London, 1994), p.94.
[13] "Et quoniam, qui sis, nondum quaerentibus edo, / Ibidis interea tu quoque nomen habe / Utque mei versus aliquantum noctis habebunt, / Sic vitae series tota sit atra tuae." (*Ovid: the Art of Love and Other Poems* trans. J.H. Mozley (Cambridge, Mass., 1929; 1957), p.256.
[14] "nam nomen adhuc utcumque tacebo" (*Ovid*, p.252.)
[15] "Luctatusque diu cruciacta spiritus artus / Deserat, et longa torqueat ante mora." (*Ovid*, p.260.)
[16] "Tunc quoque, cum fuero vacuas dilapsus in auras, / Exanimus mores oderit umbra tuos, / Tunc quoque factorum veniam memor umbra tuorum, / Insequar et vultus ossea forma tuos." (*Ovid*, p.262.)
[17] "Me vigilans cernes, tacitis ego noctis in unbris / Excutiam somnos visus adesse tuos. / Denique quidquid ages, ante os oculosque volabo / Et querar, et nulla sede quietus eris." (*Ovid*, ibid.)
[18] "omnibus antiquis causa, quietis eris. / Sisyphe, cui tradas revolubile pondus, habebis: / Versabunt celeres nunc, nova membra rotae"(*Ovid*, p.264.)
[19] ショークロスによれば，この"quicksilver"は元来錬金術師が金銀を精製するのに用いた水銀で，一緒に寝ている男が彼女の求めを嫌って背を向ける様子を表すと解釈されている (Shawwcross, p.84). しかし同時に水銀の転々と動く性質で，彼女が自分の浮気の罪深さに苦悶反転し，恐怖で震えおののく様を暗示する，とも解釈できる．
[20] *The Book of Common Prayer* (Cambridge, n.d.), "A Commination"の項, p.340. 往時は大斎初日に大罪を冒した者を会衆の前で懲らしめる習慣があり，悔い改めない者には神の怒りと裁きがあることを宣言し，罪と怠惰を嘆き，神の憐れみを願った．本文に引用した式文は今日では省略される場合が多い．
[21] Donald L. Guss, *John Donne, Petrarchist: Italianate Conceits and Love Theory in The Songs and Sonets* (Detrit, 1966).
[22] Guss, pp.26-27.
[23] たとえばロージャー・アスカム(Roger Ascham; 1515-68)などは，イタリアかぶれのイギリス人(an Englishman Italianated)を激しく批判して次のように書いている．一部を要約して掲げる．「イタリアかぶれの連中がイングランドに持ち帰る宗教は，ローマ・カトリックの空疎化した儀式かもっと悪い宗教で，学問は偏狭だし党派心がつよく政略を身につけ論争を好み，万事に容喙するおせっかい焼きで，イングランドにいた頃にはなかったような新しい経験しかも害毒を流すような経験をいろいろと積んでいて，作法はといえば，いろいろの虚栄にみちた事ばかりで，生活の仕方も汚れたものに変わってしまった．これは彼らが魔女キルケーの妖術にかかってイタリアから持ってきたもので，イングランドの人々の作法を傷

つけているのである…悪い生活の例を沢山あげられるが，読書の基準の愚かなことはさらにひどいもので，イタリア語から英語に訳されてロンドンのどの書店でも売っている書物のひどいこと，真面目な表題で人目を引き，厚かましくも偉い貴族の方々に献呈したりしているが，正直者を堕落させる読み物で，素朴でお人よしのインテリがだまされれ易い代物である。」(John Dover Wilson, *Life in Shakespeare's England* (Penguin Bks; Harmondsworth, Middlesex, Rep.,1951).

24 *Tottel's Miscellany* (Cambridge, Massachusetts, 1966), vol. I, p.170.

25 Sio per te moro e calo ne linferno / Vendetta cridaran tutti i mei mali / Di toi processi io ne faro un quinterno / Dandoro in man delle furie infernali Tu serai condemnata in foco eterno / Et presto a me convien che cali / Et se alchun tempo vivi in festa e in canti / Lombra mia sempre ti stara devanti." (Serafino: 'Strambotti 101' in Donald L. Guss, pp.184-5).

26 "E con mia propria man voglio disfare: / Quel falso cor: che a me si duro e stato / Fin che te occideraper mia vendecta / Chgni peccato alfin iustitia aspecta." (Serafino: 'Strambotti 103' in Guss, p.184.)

27 "E se glie ver chel spirito vada a torno / Quando larma dalma dal corpo si disserra / Sapi che te staro sempre dintorno / Ne mai mi stancaro de farti guerra." (Serafino: 'Strambotti 104' in Guss, ibid.)

28 *The Penguin Book of Italian Verse* ed. George R. Kay (Middlesex, England, 1585; 1965), pp.217-227.

29 'Donne and Propertius: Love and Death in London and Rome' by Stella P.Revard in *The Eagle and the Dove: Reassessing John Donne* ed. Claude Summers and Ted Larry Pebworth (Columbia, 1986).

30 ibid., pp.69-70.

31 *Propertius* (London and Newyork, Loeb.,1912;1924), p.22.

32 ibid., p.32.

33 ibid., p.24.

34 ibid., p.44.

35 ibid., p.52.

36 ibid., p.98.

37 ibid., p.306.

38 拙論「C. DickensとT.S.Eliot──テネブリズム的手法を考える──」〔東北学院大学論集第78号，1986〕．とくに本文p.21及び注16参照．

39 *Propertius*, p.308.

40 *Propertius*, p.314.

41 *The Metaphysical Lyrics and Poems of the Seventeenth Century* ed Herbert J.C. Grierson (Oxford, 1921; 1956), Introduction lv.

[42] ibid., Introduction xx.
[43] Donald. L. Guss, *Donne's Songs and Sonnets and Italian Courtly Love Poetry* (University Microfilms, Michigan, 1961); 拙論「ダンの恋愛詩とパラドックスの伝統」〔17世紀英文学研究会編『形而上詩研究』(金星堂, 1976) pp.59-82.〕その他.

伝承童謡 "Ring-a-ring o' roses" の
ペスト起源説について

福 山　裕

I　序

　"songs" とか "ditties" と呼ばれていた「伝承童謡」が "nursery rhymes" という用語で表わされるようになったのは19世紀になってからのことであるが，そのことは童謡が必ずしも子供のために創られたものではなかったことを暗示する．実際，多くの童謡がむしろ「おとなの世界」から発生したものであることはOpie[1]らの研究で明らかになっている．もちろん，すべてがその誕生当時のままに唄い継がれてきたわけではない．中にはヴィクトリア時代の倫理観というフィルターで濾過され，意図的に「子供向け」の唄に改作されたものもあったかもしれない．それ以上に，「口伝え」という伝承童謡の性格上，伝承の過程で多くの童謡の歌詞に「変化」が生じるのは避けられないことであっただろう．実際，「変化」の結果として生じた内容の「不可解さ」は伝承童謡の大きな特徴となっている．この変化の過程を溯ってその童謡の誕生にまで辿り着くことは非常に困難であるが，しかし，「聞き手や読者」に「想像力を働かせて意味を補う作業を要求する」という点に伝承童謡の面白さがあるのかもしれない．[2]

　"Ring-a-ring o' roses" で始まる童謡は最も「不可解な」内容をもつ唄のひとつである．この童謡にも種々のヴァージョンが存在するが，現在最も流布しているのは次のヴァージョンである．

　　　　Ring-a-ring o' roses,　　　　バラの花環をつくって回ろう
　　　　A pocket full of posies,　　　ポケットいっぱい花束詰めて
　　　　A-tishoo! A-tishoo!　　　　　ハクション！ハクション！

We all fall down.³　　　　　みんないっしょに倒れるよ

　この童謡は今日「子供時代とほぼ同義語」⁴ の，明るい単純な「輪遊び」の唄であるが，しかし，しばしば「ペストの流行」という暗い過去の歴史と結び付けられてきた．Leasorは1961年出版の*The Plague and the Fire*でこの童謡が1665年の「あの息苦しい8月のロンドン」で起こった惨事に言及すると断言している．⁵ 以後のいわゆる「ペスト起源説」は概してLeasorのこの主張に沿ったものと言ってよい．例えば，*Panati's Extraordinary Origins of Everyday Things*もこの童謡を17世紀の「ロンドン大疫病」("the Great Plague of London")の「致命的に深刻な事態」についての唄であるとしている．⁶ また，世間に流布する"misinformation"に関してその真実を伝えるとする*Myth Information*という書物は「表面上は楽しそうなこの可愛い唄が実際に何に言及しているのかをほとんど誰も知らない」と述べて，この唄を14世紀の「黒死病」に結び付けている．⁷ ペストの流行の歴史を解説する書物の中にもこの童謡に言及するものがしばしば見られる．⁸ 本稿では，まずロンドンにおけるかつての「ペストの流行」について概観した上で，この童謡とペストの流行との関係を検討し，この童謡の魅力の一端に触れたいと思う．

II　ペストの流行

　14世紀半ばにヨーロッパの全人口の4分の1を奪った「黒死病」から「ロンドン大疫病」として知られる1665年の最後の流行までの3世紀間，ロンドンは周期的にペストに襲われている．17世紀だけに限って見れば，ペストによる死者が記録されていない年は数えるほどしかない．特に1603年，25年，36年，65年には非常に大きな流行があり，中でも1665年の大流行では『死亡週報』(*The Bills of Mortality*) に基づくペスト感染死者数は68,596人と記録されている．⁹ しかし，ペストによる死亡が（遺族が報告をためらったことや検屍人や教区書記のいいかげんさもあって）すべて正直に報告されたわけではなかったので，実数はもっと大きな数にのぼると見られている．フィクションではあるがペスト流行時のロンドンを知るための最良の資料であるDefoeの*A Journal of the Plague Year* (1722)はこれを10万人と報告している．¹⁰ 当時のロンドンの人口が約46万人であることを考えれば，その数は想像を絶する．「近代世界では，核戦争の破局でもない限

り，このようなことは起こりえない」.[11] それだけに「ロンドン大疫病」は翌年の「ロンドン大火」("the Great Fire of London")と共に今日まで英国の人々の心に深く刻み込まれてきたのである．ペストはたびたび繰り返される大流行の間にも比較的軽い流行が慢性化して起こり，まさにロンドンの「風土病」[12] とも言うべきものであった．17世紀ロンドンの最も雄弁な証言者であるPepysの『日記』はペスト流行時の様子を今日に伝えるものとしても第一級の資料であるが，彼の日記にもペストに対する恐れが極めて日常的なものであったことを示す記述が見られる．[13] 中世からルネッサンス，そして17世紀を通じて人々はペスト（さらには飢饉や災害など）による死の恐怖に晒され，常に「死」を意識しながら暮らさなければならなかった．特に中世の黒死病流行後に書かれた『往生術』(Ars Moriendi)のような書物や，「死の勝利」や「死の舞踏」と呼ばれる無数の図像が示すように，"memento mori"（死を想え）という標語は人々の合い言葉となり，中世以降，"Carpe diem"（今を捕らえよ）という思想は芸術の大きなテーマでもあった．ペストの流行は，人々の生活のみならず，様々な芸術にも大きな影響を及ぼしたのである．

　ペスト菌の宿主はネズミなどの齧歯類であり，それに寄生するノミを介して人に感染する．菌に感染すると，やがて鼠蹊部や腋の下などのリンパ腺が腫脹を起こす．この腫脹（「横痃」(bubo)）が「腺ペスト」(bubonic plague)の最も顕著な症状である．さらに数日で全身に小膿胞や出血性の紫斑または黒斑が現われ，これが「黒死病」の呼び名の由来となっている．さらに流行が長引くと，血液中に入った菌が肺に達し，そこで増殖して「血痰」や「喀血」などの症状を伴う致命的な「肺ペスト」(pneumonic plague)を引き起こす．感染者は話しをしたり，咳をしたり，「くしゃみ」をするたびに菌を撒き散らし，そばにいる人々を感染の危険に晒すのである．死亡率は腺ペストが50～70％であるのに対して，肺ペストはほとんど100％であった．[14] 1664年の年末に「ネズミ→ノミ→人」というふうに伝わる「腺ペスト」の感染として始まった「ロンドン大疫病」は，翌年の夏以降の各週の死亡者数の急増から判断して，ある時期に「人から人への直接的伝染」すなわち「肺ペスト」の感染へと移行したとも見られている．[15]

　ネズミの出没は1660年12月31日の日記によればPepysの大きな悩みであった．[16] しかし，1665年の流行時に衛生状態の改善を目的として当局によってとられたネズミの撲滅策は，ネズミがペストの最大の感染源であると

いうことを知ってのものではなかった．それどころかネズミの天敵である犬・猫の撲滅も命じられ，Defoeによれば，ロンドンでは「犬だけでも4万匹，猫はその5倍の20万匹」[17]が殺されている．

　ペストの原因に関する諸説は当時の迷信や無知を裏打ちする．例えば，神の怒りが人間の上に罰として下されたとする神罰説，天体のある現象の影響と考える占星的原因説，ユダヤ人が毒物を撒布したとする毒物説などがあげられるが，中でも有力だったのが，大気中に充満する腐敗した空気を原因とみなす「大気汚染説」であった．従って，感染予防のために人々は大気の臭いを取り除くことに腐心している．通りのあちこちでは「燻蒸」が盛んに行なわれた．Pepysが日記（1665年6月7日）に「自分の匂いが気になりはじめたので，巻タバコを買い，匂いを嗅いだり，噛んだりせずにはおれなかった」[18]と書いているように，タバコを喫うことも予防法のひとつと考えられた．花火を打ち上げたり，鉄砲を発射したりというようなことも行なわれた．時には糞便のもっとひどい臭いによる逆療法がペストの予防には効果的であるという考えさえもあったが，一般的には，部屋には香りのよい花などが置かれ，床には「バラ水」や酢などが振り撒かれた．そして，外出には「薬草の束」や「匂い玉」が携帯された．

III　唄のペスト起源説

　"Ring-a-ring o' roses"の起源が「ペストの流行」にあるという前提に立てば，この"ring o' roses"の一般的な解釈は腺ペストの最も特徴的な症状であるリンパ腺の「赤い腫れ物」であろう．しかし，中世の「黒死病」や17世紀の「ロンドン大疫病」が腺ペストから肺ペストへと変わっていったとすれば，それは肺ペストの症状である「血痰」や「喀血」を表わすものと見ることもできる．また，犠牲者の葬儀や墓に供えられた「バラの花環」とする解釈，さらには，死に瀕している患者が手にしている「ロザリオ」(rosary)を暗示するとの解釈も可能であろう．ラテン語の"rosarium"を語源とする「ロザリオ」は「バラの花環」や「バラ園」を意味する言葉であり，数珠玉には初期には「シタン」(rosewood)が用いられた．「初期の多くの宗教では祈りは繰り返し唱えることによって効力が増すと信じられ，例えば，祈りを100回唱えてペストからの救いを…懇願すれば，同じ祈りを50回唱えるよりも2倍の効果がある」[19]と信じられたのである．

　次行の"A pocket full of posies"はペストの流行の最大原因と信じられた空

気の腐敗臭を消すための「薬草の束」や「花束」である．ペスト流行時には香料商と花売りだけは繁盛し，例えば，Thomas Dekkerは1603年の流行時に花や薬草の値段が高騰したと書いている．[20] 特に，前行との関連で言えば，その香り高さによって愛でられ，ペスト患者のための煎じ薬としても処方されたのが「バラ」であった．しかも，バラの色である「赤」は病気予防に効果があると信じられ，特にペスト流行時には人々はできるだけ赤い色のものに囲まれて赤いベッドで眠ったらしい．[21]

3行目の"A-tishoo! A-tishoo!"は肺ペストの感染症状のひとつである「くしゃみ」(sneezing)を表わす．俗説によれば，くしゃみをした人に"(God) bless you!"と言葉をかける習慣は6世紀に教皇グレゴリウス一世の命令で始まったとされる[22]が，それはペストがイタリアで猛威を振るった時にはくしゃみはペスト感染の前兆とみなされ，まさに「死」と同義語と考えられたからである．この童謡の「ペスト起源説」はこうした俗説が基になって発生したものとも考えられる．

この行のヴァリエーションとしてしばしば見られる"Ashes, Ashes"もおそらく「くしゃみ」を表わすが，また，それはペスト菌の拡散を防ぐために感染者や犠牲者の衣服や持ち物を焼却したことに言及するという解釈もできるであろう．あるいは，"ashes to ashes, dust to dust"という死者の埋葬の祈り(The Book of Common Prayer)への言及と見ることも可能である．もっとも，「ロンドン大疫病」のピーク時には死者は祈りの言葉も捧げられずに，空地に掘られたいわゆる"plague pits"に投げ捨てられるような状態であった．他にも，例えば"Husha, husha"や"Hush! hush! hush! hush!"というヴァリエーションがあるが，それらも死に瀕している患者を見守る人々の「静寂」や犠牲者の「沈黙」を暗示するものととれば，ペストの流行との関連性を見出すことができる．

言うまでもなく，最終行の"We all fall down"はペストの犠牲になって「倒れる」（死ぬ）ことを暗示する．Defoeは，ペスト感染者が通りを通行中に突然倒れて死ぬ様子を，「ちょうど閃光一閃，雷にうたれて死ぬ人間のように，晴天の霹靂同然の病気にうたれて死ぬ」という状態で，「ちょうど気絶するか卒中の発作にそっくり」[23]であったと描写している．

この童謡の「輪遊び」自体も，ペストとの関連で見れば，例えば，ペストの終息を願って，大きな焚火を囲んで輪になって踊られた祈祷舞踊のなごりと見ることも可能であろう．あるいは，それは黒死病以後に芸術の伝

統的モチーフとなった「死の舞踏」(danse macabre)に結び付けられるかもしれない．ペストの流行の救いようのない不安と恐怖はしばしば狂乱と頽廃，そして集団的精神異常を引き起こした．例えば，全裸・半裸の男女が懺悔を声高く叫び，神の救いを求め，皮紐でわが身を鞭打ちながら行進したあの「鞭打教徒」もその一例であるが，もうひとつが黒死病被災地にあらわれた「死の舞踏」と呼ばれる異常な現象であった．ペストの来襲が伝えられると，人々はその病魔の恐怖から逃れるために半狂乱になって踊り狂った．ペストが引き起こすこうした「常軌を逸した行動」については1665年の流行においてもPepysやDefoeらによって報告されている．[24]

しかしながら，この童謡の起源がペストの流行にあるとする説に異議を唱える者たちもいる．Opieは「自称起源探索者たち」が広めた「ペスト起源説」自体を「伝染病的」と述べ，この童謡をペストと結び付けることには否定的である．[25] DelamarもまたOpieにならって，いまだに「この解釈が表に出続ける」のは「おそらく人々が片意地になって，無垢な唄には気味の悪い歴史が付き物であると信じたがるからである」と批判する．[26]

「ペスト起源説」に反対する者たちはまずこの童謡がそれほど古いものとは考えにくいという点を理由にあげる．Opieによる業績以前の最も重要な童謡集で，600篇を越える童謡を収録するHalliwellの*The Nursery Rhymes of England* (1842)もこの童謡を収録していない．この童謡の初出文献は1881年出版のGreenawayの*Mother Goose or the Old Nursery Rhymes*であり，この童謡はそれ以前の童謡集では全く見ることができない．すなわち，この童謡の最初の活字記録は，もしそれが14世紀半ばの「黒死病」を起源とするものならば500年以上，もし17世紀半ばの「ロンドン大疫病」を起源とするものならば200年以上も経ってからということになる．

また，「ペスト起源説」に反対する者たちはこの童謡の初期のヴァージョンとしてNewellが*Games and Songs of American Children* (1883)に収録しているヴァージョン[27]を取り上げ，それらが明らかにペストに関する内容を含んではいないという点をその反対の根拠としている．

  Ring a ring a rosie, バラの花環をつくって回ろう
  A bottle full of posie, 瓶いっぱいに花束詰めて
  All the girls in our town, 町に住む女の子みんな
  Ring for little Josie. かわいいジョージーのために
            輪になって回ろう

Newellによれば，これはアメリカのMassachusettsにおいて1790年頃に流布していたものであるという．次のヴァージョンもNewellが採録したものであるが，これも現在一般に知られているものとは大きく異なっている．

Round the ring of roses,	バラの花環をつくって回ろう
Pots full of posies,	ポットいっぱい花束詰めて
The one who stoops last	しゃがむの遅い子
Shall tell whom she loves best.	好きな子の名前白状させよう

子供たちが手をつないで輪になって踊り，歌詞の最後で突然しゃがみ込むというのがこの唄の「遊び方」である．しゃがむのが一番遅かった子供は「好きな子の名前を白状する」か，輪の真ん中にいる子供と交代しなければならなかった．Newell が収録する他の二つのヴァージョン("squat"という語を含む)も遊戯の方法そのものを示す唄になっている．いずれも「くしゃみ」もなければ，全体として「死」を暗示する言い回しもない．確かに，それらの中にペストとの関連を見つけることは困難である．ただし，Newellのヴァージョンが彼の書物出版の100年近くも前の1790年頃に流布していたというのは信憑性に欠ける．彼はそれをどこからどうやって採集したかを明らかにしておらず，必ずしも信頼できるものとは言い難い．仮にそれが1790年頃に流布していたものであるとしても，もちろんそれが原形に最も近いものであると断定することはできない．それさえも現在分かっている限りにおいて最も古いヴァージョンの一つに過ぎないのである．

Gommeが*The Traditional Games of England, Scotland, and Ireland* (1898)に収録した12個のヴァージョン[28]も比較的初期の活字記録である．いくつかに「くしゃみ」を思わせる表現はあるものの，全体として本稿の冒頭で引用したヴァージョンと類似したものは少ない．彼女は「くしゃみ」の仕草がこれらの遊び唄に共通するものであることを指摘し，また，「くしゃみ」自体が多くの迷信と関連付けられるものであることを示唆しているが，それをペストの流行とは結び付けていない．Newell同様，Gommeもこの童謡とペストとの関連を念頭に置いてはいなかったと思われる．そうでなければ，彼らがそれに言及しないはずはなかったであろう．

もしこの童謡がペストについての唄ではなく，NewellやGommeのほとんどのヴァージョンに見られるように，遊戯そのものを強く暗示するものであるとすれば，問題の童謡の中の"fall down"は「死」ではなく，むしろ「芝居がかった唄遊びのお辞儀(curtsy)」[29]を表わすものと解釈されるであろ

う．我々は唄の最後に子供たちが左足を後ろへ引いて膝を曲げて優雅にお辞儀をする仕草を思い浮かべることができる．それを示すように"A-tishoo! A-tishoo!"に代わる"A curtsey, a curtsey"や"A curtchy, a curtchy"というヴァリエーションも見られる．

　民俗学者のHiscock[30]は問題の童謡をペストに関する唄とすることには「懐疑的」だとして，それを遊戯のために創られた唄とみなしている．彼の説によれば，それは北アメリカの"play-party"から発生したものであり，「19世紀のプロテスタントの間でなされた宗教上のダンス禁止をすり抜けるひとつの方法」として生まれたものであった．"play-party"はring gamesからなるものであり，音楽の伴奏がない点でsquare dancesとは異なっており，現在行なわれている子供たちの輪遊びのいくつかはこの"play-party"gamesに由来するという．

　Hiscockの「party-game起源説」はその後の「反ペスト起源説」の強い拠り所となっているように思われる[31]が，他にも彼の説が発表される前には，Ilesが「黒死病」との「関係を絶とう」と述べ，この童謡を求婚と結婚についての唄とする解釈を提起している．[32] また比較的最近では，この童謡の起源がヒンズー教の破壊と創造を象徴するシヴァ(Shiva)の神話にあるとする解釈もある．[33] さらに，やはりHiscockがほのめかしたように，初出文献とされるGreenawayの童謡集に収録されたヴァージョンが彼女自身によって何らかの手が加えられたものではないかという見方もある．[34]

　「ペスト起源説」の始まりがどこにあるのかを確定することは難しい．Hiscockはそれを本稿の冒頭部分でも触れたLeasorの*The Plague and the Fire*とみなし，彼の論文の最後の部分で「Leasorは今なお健在だろうか，その見解をどこで得たのかを彼に尋ねることは可能だろうか」と尋ねている．だが，それにはHiscockの誤解がある．「ペスト起源説」の存在は1951年に出版されたOpieの書物[35]の中ですでに触れられているからである．*The Plague and the Fire*の出版は1961年であり，「ペスト起源説」がLeasorによって初めて提唱されたものではないことは明らかである．

　"Ring-a-ring o' roses"の童謡が現在我々に多数の人々の「死」を連想させる唄であることは次のパロディの存在がよく物語っている．

Ring-a-ring-o'-geranium,	ゼラニウムの花環をつくって回ろう
A pocket full of uranium,	ポケットいっぱいウラニウム詰めて

> Hiro, shima,　　　　　　　　ヒロシマ
> All fall down!³⁶　　　　　　みんな倒れるよ

多数の死者を出したペストの流行も人々に大きな衝撃と恐怖を与えたという点では広島の惨事に匹敵するものであった。「ペスト起源説」の始まりがLeasorではないにしても、Opie自身が述べているように、この童謡がペストと結び付けられ始めたのは第二次世界大戦以後である。³⁷ 多くの人命を奪った戦争がかつての悲惨なペストの流行を連想させたことが「ペスト起源説」の発生につながったという見方は可能性として考えられる。

Ⅳ　結

　最初の伝承童謡集(*Tommy Thumb's Song Book*と*Tommy Thumb's Pretty Song Book*)が誕生したのは1744年であり、それ以降数多くの童謡集が出版されているにもかかわらず、"Ring-a-ring o' roses"が活字として初めて登場したのは1881年である。この童謡が150年近くも記録されなかったのは確かに不思議なことであろう。ましてペストの流行とこの遊び唄の出現との間の時間的隔たりの長さを思えば、それが「ペスト起源説」の信憑性を減ずるものであるという意見³⁸も頷ける。

　「ペスト起源説」発生の基となったのはおそらく「くしゃみ」を表わす"A-tishoo!"という表現の存在である。しかし、この問題の「くしゃみ」も、例えば「枯草熱」(hay fever)とか「花粉症」(pollinosis)と呼ばれるアレルギー疾患の症状として解釈すれば、この童謡をペストとの関連から引き離すことができるであろう。つまり、「花束」の香りを嗅ぐと時には「くしゃみ」が出るというのがこの童謡の字義どおりの素直な解釈かもしれない。³⁹ このような「花粉症説」とも言うべき説をとれば、この童謡の第2連とされる次のヴァージョンとの繋がりもはっきりしてくる。

> The cows are in the meadow　　雌牛が牧場で
> Lying fast asleep,　　　　　　ぐっすり眠っているよ
> A-tishoo! A-tishoo!　　　　　　ハクション！ハクション！
> We all get up again.⁴⁰　　　　みんなもう一度起きようよ

口承から採集したものとしてOpieが引用しているこのヴァージョンがいわゆる第1連といっしょに最初から存在したものなのか、あるいは、後になって付け加えられたものなのかは不明である。前者であるとすれば、その

「牧場」という場面は「花粉症説」を補強するものとなる.

しかし,実際にペストは14世紀から19世紀までの「芸術的着想の知られざる源泉」[41]であった.ヨーロッパではペストの危険に晒されていた時期に「死の舞踏」のテーマが盛んに取り上げられている.また,ヨーロッパの各地に存在する「ペスト塔」や,Boccaccioの*The Decameron* (1353), Defoeの*A Journal of the Plague Year* (1722), Camusの*La Peste* (1947)のいわゆる「ペスト文学」のように,ペストの恐怖を様々な形で後世に伝えようとした試みは数多い.それらはペストがいかに大きな影響を人々の心に残したかを示すものにほかならない.そのようなテーマが子供たちの遊び唄の中に入り込んでいったとしても少しも不思議ではないであろう.

ペストは子供たちにとっても極めて現実的で身近な恐怖であった.彼らはペストに対する対策を本能的にこの童謡の中に取り入れていったのかもしれない.もっとも「薬草の束」は何の役にも立たなかったが,それがペストの流行当時は最善の予防策と考えられていたのである.あるいは,この遊び唄は恐怖そのものをも遊びに変えてしまう子供の一面を表わすものとも解釈できるであろう.子供は本能的に恐怖の対象となるものを遊びの中に取り入れ,それを演じることによってその恐怖心をコントロールすることを学び,ついにはその恐怖そのものを楽しむようになるのである.[42]

この童謡の起源については様々な説が提起されてきたが,それらは常にペストの流行との関連の中で論じられてきたように思う.確かにこの童謡の「不可解な」歌詞はペストとの関連を真実と思わせるような独特な雰囲気をもっている.例えば,現在でも行なわれているEyamのいわゆるペスト村での特別礼拝においてこの童謡が紹介されたりするのは,この童謡の「ペスト起源説」が根強く生き続けていることを示すものであろう.[43] だが,実際,この童謡がかつてのペストの流行を起源とする唄なのか,それとも,そのような唄ではないのかを結論づけることは不可能である.我々はこのような伝承童謡を何か「について」の唄であると解釈する必要はないのかもしれない.実際,子供たちの唄にはノンセンスな言葉が溢れている.我々が言えることは,この童謡がいつの頃からかペストの流行との関連を人々に連想させながら唄い継がれてきたということであろう.「ペスト起源説」自体がすでにこの童謡の伝承の一部分になっていると言っても過言ではない.そして,おそらく今後も,もちろん様々な「反ペスト起源説」をも引き出しながら,この童謡はかつてのペストの流行と結び付けられて

唄い継がれるに違いない．伝承童謡がもつ魅力の一端は我々にこうした様々な連想をもたらすところにあるのかもしれない．

注

[1] Iona and Peter Opie (eds.), *The Oxford Dictionary of Nursery Rhymes* (Oxford Univ. Press, 1951), 3.
[2] 鈴木紘治「伝承童謡覚え書き――マザー・グースを中心に――」(『成蹊大学経済学部論集』第26巻第1・2号, 1996), 114.
[3] Opie 364. ヴァリエーションについてもこの書物(365)を参照．
[4] I.and P.Opie, *The Singing Game* (Oxford Univ. Press, 1985), 221.
[5] James Leasor, *The Plague and the Fire* (Avon Book Division, 1961), 90.
[6] Charles Panati, *Panati's Extraordinary Origins of Everyday Things* (Harper & Row, 1987), 196.
[7] J. Allen Varasdi, *Myth Information* (Ballantine Books, 1989), 205-206.
[8] See Michael & Mollie Hardwick, *The Plague and the Fire of London* (Max Parrish, 1966), 49; Leonard W. Cowie, *Plague and Fire: London 1665-66* (G. P. Putnam's Sons, 1970), 11; and James Cross Giblin, *When Plague Strikes: The Black Death, Smallpox, AIDS* (HarperCollins, 1995), 27.
[9] See Roland Bartel (ed.), *London in Plague and Fire 1665-1666: Selected Source Materials for Freshman Reserch Papers* (D. C. Heath and Company, 1957) ,72.
[10] デフォー（平井正穂訳）『ペスト』(1973; 中央公論社, 1981), 394.
[11] A・L・ベーア／R・フィンレイ（川北稔訳）『メトロポリス・ロンドンの成立――1500年から1700年まで――』(三嶺書房, 1992), 80.
[12] Liza Picard, *Restoration London* (Weidenfeld & Nicolson, 1997; Phoenix, 1998), 100.
[13] 1662年1月15日の日記（臼田昭訳『サミュエル・ピープスの日記第三巻1662年』(国文社, 1988), 21.) を参照．
[14] 立川昭二『病気の社会史』(1971; 日本放送出版協会, 1997), 64-65.
[15] Frederick F. Cartwright, *Disease and History* (1972; Barnes & Noble, 1991), 31-32.
[16] 『サミュエル・ピープスの日記第一巻1660年』(国文社, 1987), 334.
[17] デフォー, 200.
[18] 『サミュエル・ピープスの日記第六巻1665年』(国文社, 1990), 160.
[19] Panati, 39.
[20] Constance Classen, David Howes, and Anthony Synnott, *Aroma: The Cultural History of Smell* (1994; Routledge, 1997), 61.
[21] Jean Harrowven, *Origins of Rhymes, Songs and Sayings* (1977; Pryor Publications, 1998)

188.
22 Panati, 10.
23 デフォー, 272.
24 例えば、デフォー, 37-38, 285やPepysの1665年9月3日の「日記」(『サミュエル・ピープスの日記第六巻1665年』, 160.) を参照。
25 Opie, *The Oxford Dictionary of Nursery Rhymes,* 364-365 and *The Singing Game,* 220-226.
26 Gloria T. Delamar, *Mother Goose, from nursery to literature* (McFarland and Company, 1987), 40; and see Opie, *The Singing Game,* 221
27 William Wells Newell, *Games and Songs of American Children* (Dover Publications, 1963), 127-128.
28 Alice Bertha Gomme, *The Traditional Games of England, Scotland, and Ireland,* Volume II (1898; Dover Publications, 1964), 108-111.
29 Opie, *The Singing Game,* 221-222.
30 Hiscockの論文はNewfoundlandのSt.John'sの地方紙*Sunday Express*の1991年1月27日付けのコラム"Said and Done"に"Ring Around the Rosie"と題して発表された。この論文はインターネット上のサイト(http://www.urbanlegends.com/misc/ring_around_the_rosie.html)で読むことができる。
31 例えば、Ian Munro,""Ring around the Rosie" Mini-FAQ" (http://www.fas.harvard.edu/~imunro/ring.html)を参照。
32 Norman Iles, *The Resurrection of Cock Robin :The Nursery Rhymes Restored To Their Adult Originals,* Volume 2 (1983; Fairfield and Northern Ltd, Morecambe, 1984) , 25-30.
33 See "A Rhyme and A Reason" (http://www.geocities.com/Athens/Forum/3041/rosie.html).
34 彼女と美術評論家のJohn Ruskinとの私的な関係については現在ではよく知られているが、この説は、愛称で"Posie Rosie"と呼ぶ少女(Rose La Touche)に恋をしたRuskinに対してGreenawayが嫉妬し、彼女のその嫉妬心が自らの童謡集の中にこのような唄を収録させたのではないかと推測するものである。この童謡は彼女の童謡集の末尾に配置されており、それは彼女自身の人生においてこの童謡が何か特別な意味を持つものであるかのような印象を与えている。面白い説ではあるが、GreenawayとRuskinの最初の出会いは1882年であり、Greenawayの*Mother Goose*がすでにその前年には出版されていたことを無視できるかは疑問である。
35 Opie, *The Oxford Dictionary of Nursery Rhymes,* 365.
36 1949年1月9日付けの*The Observer*紙に掲載された(Opie, *The Oxford Dictionary of Nursery Rhymes,* 365).
37 Opie, *The Oxford Dictionary of Nursery Rhymes,* 365.
38 Delamar, 39.

39 See James C. Christensen, *Rhymes & Reasons: An Annotated Collection of Mother Goose Rhymes* (The Greenwich Workshop Press, 1997), 24.
40 Opie, *The Oxford Dictionary of Nursery Rhymes,* 365.
41 ジャン・ドリュモー（永見文雄・西澤文昭訳）『恐怖心の歴史』（新評論，1997），233.
42 イーフー・トゥアン（金利光訳）『恐怖の博物誌』（工作舎，1991），34-35.
43 See 藤野紀男『マザー・グースの英国』(朝日イヴニングニュース社，1985), 61-66; 鷲津名都江『マザー・グースをたずねて』（筑摩書房，1996), 74.

藤井武とミルトン

新井　明

I

　大正末期から昭和の初めにかけて，わが国では，なにか闊達な文化的気運が高まっていたらしい．ミルトンの叙事詩 *Paradise Lost* の翻訳も，この時期に精力的に遂行された．(1) 帆足理一郎訳の『失楽園』新生堂，上巻，1926（大正15）年3月．下巻，1927（昭和2）年4月．(2) 藤井武訳『楽園喪失』岩波書店，上巻，1926（大正15）年6月．中巻，1927（昭和2）年1月．下巻，同年9月．(3) 木内打魚訳『失楽園』世界文豪代表作全集刊行会，1927（昭和2）年9月．(4) 繁野政瑠（天来）訳『失楽園』新潮社，1929（昭和4）年12月．

　このなかで帆足訳と木内訳とは，当時としては珍しい口語訳である．ミルトンを日常語に近づけたいとする意図がうかがえる．その意図は壮とすべきであるが，ただ残念ながらこの両者は原文の訓詁の面からみて，厳正なる訳業とはいえない．現代の地点からみて，正式の批評の対象となりうる訳業は，このうちでは藤井訳と繁野訳である．1926年に出た帆足訳の上巻は，単行本としては本邦初の訳書である．だが，じつは第2番目のはずの藤井訳は，訳者を主筆とする伝道雑誌『旧約と新約』の第64号（1925年10月）から公刊されはじめていた．そして同誌第88号（1927年10月）で，ミルトンの第8巻を終えている．ところが藤井はこの年の初めには，すでにその全訳を了えていた．第9巻以下の訳は「下」として，同年9月25日に岩波書店から発刊した．だからその部分は『旧約と新約』誌には載せなかった．帆足も藤井も，ほぼ同時期に翻訳作業に打ち込んでいたわけであるが，発刊開始は藤井のほうが5か月ほど早い．

　藤井は東京帝国大学法科の出身で，英学の出ではない．赤門を出て，は

じめ官途についた．しかもかれ以前にこの国にミルトンのまとまった訳はなく，ましてや日本語の注釈書などなかった．ただ恩師内村鑑三の影響で，この英国の詩人をひもとくことになったものであろう．それはおそらく1921（大正10）年ころのことである．[1] 藤井は1926年4月現在，帆足訳を見ていない．[2]

　ミルトンの存在が無視できなくなったとはいえ，この詩人の作品を読むことは，そう容易なことではない．内容とともに言語表現が，かなり晦渋であるからだ．そもそも藤井はどういう意図からミルトンに接しようとしたのであろうか．とくに再婚否定という独特な貞潔観をもち，そのためにある具体的な問題をめぐって内村をはじめ，かれの門下の有力な面々とも一時手を切らざるをえなかった[3] ほどの藤井が，一生に三婚まで果たしたミルトンに，どうしてこうまで打ち込むことができたものか．藤井にとってミルトンとは，そもそも何であったのか．この詩人の作品の翻訳という難事に着手した理由は何であったのか．その時期は？ということになると，不明の点が多すぎるのである．

　そして，さらには藤井が1922（大正11）年10月に愛妻喬子を喪ってから創作を開始した『羔の婚姻』なる叙事詩は，ちょうど *Paradise Lost* の訳業の時期と重なっているのである．この訳が『楽園喪失』というタイトルで『旧約と新約』に載りはじめるのは，（すでに記したように）1925年10月号からであり，それより1927年10月号にいたる丸2年間，藤井自身の叙事詩とミルトンの叙事詩の訳業とは，ひとつ雑誌に同時に連載されたのである．[4] この創作と訳業とのあいだには，藤井にとって何の違和感もなかった．それどころか，詩人としての藤井にとってはこの両者を並行させて発展させなくてはならない必然性があったのではないか，とさえ勘ぐられるふしがある．とすれば，その真意は何なのか．この種の疑問は，これまで問われることのなかった，いや問われることの，きわめて少なかったことであり，この小論において何らかの解明の糸口でも提示できれば，幸せと思っている。

II

　すでに指摘したように，藤井がミルトンの叙事詩に興味をいだきはじめたのは，おそらく1921年のころのことだ．ここで重要なことに触れておかなければならない．それは藤井が1922（大正11）年10月1日に喬子夫人を喪ったことに関係している．ある人物の結婚問題に端を発して藤井と恩師

内村とのあいだに生じた軋轢は，幸いなことに，この年の初めまでには修復していた．内村は10月3日の喬子を送る告別式（司式　塚本虎二）に出てきて，心なる慰藉のことばを藤井に贈った．その一節で，若き日に離かれたベアトリーチェが地上のダンテの力となったように，「喬子さんが藤井君を助けらる丶のであると信じます」とのべた．[5] 藤井は早速，弟子の中山博一に『神曲』の購入を依頼した．その中山は告別式の翌々日に中山昌樹訳をとどけている．[6] 藤井はただちにダンテの勉強をはじめ，その翌年の正月には『旧約と新約』第32号に「基督者としてのダンテ」を発表している．つづいて3編のダンテ論を書き，全体に『神曲瞥見』なる題を付した．[7] 藤井はこれらのダンテ論を書きはじめるや，『旧約と新約』第34号（1923年4月）から，ダンテ流の三行韻詩（テルツア・リマ）を模した歌い方の『羔の婚姻』（こひつじ）を発表しはじめる．これは主筆自身が逝去する1930（昭和5）年の7月号（第121号）まで書きつがれ，友人らの手で発刊された．第122号（終刊号）にはこの叙事詩の「断章」が載った．まさに夫人喬子を送ったあとの，藤井晩年の7年をかけて詠みつづけられた大作であった．未完成ながら合計87歌，12,795行は，ダンテ『神曲』の14,233行，ミルトン『楽園喪失』の10,558行に比べて遜色のない分量である．

『羔の婚姻』は子羊としてのイエス・キリストが人類全体を新婦として娶り，そこに新天新地が到来し，「新しいエルサレム」の完成をみるという思想にたっている．ヨハネ黙示録に，見者ヨハネが聞いたという「天からの声」が記されている．「ハレルヤ全能の主，われらの神は統治らすなり（しらす）．われら喜び楽しみて之に栄光を帰し奉らん．そは羔羊の婚姻の時にいたり，既にその新婦（はなよめ）みづから準備したればなり」（19章6–7節）．藤井は妻の死に遭って，この思想に打たれ，創造のわざの完成の時に，亡妻との再会を期した．藤井の貞潔の思いがここに熟したというべきである．

その告白が，具体的には『羔の婚姻』という作品に凝縮する．上篇「羔」36歌，中篇「新婦」36歌，下篇「饗宴」15歌，断章，別稿で，あとは絶えた．全篇は

　　　目もはゆるコスモス，菊，ダリヤ
　　　　　くまどるはうす紫の桔梗，
　　　　　めづらし，薔薇の小花（をばな）さへ添ひ…

と始まる．九段メソジスト教会での妻の告別式のことに触れて

　　　同じ壇の下にけふは黙して，

裂かれしわが骨,わが肉を前に
「神を義とせよ」との奨(すす)めを聴く.

「神を義とせよ」とは,恩師内村鑑三のことばであった.上篇「羔」ではおもに旧新約聖書にあらわれた神の義と愛の軌跡が,中篇「新婦」は世界史にあらわれる人間の罪とその審きの預言と,さらには救済の顕現が,下篇「饗宴」ではおもにヨハネ黙示録の表象にもとづいて,世の終末の荘厳なるシーンが描かれる.しかし,藤井は天地完成の時の近きを信ずるキリスト信徒でありながら,現実世界から目を離さない預言者の気質を兼ね備えていた.

III

　藤井は妻の死を契機にダンテを発見し,ダンテに傾倒することによって『羔の婚姻』をうたい出した.ここでわれわれは藤井とミルトンの関係に立ちいたらなくてはならない.
　藤井が『羔の婚姻』を発表しはじめるのは,すでに記したとおり,妻喬子の死の翌年,つまり1923(大正12)年の4月からである.ミルトンについてかれが関心をいだきはじめるのは,これもすでにのべたところであるが,1921年ころからのことと推定される.が,じっさいにその叙事詩を『楽園喪失』というタイトルで『旧約と新約』誌に掲載しはじめるのは1925(大正14)年10月号からである.そこには併せて「ミルトン小伝」を発表している.
　じつはかれはこれ以前にミルトン関係の論文を2編発表している.それは――
・「ミルトンの失明の歌」,『旧約と新約』第54号(1924年12月).(この論文名は,『楽園喪失』上巻が1926年6月に発刊される際には,「ミルトンの信仰について――失明の歌を通して見たる」と改題されて,それに収録された.)
・「『楽園喪失』に現れたる人生の背景」,同誌,第55号(1925年1月)
――の2編である.このことをここで言及するのは,この2編に組み込まれている『楽園喪失』の数節の翻訳(第3篇22–24,40–50行,第7篇1–15行)が,やがて岩波書店から出版される決定版(1926年6月から翌年9月)とは全く別の訳文だということを指摘したいからである.(ただし,岩波決定版が発行され,これら2論文がそれに収録された折りには,藤井は

『旧約と新約』登載のばあいの訳文に，手を入れている．）つまり1924年段階では「翻訳未定稿」なのである．（ちなみに論文「ミルトンの失明の歌」に訳出されたあのソネット19番の訳も，2年先の岩波決定版にこの論文全体が収められたときには，完全に別の姿をとっている．)

ところが，『旧約と新約』第71号（1926 [大正15] 年5月）に発表された「『楽園喪失』の文化史的意義」でのミルトンの叙事詩の引用訳〈第1篇11, 12, 14－16行）は決定版と全く同一か，ほぼ同一の出来である．また『旧約と新約』第80号（1927［昭和2］年2月）の「無教会主義者としての詩人ミルトン」となると，そこには相当量の『楽園喪失』の引用がある（第3篇481－496行；第4篇736－738, 744－747行；第5篇146－148行）のだが，これらの引用も決定版と同一か，ほぼ同一である．ということは『楽園喪失』の訳は1924年からその翌年にかけて本格的な推敲の手が加えられたということを物語っていることになりはすまいか．

『楽園喪失』はその翻訳作業そのものは『羔の婚姻』の開始より遅れている．藤井は『楽園喪失』の訳とその推敲に集中したのは，2年ほどであって，訳者はむしろ驚異的な勤勉ぶりを発揮したものと褒められていい．このことは，ひとつには，一方が翻訳であり，他方は創作であるという，作業の本質的差異によるものであろう．しかしそのことのほかに，『羔の婚姻』の完成のためには，『楽園喪失』の翻訳の進展が不可欠の用件となっていたという事情があったように思われてならない．

IV

そのことに論及するまえに，藤井がいかなる面のミルトンに心酔したのか，という問題に触れておきたい．ここでは「詩とは何であるか」（『旧約と新約』第48号，1924年6月．これは岩波決定版の『楽園喪失』上に収録されるときには，「詩の観念について」と改題された），「ミルトン小伝」（同誌，第64号，1925年10月），「『楽園喪失』の文化史的意義」（同誌，第71号，1926年5月）の3論文を資料として，以上の疑問への手掛かりを得てみたい．

第1に，詩とは神（実在者）より託された啓示，つまり預言の公示であって，その聖なる思想を「代言」する者が詩人である．[8] ミルトンはまさにこの型の詩人であった，と藤井は確信する．第2に，実在者の言に聞き，それに従えば，この俗世では苦難が伴う．じつに代言者の苦難そのものが

詩を生むとさえいいうる。[9] ミルトンが「人類のための代言を発するまでに，彼は必ず人生の患難を嘗めつくさねばならぬ」。[10] ミルトン自身の生涯にも重なる苦労があり，それがかれをして一流の詩人たらしめた．苦難がかれの「霊魂を地より天に逐ひやつた」．[11] 第3に，ミルトンは「清教徒的教養」を身につけた「近代人」であって，その叙事詩は「神の途(みち)の弁護」であり，「近代人の良心よりの応答」であった。[12] 藤井はおおよそ以上の3点を，ことばをかえて，さまざまに表現する．その表現は軽佻を排して，つねに荘重な文体をとった．かれはこのミルトン観をおもにパティスンの『ミルトン』を援用しつつ，まとめてみせる。[13]

このように藤井がミルトンを「近代文化の総括」[14]とよぶときに，つまりはそのミルトンこそははかならぬ藤井武という詩人のあり方と，ほぼ重なる事実を，読者は知ることになる．ミルトンを訳しながら，藤井は自己の主張と生き方をそこに見ていたにちがいない．したがって上記した3点にかんしていえば，同時期に創作していた『羔(こひつじ)の婚姻』に，それがそのまま創作原理として用いられていることは，不思議ではない．藤井はミルトンを訳しつつ，かれと対話を重ねていたといいうるであろう．

さて，対話には，対話にかかわる両者間で互いに肯定しあえる問題もあれば，どうしても肯定しあえない問題の出来(しゅったい)することもある．ミルトンと藤井のあいだでも，そのことがいえる．一例をあげれば，結婚観である．アダムとエバが，「幸あれ婚愛，奇しき律法(おきて)，人類(ひと)の子の／真(まこと)の源，ほかみな共通なる／楽園に唯一の特有の事よ！」（藤井訳，第4篇750-752行）と称えられる夫婦関係であれば，文句はない．それは『羔の婚姻』で，「かぎりなき歓喜はあふれて／　泉のごとく，歌に湧き出でた，／　潔き愛のうた，最初(はじめ)のうた」（上篇，第6歌133-135行）とうたわれる夫婦関係に異ならない．

しかし，いったん夫婦の関係にひびが入ったばあい，あるいは片方が亡きもの——肉体上の死，もしくは社会規約上無視されて仕方ない立場——になったばあい，他方に再婚が許されるか，という問題に立ちいたると，ミルトンは「許されよう」と答えたことであろう．それはかれの叙事詩のなかで，エバがサタンの誘惑に陥ったあとで告白することば——「アダムは今ひとりのエバと連れ添い／ともに楽しみ生きよう，私は消えて！」（第9篇828-829行）——に暗示されている．「復(また)のエバ」というフレーズは，このあとにも出る（991行）．これは藤井の逆鱗にふれた．

かれは一注釈者の立場を越えて，次のように書く——「原始の完全なる結婚をなしたるエバの心に再婚の観念が起つたといふ事は甚だ不自然である．これは徒らにミルトン自身の結婚観の弛緩を示すに過ぎない」．「いかに不自然なる且つ小ざかしき想念！」と追い打ちをかけている．藤井はここではミルトンと対話をしているのではない．ミルトンを叱責したのである．アダムは「妻の首(かしら)としての権威を以て，神に対する義しき態度を取り，彼女をも指導すべき筈であつた．何故にひたすらに神に依り縋らなかつたか」と注記する．[15]

しかしこれでは注釈者その人の声が全面に押し出されてしまったきらいがある．ましてや，イギリス17世紀革命の思想状況を踏まえての反論とはいえない．しかし，藤井にいわせれば，「近代文化の総括」としてのミルトンには，それくらいのことを言ってもらいたかったのだ．ここには，たんなる文学研究者の域をこえた藤井の「代言者」意識躍如たるものがある．

ミルトンは1642年——1643年ではない——の最初の結婚に深刻な挫折を経験し，これが引き金となって離婚論4編を出した．それによって，そもそも結婚とは何かという問題を，当時の宗教的束縛を断ち切って考え抜こうとしたのであって，たんじゅんな「離婚主義者」に堕したのではなかった．[16] しかし一般には「憤怒は彼を駆つて誤りたる離婚観に走らしめた」と書く藤井の説に同調するであろう．かれはつづけて，ミルトンの「『基督教教理論』の中には，多妻主義は不都合ではあるが，性質上道徳に反するものではないとの意見をすら見る．噫(ああ)かの比いなき貞潔の愛慕者にして斯くも荒れすさびたる結婚観にまで堕ちたとは！　私は之を憶うて彼のためまた人類のために悲しむ」と書く．[17]

藤井はミルトンのこの面は許せなかった．これを書く数年前のこと，前にも触れたある人物の結婚問題をめぐって，内村とも，またかれのおもだった弟子たちとも意見を異にし，袂を分かった．これがかれを内村から独立させて，『旧約と新約』誌刊行のきっかけをつくった．かれの貞潔観，結婚観は徹底していて，理想の世界にただちに通ずるていのものであった．そのことはかれの創作の分野でいえば，『羔(こひつじ)の婚姻』の中篇第23歌「幻滅」あたりでうたわれる憤怒に通ずるであろう．『楽園喪失』の注解部分で，前記のごとくに離婚・再婚をいましめる異見を展開するあの強い語調には，『聖書の結婚観』（1925年）にまとめられた諸論稿とともに，世俗的結

婚観をもつ（と藤井が判断した）論者たちにたいする厳しい批判の語調が感ぜられる．作品への注解の域を越えた，現実批判であった．かれにとっては再婚，すなわち重婚であった．それは絶対者への忠誠にかかわる問題であった．（しかしこのことは現実の問題としては，藤井自身の覚悟の問題であって，真摯な師友たちの再婚にたいして刃鋭く切りかかるということはしなかった．かれの名誉のために，このことを注記する．）

V

　藤井はミルトンのなかに，絶対者の「代言者」として真理を開示し，苦難を背負いつつ「近代」を「総括」する詩人の姿を見たことは，すでに観察したとおりである．そしてそのミルトンの姿こそは，じつは藤井その人が目ざしたあり方なのであって，その姿を『羔の婚姻』に凝縮させていったのである．藤井は，ミルトンを訳しながら，この叙事詩人と対話を重ね，ときには対決を経験しながら，かれ自身の叙事詩の完成を目ざす日々を送ったのである．

　作品としての『羔の婚姻』の成立のためには，『楽園喪失』の訳業が必要であった．「近代人」ミルトンの思想と感性を学ぶ上で，それが必要であったことは当然として，それにとどまらず，おそらく作詩技術の上でも必要であったのではないか．ここでは藤井の創作とかれの訳業とのあいだにある関係，とくに詩的言語と表現の相関関係を吟味してみなくてはならない．そのために，ひとつの例として，『羔の婚姻』の中篇第26歌「楽園喪失」を，藤井訳『楽園喪失』と較べてみるのが手っ取り早い．中篇第26歌は『旧約と新約』誌の1928 [昭和３] 年４月発行の第94号に発表された147行である．ミルトンの翻訳作業はすでにその前年の秋には出版ずみであった．翻訳そのものの原作業は，『羔の婚姻』中篇第26歌より１年は前のものであったろう．

　藤井の第26歌はミルトンの叙事詩全篇の要約であり，そこに用いられたことばそのものも，翻訳『楽園喪失』からの借用とみていい．藤井は自分の作品の中篇第26歌を

　　　「人の最初の不従順よ」と
　　　　選択はながく開始はおそかりし
　　　　大いなる主題を序曲にして
　　　黎明をも見ぬ暗黒のなか
　　　　悪しき日，悪しき舌に遭ひつつ
　　　　第二の詩人は歌をはじめた．

と綴りはじめる．（「第二の詩人」とはミルトンのこと．）この藤井の詩行に相応するミルトンのことば（藤井訳）を引き出すのは，むつかしいことではない．

・人の最初の不従順よ　　　　　　　　　（第1篇1行）
・この選択は長く開始は遅かりし　　　　（第9篇25行）
・大いなる詩題　　　　　　　　　　　　（第1篇24行）
・悪しき日また悪しき舌に遇へど　　　　（第7篇26行）

この一例をみただけでも，創作詩篇が藤井訳ミルトンの各所から表現を借用しての芸術的パッチワークであることが知られよう．また，神のひとり子のおこなう贖いの預言の箇所は――

　　そむきて忠節を破るからに
　　　　死なねばならぬ，人か正義か，
　　　　適はしきもの贖ふなくば．
　　誰かある，その身代をあへて
　　　　請けおひ，死に代ふ死を払ふは．　　　（70–74行）

ミルトンの叙事詩の藤井訳から――

・人はそむき／不臣にもその忠節をうち破りて（第3篇203－204行）
・死なねばならぬ，彼か正義か．代りて
　適はしく且つ心あるもの誰か
　厳しき満足，死に代ふ死を払はずば．（第3篇210－212行）

藤井はミルトンの訳本とほぼ同一のことばを用いて，ダンテ風の三行韻詩（テルツァ・リマ）に収めたことがわかる．加えて，神の子の贖罪（代贖）にかんしては藤井がミルトンに全き賛意を表していることがわかる．このことは，かつてこの問題をめぐって恩師内村とのあいだに不一致があり，藤井が「代贖を信ずるまで」（1922年3月）を書くことで恩師との関係が修復した一連の出来事を勘案すると，藤井自身の創作詩とミルトンの翻訳詩とにおいてキリストの代罰が高らかにうたわれている事実は，藤井にとって，またとくに内村にとっても，まさに喜びであったろう．

　エバが知恵の果実に手を出したときの情景を，藤井は自分の創作詩で

　　地は傷を感じ，自然はその座より

　　　　　業みなをもて欷き,禍ひの
　　　　　徴をいだす,すべては失せたと.　　　(118-120行)

これはかつての翻訳——

　　　　　地は傷痍を感じ,自然はその座より
　　　　　業みなをもて欷き,すべては失せしと
　　　　　禍ひの徴をいだす.　　　　(第9篇782-784行)

とほぼ同一である.
　楽園を逐われてゆく二人の姿は,創作詩では——

　　　　　かれら今より「摂理」を案内者に
　　　　　　手に手をとりて,徐々とさまよひ
　　　　　エデンを,寂しき途を分けゆく.(145-147行)

と藤井はうたうのだが,これはかれがかつてミルトンの叙事詩を訳したときに,その結びを

　　　　　「摂理」を案内者に.
　　　　　彼ら手に手をとり,彷徨ひつつ
　　　　　エデンをわけてその寂しき途をゆく.(第12篇647-649行)

と訳し終えたことを参考にして,語を選んだことは一目瞭然である.
　創作詩のテーマが「楽園喪失」にはいったので,ことばが急にミルトンの訳詩に傾斜したのではない.全体を通読する読者ならば,藤井の中篇第26歌が訳詩『楽園喪失』に,その箇所でことさらに接近したとは感じないであろう.『羔の婚姻』はその全体が,モチーフにおいても,表現法においても『楽園喪失』を意識しているのである.
　上の引用部分のみを見ても,藤井の創作詩の詩行の意味が,ミルトンの叙事詩の藤井訳をみて,はじめて把握できるという傾向のあることが認識できるであろう.上に掲げた例でいえば,『羔の婚姻』冒頭の第2行「選択はながく開始おそかりし」の意味とその行の前後への関わり方は,これもすでに引用したミルトンの叙事詩第9篇25行の——人類の不従順というテーマは,ずっと昔に選んでおいたのだが,実際にそれに手をつけるまでには長い時間が必要であった——という意味が解せないと,理解しにくのではないか.別の箇所から一例のみをあげよう.アダムらが天使を饗応する食卓は,藤井の

創作詩では「草土の卓」(中篇第26歌91行) とあるが，これなども翻訳詩中の「草土もて／卓は築かれ」(第5篇391–392行) に行き当らないと，むしろ理解が届かないのではないか．このような引用法をみても，この二つの叙事詩は緊密な関係にあることが知られるであろう．

　藤井はかれの作品の中篇第26歌にかぎらず，『羔の婚姻』を書き進めるにあたって，かれ自身の訳書『楽園喪失』に負うところ，きわめて大であった．その訳書が完成していたればこそ，かれは日本詩人として(テーマにおいても，またとくに表現法においても) 前人未到の，叙事詩創作の道を切り拓いていったという面があったものと判断できるのである．

VI

　藤井は1921 (大正10) 年2月に東京市外駒沢町新町1737番地[18]に新築移転する．ここが妻喬子と藤井本人の最期の地となる．夫人の死後は藤井はここで少数の聴講者を相手に聖書を講義した．午後はさらに数の限られた青年たちを相手にミルトン，ダンテ，カントなどを読んだ．それを新町学廬と称した．そこに連なったひとり小池辰雄の記録によれば，1927 (昭和2) 年から翌年にかけての学廬ではミルトンを読み，それを終え，『神曲』に向かっている．[19] 学廬ではミルトンとダンテは，現実にその順で結びついていた．これが藤井の醸し出す教養的雰囲気であった．

　詩人としてのかれがミルトンとの対話を重ねつつ，思想と詩想をふかめ，とくに表現法においては翻訳『楽園喪失』の荘重体に依っていた．ミルトンとの関係を保ちつつ，かれは『羔の婚姻』の完成を目ざした．しかしそれを了えることなく，「悲哀」の人生を先に了えてしまった．あと2年の生命があれば，それは完成の日を迎えたことであったろうに．

　『羔の婚姻』はキリスト教の「義と愛」の思想に立脚した預言者的気風の詩である．人類の歴史全休をカバーする歴史哲学を詩のかたちをとってうたってみせたスケールの大きな叙事詩であった．「世のすね者」が花鳥風月を友とすることを文芸の基本とする日本の美的風土にあって，藤井の作品が容易に受け入れられるものでないことは，むしろ当然のことである．しかしかれの叙事詩が理解される時が来るまでは，この国の文学が世界文学のなかで中心的な地位を占める日は，ついに訪れないことであろう．藤井はミルトン『楽園喪失』の翻訳をとおして学んだ簡潔なうたい方を，ダンテ風の三行韻詩(テルツァ・リマ)の詩に仕立てて『羔の婚姻』を，命の限りうたった．

(藤井がダンテとミルトンの詩的緊張を凌駕するとは，あえて言うまい.)
しかし七五調と手を切りつつ，「代言者」としての務めを果たした「近代
の」の詩人がここにいたのである.

　　　　滅びよ，腐れし現代日本！
　　　　出でよ，新しき義の国やまと！
　　　　ねがはくは祝福彼女にあれ！
　　　　　　　　　　　　　　　　　　（中篇，第33歌，結び）

注

1. 内村鑑三が自ら「ミルトン熱の復興」とまで呼ぶ体験をしたのは1921（大正10）年のことであった．藤井が恩師のこの経験から，なんらかの影響をこうむらなかったとは考えられない．新井「内村鑑三とミルトン」，『ミルトンとその周辺』（彩流社，1995年）を参照ねがいたい.
2. 藤井武全集，岩波書店，第10巻（1972年），609ページ以下に収録されている岩波茂雄あて藤井書簡（1926年4月9日づけ）を参照されたい.
3. 1920年に住友寛一の結婚問題をめぐって，藤井は内村とのあいだに不一致を生じ，これが引き金となって，かれは恩師から独立し，伝道誌『旧約と新約』を創刊する.
4. 1927年9月に『楽園喪失』は岩波書店から3冊目が出て，完結している．そのために（本文でものべたように）この叙事詩の第9篇以後は藤井は『旧約と新約』誌には載せなかった．ただもし帆足訳が1927年4月の段階で出なかったとすれば，藤井はもっと後まで，あと優に1年は両者の同時連載をこころみたかもしれない.
5. 『藤井武及び夫人の面影』（1940年），247ページ．内村鑑三全集 27，岩波書店（1983年），239ページ.
6. 同上，218－219ページ.
7. 藤井武全集，第7巻所収.
8. 同上，第8巻，3, 6, 13, 18, 36, 38ページ，他.
9. 同上，13ページ.
10. 同上，6ページ.
11. 同上，15ページ.
12. 同上，15, 16, 17, 62, 67, 68ページ.
13. Mark Pattison, *Milton*. Macmillan, 1879. 藤井はこの外に John Bailey, *Milton*. Oxford Univ. Press, 1915, 注釈書としては A. W. Verity, *Paradise Lost*. Cambridge Univ. Press, 1910, rev. 1921を愛用した．その他 David Masson の版本 *The Poetical Works of*

John Milton. Macmillan, 1874を使っていた.
14 藤井全集, 第8巻68ページ.
15 同上, 450, 451-452ページ.
16 ここら辺の事情にかんしては, 拙著『ミルトン』(清水書店:＜人と思想＞双書, 1997年) を参照されたい.
17 藤井全集, 第8巻, 7ページ.
18 藤井全集, 第10巻所収の「年譜」による. 現在の東京都世田谷区桜新町1丁目36番6号にあたる.
19 『藤井武及び夫人の面影』226-227ページ. なお全集, 第7巻の「月報6」には, 1927年11月6日の新町学廬の「ダンテのゼミナール」の面々の姿を写した写真のコピーが載っている.

参考文献

南原繁・藤井立 (共編) 藤井武全集, 全10巻, 岩波書店, 1971-72年.
矢内原忠雄 (編)『藤井武及び夫人の面影』藤井武全集刊行会, 1940年.
矢内原忠雄「藤井武小伝」. 藤井武全集, 第10巻の末尾に付せられた. (これは, もと前記『藤井武及び夫人の面影』の冒頭を飾ったもの.)
矢内原伊作『矢内原忠雄伝』みすず書房, 1998年. (矢内原忠雄のみた藤井武の生き方が伊作の筆で描かれている. 藤井にかんする貴重な資料を提供する. とくに289-91, 409-123, 414-23ページを参照されたい.)
佐藤全弘『藤井武研究』キリスト教図書出版社, 1979年.
勝田義郎「藤井武, その結婚観と『羔の婚姻』」. 湘北短期大学『湘北紀要』第2号 (1978年), 1-8ページ.

＊本稿を書くにあたって, 藤井偕子氏と佐藤全弘氏から細々としたお教えを頂いた. 特筆して感謝の意を表する.

The Resistance against Patriarchy in *Samson Agonistes*

Kazunori Kawasaki

I

Milton depicts Samson as a man who struggles against worldly power. Samson has a revolutionary and resistant mind against authority, especially against patriarchy. As Hill points out, seventeenth-century readers would understand Samson as a revolutionary.[1] Thus, the character of Samson is completely different from that of the Son in *Paradise Regained*. Wilding briefly explains such a difference: "Samson is carried dead back to his father's house with ceremony. The living Christ walks alone and unobserved back to his mother's house. The Masculine military values, the maternal peace: death against life."[2] While Christ is characterised by his silence and non-violence in his resistance against Satan, Samson is by his violence in his resistance against the carnal power. Samson's violence is depicted not only in the massacre of the Philistines but also in his resistance against patriarchy, that is disobedience to his father. As Knoppers points out, there are some political implications in *Samson Agonistes*: "Milton's choice and treatment of a tragedy on the biblical figure of Samson has, in relation to the punishment of the regicides, more specific, extensive, and resonant political implications than have previously been recognized."[3]

The relationship between Samson, Manoa, Dalila and Harapha is also of significance in that such a relationship is closely related to political and conventional power. It is clear that the relationship between Manoa and Samson is that of a father and his son, and the relationship between

Samson and Dalila is that of husband and wife. The former is concerned with patriarchy, and the latter is connected with the convention of marriage. However, patriarchy and marriage were closely related to each other in the seventeenth century. Radzinowicz points out that, in ideal society, "a marriage is the union of fit conversing mates, not a contract under ecclesiastical or other law."[4] However, in patriarchal society, it was difficult for children to choose a partner freely because they had to obey a convention which allowed a significant contribution to parents, especially the father, in marriage choices.

II

Robert Filmer, a typical English Royalist, wrote *Patriarcha* which was published in 1680 and was issued as Tory propaganda. Although it was published after his death,[5] he essentially demonstrates the most explicit explanation of the role of the king as a father in monarchy, which had been a common notion of patriarchy especially through the early Stuart period.[6] In *Patriarcha*, he places great emphasis on the patriarchal world and the monarchism. It is clear that a monarch is, for him, a patriarch. He affirms that "The patriarchs, dukes, Judges and kings were all monarchs."[7] He believes that monarchy makes humankind feel liberty: "The greatest liberty in the world . . . is for people to live under a monarch" (*Patriarcha* 4). His absolute reliance on monarchy derives from the conviction that, a king is represented as a patriarchal power, or "law of nature" (*Patriarcha* 35), which assures the safety of his people's lives. With the same theory of "law of nature," a father governs his family: "There is no nation that allows children any action or remedy for being unjustly governed; and yet for all this every father is bound by the law of nature to do his best for the preservation of his family" (*Patriarcha* 35). Unlike Jean Bodin, whose book greatly influences Filmer, he identifies royal with fatherly power, the king with the father of a family:

> As the father over one family, so the king, as father over many families, extends his care to preserve, feed, clothe, instruct and defend the whole commonwealth. His wars, his peace, his courts of justice and all his acts of sovereignty tend only to preserve and

> distribute to every subordinate and inferior father, and to their children, their rights and privileges, so that all the duties of a king are summed up in an universal fatherly care of his people.
>
> *(Patriarcha* 12)

Filmer compares a king to a father, so that he insists that a king possesses the duty of "an universal fatherly care of his people," just as the father of a family has the duty of the preservation of his family. Therefore, in order not only to fulfil a universal fatherly care but also to preserve the family, the subjection of children is indispensable. Filmer considers this subjection of children as "the only fountain of all regal authority, by the ordination of God himself" *(Patriarcha* 7). He construes that such an authority as well as civil power derives from divine institution. Therefore, children have no choice but to obey their fathers and their wills: "The father of a family governs by no other law than by his own will, not by the laws or wills of his sons or servants" *(Patriarcha* 35). It is true that the law of nature, that is the natural law of a father, is indispensable for patriarchal power. It is also necessary for a king to possess the power to preserve not only his status but also the properties and lives of his subjects. Filmer affirms that, even though they are tyrants and conquerors, all kings are "bound to preserve the lands, goods, liberties and lives of all their subjects, not by any municipal law of the land, but by the natural law of a father, which binds them to ratify the acts of their forefathers and predecessors in things necessary for the public good of their subjects" *(Patriarcha* 42). A king as well as a father is bound to execute such fatherly duties by the natural law of a father. While a king is bound to fulfil the public good of his subjects, he governs his subjects by his law. Although a king's law does not apply to a king himself, he takes the responsibility of accomplishing his oath at his coronation which ties him "to keep all the laws of their [kings'] kingdoms" *(Patriarcha* 42). Therefore, the subversive power of kingship and patriarchy is a threat to a king as well as a father. It is apparent that disobedience to the father is also a radical act not only for a father but also for a king. *Samson Agonistes* shows this radical act to his father, Manoa. In this sense, *Samson Agonistes* is a threat to patriarchy and the royalists, such as Filmer. In this paper, I will discuss how Samson resists order and convention in the patriarchal world, and with what strength he can resist them. I will also examine what his resistance implies for the reader in the seventeenth century.

III

In the seventeenth century, as the power of the head of the household, especially in many pious upper-class households, was overwhelmingly suppressive to the other members of the family and servants, so the power of the head of the monarchy was oppressive to subjects. People in those days recognised such patriarchal subjection which had penetrated deeply in their mind, so that, even after the execution of Charles I, they could not shake off such obligation.[8] One of the most significant examples of patriarchal power was that of the control of parents over marriage.

Samson recognises his marriage choices are prompted by "intimate impulse."[9] Although his first marriage to the woman of Timna does not please his parents, he is convinced of the purpose of his marriage:

> The first I saw at Timna, and she pleased
> Me, not my parents, that I sought to wed,
> The daughter of an infidel: They knew not
> That what I motioned was of God; I knew
> From intimate impulse, and therefore urged
> The marriage on;   (*SA* 219-24)

However, he has difficulty in finding such a purpose in his second marriage to Dalila:

> the next I took to wife
> (O that I never had! fond wish too late.)
> Was in the vale of Sorec, Dalila,
> That specious monster, my accomplished snare.
> I thought it lawful from my former act,
> And the same end;   (*SA* 227-32)

He reproaches Dalila for her wickedness. But he realises that his grief of his marriage to Dalila is not caused by their marriage itself. As he admits, "of what now I suffer / She was not the prime cause" (*SA* 233-34). Rather his suffering derives from his weakness and disobedience to God. Manoa bitterly mentions his marriage: "thou didst plead / Divine impulsion prompting (marriage choices, but in fact) how thou might'st / Find some occasion to infest our foes" (*SA* 421-23). Samson tries to justify his marriage, and to affirm that his marriages are prompted by divine impulse. However, his marriages, especially the marriage to Dalila, are, for Manoa, just the cause of the infestation of his foes.

Dalila affirms that her offer to Samson to "enjoy thee day and night" (*SA* 807) derives from "love's law" (*SA* 811). It is true that she admits her fault of making Samson reveal his secrecy of divine power, but she emphasises that her love's law would obtain pardon: "love hath oft, well meaning, wrought much foe, / Yet always pity or pardon hath obtained" (*SA* 813-14), and tries to persuade Samson to "Be not unlike all others, not austere / As thou are strong, inflexible as steel" (*SA* 815-16). However, Samson perceives her cunning and falseness:

> How cunningly the sorceress displays
> Her own transgressions, to upbraid me mine!
> That malice not repentance brought thee hither,
> By this appears. (*SA* 819-22)

Therefore, he insists that Dalila should take a pardon which she expects to obtain "as I give my folly," "to thy wicked deed" (*SA* 825-26). Her "love's law" cannot have an effect on him, so that, in another way, she explains her deed. She tries to make Samson understand her inevitable obligation which is forced on her by her society:

> thou know'st the magistrates
> And princes of my country came in person,
> Solicited, commanded, threatened, urged,
> Adjured by all the bonds of civil duty
> And of religion, pressed how just it was,
> How honourable, how glorious to entrap
> A common enemy, who had destroyed
> Such numbers of our nation: (*SA* 850-57)

Dalila affirms that she was so threatened and urged "by all the bounds of civil duty / And of religion" that she could not "oppose such powerful arguments" (*SA* 862). She emphasises her political reason and patriarchy, that is "civil duty" to obey the head of the country. However, contrary to her emphasis on patriarchy, she betrays her husband and disobeys him, so that she breaks a patriarchal convention in the family. Accordingly, Samson questions her on marriage and the relationship between husband and wife:

> Why then
> Didst thou at first receive me for thy husband?
> Then, as since then, thy country's foe professed:
> Being once a wife, for me thou wast to leave
> Parents and country; nor was I their subject,
> Nor under their protection but my own,
> Thou mine, not theirs: (SA 882-88)

Samson blames her not only for breaking her duty as a wife, but also her weakness for "Philistian gold" (SA 831). Therefore, he feels betrayed:

> How wouldst thou insult
> When I must live uxorious to thy will
> In perfect thraldom, how again betray me,
> Bearing my words and doings to the lords
> To gloss upon, and censuring, frown or smile? (SA 944-48)

He distrusts her, so that he recognises that her visit to him is to betray him again. His patriarchal view on marriage affirms that a wife should be a possession not of her country but of her husband. He denies that he is either a subject of her country or under their protection, and will not admit that he is under another patriarchal society. He realises that, if he accepts the subjection to her country, he will stand against "the law of nature" (SA 890). However, even if he denies so, he is obliged to be the bound servant of the Philistines. It is true that servants must obey their masters' commands,[10] but Samson tries to deny such a patriarchal order. He rejects obedience to the Philistines and their god Dagon[11] because he believes that his master is only God. Therefore, he denies their authorities and rejects going to their summons:

> Where outward force constrains, the sentence holds
> But who constrains me to the temple of Dagon,
> Not dragging? the Philistian lords command.

> Commands are no constraints. (*SA* 1368-72)

Samson, as their bound servant, considers their commands as being "no constraints." However, prompted by the spirit within, he decides to accept their summons:

> Be of good courage, I begin to feel
> Some rousing motions in me which dispose
> To something extraordinary my thoughts.
> I with this messenger will go along. (*SA* 1382-84)

Samson goes along with the messenger, summoned not by patriarchal obedience to the Philistines but by obedience to God with the spirit within.

He resists the patriarchal power which is exercised through Dalila, and suffers her betrayal of her obligations to him as the head of her household. It is apparent that Samson recognises the patriarchal power and its world. It is true that he emphasises patriarchal duty on Dalila, but, on the contrary, he resists the patriarchal power which is imposed by his father, Manoa.

IV

Concerning Samson's marriages, Manoa does not accept his son's marriage-choices: "I cannot praise thy marriage-choices, son, / Rather approved them not" (*SA* 420-21). However, Samson does not follow his father's instruction, and rather he disobeys his father even though he justifies his choices are prompted by divine impulsion, that is, the spirit within. It is apparent that the choice of marriage partner was a significant factor in the family as well as in the patriarchal world, not only because the choice, which was made by parents, signified the power of the head in the family, but also because the choice influenced the financial and political status in the family. Stone points out that "The choice of marriage partner concerned both boys and girls and was especially important in a society where there were large financial and political stakes in marriage and where divorce was virtually impossible."[12] Samson disobeyed his father concerning marriage. His marriage was not arranged by his father but made by his own will.[13] In those days, disobedience to a father concerning marriage caused an interruption of the transfer of property. Therefore, sons in those days were sometimes deprived of their property.[14] However, instead of depriving his son of property, Manoa dares to give his entire fortune to pay for his son's ransom. He hopes that his son will be released from his debt: "God will relent, and quit thee all his debt" (*SA* 509). It is true that he believes in God spiritually, but at the same time, he trusts the effect and power of money as a physical or a worldly means. Therefore, while he prays to God, he intends to give the ransom to the Philistine lords to make his son's yoke unbound. He thinks that it is the easiest way to do so because "their aim / Private reward, for which both god and state / They easily would set to sale" (*SA* 1464-66). Accordingly, he decides that:

> His ransom, if my whole inheritance
> May compass it, shall willingly be paid
> And numbered down: much rather I shall choose
> To live the poorest in my tribe, than richest.   (*SA* 1476-79)

Even if he loses all his property, he will offer the ransom to the Philistine lords. He believes that the ransom will be accepted "With supplication prone and father's tears" (*SA* 1659). He emphasises the power of money as a symbol of wealth and worldly power. As Samson affirms, Dalila yields to the temptation of money. Samson rejects the power of money as worldly power not only by denying Manoa's offer of the ransom but also by denouncing Dalila receiving the money. Before offering the ransom, Manoa tries to persuade Samson to return home and to:

> Reject not then what offered means, who knows
> But God hath set before us, to return thee
> Home to thy country and his sacred house,
> Where thou may'st bring thy off'rings, to avert
> His further ire, with prayers and vows renewed.   (*SA* 516-20)

He hopes that he will see Samson's children in the house. In order to fulfil his hope, he tries to take back his son and console him: "It shall be my delight to tend his eyes, / And view him sitting in the house" (*SA* 1490-91). He emphasises Samson as a father who has children in the house. It is apparent that Manoa's decision and his delight manifest a paternal love as the Chorus explains: "Thy hopes are not ill founded nor seem vain / Of his delivery, and thy joy thereon / Conceived, agreeable to a father's love" (*SA* 1504-06). The Chorus describes the duties of fathers and sons in the house:

> Fathers are wont to lay up for their sons,
> Thou for thy son art bent to lay out all;
> Sons wont to nurse their parents in old age,
> Thou in old age car'st how to nurse thy son,
> Made older than thy age through eyesight lost. (*SA* 1485-89)

Manoa is about to spend his "laying up" as a ransom for his son. Even if he spends it all, he will nurse his son, "Made older than thy age through eyesight lost." In spite of being disobeyed by his son, he cannot forsake him. As the Chorus demonstrates, patriarchal convention is that "Fathers are wont to lay up for their son" and "Sons wont to nurse their parents in old age." However, Manoa's attitudes towards his son are completely opposite to such a convention. Therefore, his decision to spend his "laying up" and nurse his son demonstrates a reversal of patriarchal law and order though he expects his son's "filial submission" (*SA* 511). Here, we can see the collapse of patriarchal order because of the disobedience of the son and "a father's love."

V

Samson disobeys his father not only in his marriage, but also in his denial of his father's offer to return home even though his father dares to break patriarchal convention. He realises that he disobeyed God and failed to accomplish his promise which "was that I should Israel from Philistian york deliver" (*SA* 38-39). He also recognises that his disobedience to God influences not only himself but also "Israel's governors, and heads of tribes" (*SA* 242). Disobedience to God and father brings about the collapse of the order. It is apparent that, in the seventeenth century, disobeying the father in a family was considered as an anti-social deed: "Paternal absolutism in the family was not only the basis for order in the society at large. It also had specific ends in view within the family system of the age, for obedience which began in little things was expected to lead to obedience in big ones."[15] Therefore, obedience to a father, elder and superior, was taken for granted within the family and the social system in the seventeenth century.[16] It is true that Samson breaks such a patriarchal convention. He disobeys God the Father, and his father, Manoa. He repents disobedience to God the Father, but finally he is regenerated and prompted by the spirit within again, which initially makes him decide his marriage-choices, and which rejects the worldly offer by Dalila and Manoa. Samson, like the Quakers, emphasises the inner light as a source of vital power conferred by God: "light is so necessary is to life, / And almost life itself, if it be true / That light is in the soul, / she all in every part" (*SA* 90-93). It is true that disobedience to God deprives him of his light, while disobedience to Manoa concerning marriages and his offer in the dungeon does not. However, even though he is bound in the darkness and feels just "O dark, dark, dark," and loses his "heaven-gifted strength" as well as vital power, his inner light is not diminished at all. Owing to his repentance and inner light, he regains his glorious "heaven-gifted strength" in the summons of the believer of Dagon. Resistance against patriarchal power not only gives him confidence that the master is not the Philistines but only God, but also makes him regain his faith and heaven's gift which are prompted by the spirit within. It could be said that disobedience to a father concerning marriage reminds us of a breakdown of an old value, though this old value concerning marriage was still dominant.[17] Disobedience to a father concerning his offer contains the implication of radical resistance against patriarchy, because such a disobedience, in the end, enables Samson to regain heaven's gift and not to be frightened of death. In this sense, he is a martyr against patriarchy, and might inspire readers such as anti-royalists and radical Puritans with subversive thoughts. As Stone affirms, people, especially royalists in the seventeenth century, identify the father in a family with the king in a monarchy. Therefore, Samson's disobedience to Manoa is a radical resistance against patriarchy and a challenging monarchy, and his subversive belief is a threat for the king as well as the royalists. Samson also represents a godly figure who repents his sin and believes in God with the spirit within.

Notes

[1] "The idea of Samson as a symbol for the revolutionary cause, and especially for the revolutionary army, would be familiar to seventeenth-century readers" (Christopher Hill, *Milton and the English Revolution* [1977; London: Faber and Faber, 1997] 435).

[2] Michael Wilding, *Dragon's Teeth: Literature in the English Revolution* (Oxford: Clarendon, 1987) 257.

[3] Laura Lunger Knoppers, *Historicizing Milton: Spectacle, Power, and Poetry in Restoration England* (London: U of Georgia P, 1994) 55. Loewenstein also points out the political aspect, especially Samson's iconoclasm, in *Samson Agonistes*: "The politics of exile, the crisis of national community, the covenant between God and His elect, political bondage, apocalyptic judgment, and radical iconoclasm are among the concerns which figure centrally in *Samson Agonistes*" (David Loewenstein, *Milton and the Drama of History: Historical Vision, Iconoclasm, and the Literary Imagination* [Cambridge: Cambridge UP, 1990] 126).

[4] Mary Ann Radzinowicz, "The Distinctive Tragedy of *Samson Agonistes*," *Milton Studies* 17 (1983): 265.

[5] Filmer refused to publish *Patriarcha*, and therefore it was published after Filmer's death. It was written presumably in the 1620s or the 1630s. Sommerville suggests that "Perhaps the first two chapters of *Patriarcha* were composed in the 1620s and the third chapter about 1630" (Johann P. Sommerville, "The Authorship and Dating of Some Works Attributed to Filmer," *Patriarcha. The Naturall Power of Kinges Defended against the Unnatual Liberty of the People, Patriarcha and Other Writings*, by Robert Filmer, ed. Johann P. Sommerville [Cambridge: Cambridge UP, 1991] xxxiv).

[6] Filmer regarded James I as a significant king for absolute monarchy. Sommerville states that "Along with Bodin, the king [James I] was one of the authorities most frequently quoted by Sir Robert Filmer." He also affirms that "Along with Filmer and Hobbes, the king [James I] was one of the most important British theoreticians of absolutism of the early modern period" (John P. Sommerville, Introduction, *King James VI and I: Political Writings*, by James I, ed. John P. Sommerville [Cambridge UP, 1994] xxviii).

[7] Robert Filmer, *Patriarcha. The Naturall Power of Kinges Defended against the Unnatual Liberty of the People, Patriarcha and Other Writings*, ed. Johann P. Sommerville (Cambridge: Cambridge UP, 1991) 23. Hereafter cited in text as *Patriarcha*.

[8] Charles I's long record of duplicity and illegal actions, very many individuals were in the last resort unable to shake off the ideological chains with which they had so long been bound" (Lawrence Stone, *The Family, Sex and Marriage in England 1500-1800* [1979; Harmondworth: Penguin Books, 1990] 110).

[9] John Milton, *Samson Agonistes*, *John Milton: Complete Shorter Poems*, ed. John Carey (1968; London and New York: Longman, 1992) 223. Hereafter cited in text as *SA*.

[10] "A father's power was held to extend over the whole of his 'family' — servants and wife as well as children" (John P. Sommerville, *Politics and Ideology in England, 1603-1640* [London: Longman, 1986] 28).

[11] Samson is the 'masterless man' for the Philistines, and therefore he is considered as a dangerous social element. "The individual who lived outside the family — the 'masterless man' — was treated as a dangerous social anomaly" (Sommerville, *Politics and Ideology* 28). However, the godly reader knows that Samson is not the 'masterless man.'

[12] Stone 127-28.

[13] Samson breaks the convention of the arranged marriage. "The arranged marriage emerges as a procedure which appears to have been used by the propertied classes as a method for establishing new family formations of a kind which would tend to preserve property accumulations" (Miriam Slater, *Family Life in the Seventeenth Century: The Verneys of Claydon House* [London: Routledge & Kegan Paul, 1984] 141).

[14] "In 1706 a gentleman died leaving a will which entirely disinherited his son, on the grounds that the latter had married against his wishes. Although the son contested the will, the jury voted to uphold it" (Stone 134).

[15] Stone 127.

[16] "During the period from 1540 to 1660 there is a great deal of evidence, especially from Puritans, of a fierce determination to break the will of the child and to enforce his utter subjection to the authority of his elders and superiors, and most especially of his parents" (Stone 116).

[17] "There was clearly a very long period of conflict between elite parents and children, lasting right through the seventeenth century before the old patriarchal attitudes to marriage were finally discredited" (Stone 134).

Bibliography

Filmer, Robert. *Patriarcha. The Naturall Power of Kinges Defended against the Unnatual Liberty of the People. Patriarcha and Other Writings*. Ed. Johann P. Sommerville. Cambridge: Cambridge UP, 1991.

Hill, Christopher. *Milton and the English Revolution*. 1977. London: Faber and Faber, 1997.

Knoppers, Laura Lunger. *Historicizing Milton: Spectacle, Power, and Poetry in Restoration England*. London: U of Georgia P, 1994.

Loewenstein, David. *Milton and the Drama of History: Historical Vision, Iconoclasm, and the Literary Imagination.* Cambridge: Cambridge UP, 1990.

Milton, John. *John Milton: Complete Shorter Poems.* Ed. John Carey. 1968. London and New York: Longman, 1992.

Radzinowicz, Mary Ann. "The Distinctive Tragedy of *Samson Agonistes.*" *Milton Studies* 17 (1983): 249-80.

Slater, Miriam. *Family Life in the Seventeenth Century: The Verneys of Claydon House.* London: Routledge & Kegan Paul, 1984.

Sommerville, John P. Introduction. *King James VI and I: Political Writings.* By James I. Ed. John P. Sommerville. Cambridge: Cambridge UP, 1994. xv- xxviii.

———. "The Authorship and Dating of Some Works Attributed to Filmer." *Patriarcha. The Naturall Power of Kinges Defended against the Unnatual Liberty of the People. Patriarcha and Other Writings.* By Robert Filmer. Ed. Johann P. Sommerville. Cambridge: Cambridge UP, 1991. xxxii-xxxvii.

———. *Politics and Ideology in England, 1603-1640.* London: Longman, 1986.

Stone, Lawrence. *The Family, Sex and Marriage in England 1500-1800.* 1979; Harmondsworth: Penguin, 1990.

Wilding, Michael. *Dragon's Teeth: Literature in the English Revolution.* Oxford: Clarendon, 1987.

イモインダの刺青
——『オルーノコ』に見る小説の誕生——

原　英　一

I

　王政復古期の作家アフラ・ベイン(Aphra Behn, 1640-89)の散文作品『オルーノコ』(Oroonoko, 1688)は，過去20年ほどの間，フェミニズム批評とコロニアリズム批評の恰好の題材として好んで取り上げられてきた。[1] ベインが英国文学史上最初の職業的女性作家であることは，男性によって書かれ，男性によって認知されたキャノンからなる父権主義的な文学史の書き換えに熱心なフェミニストたちにとって，一つの基軸あるいは転回点を提供する事実であった．無視と沈黙の中に埋もれていた大部分の女性作家とは異なり，ベインは，周縁化されていたことは否定できないとしても，この特異な散文作品の作者として文学史の中で常に一定の位置を与えられてきていた．しかも，この作品は，黒人奴隷を主人公として，白人支配に対するその反逆を描いたものであり，古くから反奴隷制，人道主義のテクストとして位置づけられていたために，近年のポスト・コロニアリズム批評の中で，その重要性は必然的に再認識されることになった．[2]「女性」と「黒人」という「他者」を表出し，また内包する多義的な作品として，『オルーノコ』がこうした批評上の位置づけをされることは十分に理解できるのである．

　しかし，ベインの作家活動の全体を俯瞰してみた場合に，フェミニズム・コロニアリズム批評は，常に一つの石に躓かざるを得ない．それはベイン自身のいわば娼婦性とも言うべき特質である．作家としてのベインが，王党派貴族に代表される男性たちの価値体系に全面的に服従し，さらに男性の性的欲望に積極的に応える言説を間断なく創出し続けたことは，彼女

の主要な演劇作品の数々，たとえば，『放浪貴族』（第1部，第2部）(*The Rover*, 1677, *The Second Part of The Rover*, 1681)や『偽娼婦たち』(*Feign'd Courtezans*, 1679)などを見れば，一目瞭然である．ベインを，自身がフェミニズム・コロニアリズム的な意味での「他者」であり，自らも「他者」との対峙を描いた作家として解釈するとすれば，このような（いわば反フェミニスト的）本質を無視し，あるいは回避して，最初からイデオロギーの枠をあてはめようとする無理を通さなければならないのである．

　もちろん，ベインの作家としての娼婦性というものは，当時の貴婦人や娼婦がしばしば被ったマスク(vizard)と同様に，一つのペルソナであり偽装でもあるかもしれない．その偽装の背後に隠されたものを解明することが現代批評の重要な使命であることも確かである．伝記的立場からの現代のベイン研究がその仮面の背後にあるもの，ウイットと享楽主義が支配する男性中心の文化の中に置かれた女性の作家ないしウイットとしての彼女の葛藤を克明に明らかにしようとしているのは当然のことであろう．ダフィー(Maureen Duffy)から始まった現代の伝記的なベイン研究は，ゴロー(Angeline Goreau)，トッド(Janet Todd, *The Secret Life of Aphra Behn*)によって深められ，王政復古期の文化，政治，文学の中におけるベインの姿を（きわめてわずかな資料しか現存していないにもかかわらず）立体的に浮かび上がらせることに成功してきた．しかし，一方で，現代のベイン作品批評は，この作家をいろいろな意味での「先駆者」の一人として捉え，ポスト・モダンのさまざまな「理論」の中に押し込めようとする傾向を依然として備えている．そのため，数だけは多いが，どれもこれも似たような「理論」中心のベイン論の中に見るべきものは殆どないという状況となっている．その中では，ブラウン(Laura Brown)やギャラガー(Catherine Gallagher)は，ベインの文学が抱える矛盾と葛藤の解明に重要な貢献をしていると言えるのだが，それでも彼女を18世紀以降の文学の先駆者と位置づける傾向に縛られている．

　たしかにベインは，未来からの照射の中では，「史上初の職業的女性作家」として突出してしまうのであるが，その文学の本質は，彼女が「女ウイット」(female wit)であったという事実を除外すれば，先駆的でもなければ革新的でもない．王政復古期の劇場文化に浸りきった作家であり，その文化の重要な担い手の一人でもあった．政治的には徹底した王党派であり，チャールズ二世(Charles II)に捧げた「ピンダロス風追悼詩」("A Pindaric on the Death of Our Late Sovereign", 1685)や「ジェイムズ二世陛下戴冠に寄せるピンダロス風奉祝歌」("A Pindaric Poem on the Happy Coronation of His Most Sacred Majesty James II", 1685) に見られるように，ステュアート朝による支配体制を自らの存在基盤の不可欠の一部としていたのである．彼女がウイリアム(William III)とメアリー(Mary II)の戴冠式の直後に死去したことは，まことに象徴的であったと言えよう．そのベインが作家活動の最終段階において，自らの主たる創作ジャンルを演劇から散文作品へと転換したのであった．その背景に経済的な事情があったことは間違いない．二つの勅許劇場が1682年に合体したことにより，演劇の新作を上演する機会が激減したのである．「パンのために書く」[3] 職業作家としては死活を制する事情に迫られたとはいえ，ここでベインは新たなジャンルに向かうことになった．好むと好まざるとにかかわらず，彼女は新しい文学への橋渡しの役を果たすことになったのである．作家としての彼女の本質は，先駆者というよりは，文学ジャンルの変遷のプロセスそのものを自らの内部に「やむを得ず」抱え込むことになったことによる過渡的性格に存すると考えるべきである．従って，『オルーノコ』が提示する問題は，ベインの作家としての活動の軌跡を，現代の批評イデオロギーから自由な立場で，歴史的にたどることによって，よりよく明らかにされることになるであろう．

　作家としてのベインが描いた軌跡が，演劇から散文作品へと向かっていることは，彼女に固有の経済的事情があったとはいえ，その背景となる全体的な文化的変容あるいは文学史的転回を暗示するものである．かつて，フェミニズム以前の時代には，『オルーノコ』は英国小説という一つのジャンルの先駆的作品として見られることが多かった．「小説」あるいは「ジャンル」といった概念そのものが持つ恣意性，曖昧性そして矛盾についてはとりあえず素通りするが，ベイン自身の作家活動のキャリアの中には「小説」へと向かうベクトルが明らかに機能している．アームストロング(Armstrong)，デイヴィス(Davis)，マッキオン(McKeon)らの研究により，イアン・ウォット(Ian Watt)の古典的小説勃興論がかなり修正された現在でも（ウォットを超克するものは未だにないのだが），フェミニズム・コロニアリズムの強力な支配のゆえに，この作品がジャンル転換の岐路に位置するテクストして持つ重要性の再検討は全く不十分なままである．[4] バングラデシュの英文学者フィルダス・アズィム(Firdous Azim)は，この作品を「最初の英国小説」と位置づけているが，彼女の議論の全体は，すでに陳

腐化したフェミニズム・コロニアリズムのイデオロギーを一歩も出ていない．本論ではベインの作家としての軌跡と彼女の時代の社会・文化の軌跡を歴史的に検討することによって，『オルーノコ』がジャンルの岐路にある作品であることの意味を再検討してみたい．とはいっても，この試みは決して旧い歴史主義的な立場への素朴な回帰ではない．このような歴史主義的検討によってたち現れるものは，小説というジャンルが備える真に革新的な本質なのである．その反文明性，反西欧性は，歴史的ダイナミズムの検討によってのみ正当に評価されるのであって，イデオロギーの呪縛のゆえに最初から結論が見えてしまい，その結果，自縄自縛的保守主義の逆説にはまりこんでしまったフェミニズム・コロニアリズム批評では決して十分には提示できないものなのである．

　以下の論考では，『オルーノコ』の内部に胚胎している一つの文学史的モメンタムの歴史的文脈を，作品のテクストそのものの中で再検討する．ベインが浸っていた王政復古期の演劇世界からリアリズムの散文フィクション，すなわち「小説」への移行の過程あるいは歴史は，『オルーノコ』のテクストの流れにそのまま表出されているのである．実際，ここでは新しいジャンルが誕生する瞬間を読者は目撃することさえできる．このジャンル転換の歴史的ペリペティアは，ベインの作品に常に存在していた身体性，「肉体」の持つ文化的，政治的な可能性が，この作品で究極的な形で結晶した結果もたらされたものである．

II

　ベインがその身を置いていたのは王政復古期のロンドンの劇場世界であり，それが彼女の創作活動を第一義的に規定する環境であった．復古期の劇場は，周知の通り，極度に男性中心主義的な空間であった．英国の歴史において，男性の性的欲望がこれほどまでにむき出しの形で表現され，それが一つの文化として認知され称揚されていた時代というのは他に例がないであろう．好色なチャールズ二世を中心とする宮廷社会は，この国王の私的娯楽場とも言える二つの勅許劇場の空間にそのまま投影されている．この社会ではロチェスター伯爵(John Wilmot, Earl of Rochester)が時代の寵児とされ，エサレッジ(John Etherege)，ウイチャリー(William Wycherley)ら，実生活でも「プレイボーイ」であったディレッタントたちの手になる性的な策謀劇としての風俗喜劇がもてはやされていた．舞台の背後とはいえ，

いわばリアルタイムで性交が行われる「陶器の場」(the china scene)で悪名高い『田舎女房』(*The Country Wife*, 1675)のような芝居は決して例外的なものではない．格調高い悲劇『すべて愛ゆえに』(*All for Love*, 1678)を書いたドライデン (John Dryden)も，『物わかりのよい旦那様』(*Kind Keeper*, 1678)というセックス・コメディーを書いている．そこではあからさまな性欲そのものが，しかもそれのみが芝居の推進力となっているのである．この時代の喜劇に登場するレイク（放蕩者）たちは，女性を性的に搾取することに何の良心的痛痒も感じない冷酷な者が多い．シャドウエル(Thomas Shadwell)の『アラスティアの若旦那』(*The Squire of Alastir*, 1688)の主人公ベルフォンド弟(Belfond Jr.)などはその典型で，何人もの女と関係を持ち，しかも金持ちの娘と結婚するために，かつて弄んだ愛人たちを手切れ金を渡して捨ててしまう．興味深いのは，この時代の価値観の中では，この男はあくまでも肯定的に描かれる主人公なのであり，その行動は，卓越したウイットの表れとして，賞賛を受けこそすれ，決して非難はされないということである．劇作家としてのベインの作品，特に『放浪貴族』や『偽娼婦たち』などの喜劇は，こうした男性中心主義的な文化，しかも性的欲望の自由な追求というリベルタン的文化の典型的な産物であった．

　一方で，この男性中心主義的な文化では，男性の理想像は，エサレッジの『当世伊達男』(*The Man of Mode*, 1676)のドリマント(Dorimant)のモデルとされるロチェスター伯爵のような，ウイットとセックスの英雄とは対照的な面も備えていた．後世から見れば風俗喜劇のみが屹立するかに思われるこの時代の劇場世界は，英国演劇史上の他のいかなる時代ともかわることなく，実際には多様性に富んだものであり，悲劇や歴史劇もまた，劇場で上演される芝居の中で大きな部分を占めていた．そこに描かれる男性主人公は，ドライデンの『グラナダ征服（第1部，第2部）』(*The Conquest of Granada, Part I, Part II*, 1672)の主人公アルマンゾール(Armanzor)に代表されるような，義を重んじ，女性に献身的な愛を捧げる高潔な勇士である．マーロウ(Christopher Marlowe)の『タンバレイン大王』(*Tamburlaine the Great*, 1590)やチャップマン(George Chapman)の『ビュッシィ・ダンボワ』(*Bussy D'Ambois*, 1607)に見られた「ヘラクレス的英雄」("the Herculean Hero", Waith)の伝統はここまでその命脈を保っていた．[5] このような主人公もまた，当時の男性文化の反映であることは間違いない．女に対しては不実な男であっても，同性の友人に対しては絶対的に信義を守ることが要求

されていた．また，女性の貞操(honour)は奪うべき獲物としか考えない男でも，自らの名誉(honour)にかかわるという場合には，命がけの決闘をすることが当然のことと考えられていた時代なのである．この時代の悲劇あるいは英雄劇にあっては，しばしば男の友情と女の愛の板挟みに苦しむ主人公が描かれているが，そこでは明らかに同性間の信義の方が重みを持っている．『すべて愛ゆえに』のアントニー(Anthony)が，老友ヴェンティディアス(Ventidius)の諫言を捨てて，クレオパトラ(Cleopatra)との愛に殉じたのはむしろ例外であろう．アルマンゾールとその恋人アルマハイド(Almahide)は，常に信義(honour)の方を重んじるがゆえに，なかなか結ばれることがなく，オトウェイ(Thomas Otway)の『救われしヴェニス』(*Venice Preserved*, 1682)の主人公ジャフィール(Jaffeir)は，最終的に最愛の妻ベルヴィデラ(Belvidera)との愛ではなく，親友ピエール(Pierre)と共に死ぬことを選ぶのである．ベインもまた彼女の書いた唯一の悲劇『アブデラザー』(*Abdelazer*, 1677)において，このような英雄的主人公を創造している．アブデラザーは高貴な血を継承するムーア人であり，勇猛な戦士である．しかし，彼の行動の根源的動機は，殺された父の復讐を果たすということであり，その大義のためにさまざまな陰謀をはかり，暗殺やレイプなどの非道な行為にも躊躇しない．こうした英雄劇は，『グラナダ征服』の場合も同様であるが，宮廷陰謀劇としての性格も強く備えている．この時代の英雄劇の代表的な作品であるセトル(Elkanah Settle)の『モロッコの女帝』(*The Empress of Morocco*, 1673)は徹頭徹尾陰謀によって組み立てられたプロットを備えているほどだ．英雄劇のプロットの真の推進力が，宮廷内での権謀術数，信頼と裏切りの繰り返しであることが否定できないとすれば，風俗喜劇と英雄劇は，陰謀(intrigue)という言葉をキーとして，同一の基盤に立っていると見ることができよう．いずれにしても，そこでは男性の価値観が絶対的に支配力をふるっている．ベインの『オルーノコ』について，第一に確認しなければならないことは，この散文作品がこうした復古期演劇の男性中心主義的文化のイデオロギーとその形式とをそのままに継承していることなのである．

III

『オルーノコ』は二つの部分から成る作品である．前半は主人公オルーノコの故郷の国である西アフリカのコラマンティーン王国(Coramantien)を

舞台として，彼とその恋人イモインダ(Imoinda)の恋物語が展開する．後半は，当時英国の植民地であった南米のスリナム(Surinam)に奴隷として連れてこられたオルーノコとイモインダの再会，オルーノコを指導者とする黒人奴隷の集団脱出行の失敗と二人の無惨な死を描き出す．この二つの部分は，ベイン自身と想定される語り手によって語られる．語り手の「私」は，読者に「架空の英雄の冒険物語」("the adventures of a feigned hero")を提供する意図はないと宣言し，この物語が「真実」であることを主張する．「私自身がここに描かれた事件の大部分を実際に目撃したのですし，目撃できなかったことは，この物語の主役であるあの英雄その人の口から聞いたことなのです」(and what I could not be witness of, I received from the mouth of the chief actor in this history, the hero himself . . .).[6] スリナムでの様々な事件は語り手の目撃談ということになるわけで，当然ながら記録的，写実的なリアリズムが特徴的な語りとなっている．それとは対照的に，語り手がオルーノコから直接聞いたものとされている前半の物語は，リアリズムとはほど遠い語りである．それは形式的には散文ロマンスであるが，実際にはベイン自身もその作者の一人であった当時の演劇に非常に近いものと言えよう．王子としてのオルーノコの物語は，散文化された芝居として見れば，その慣習的な組み立て方がはっきりと浮き彫りにされるのである．[7]

ここに描かれるコラマンティーン王国は，地理的にはアフリカであり，登場人物は，オルーノコの家庭教師のフランス人や奴隷商人を除けば，アフリカ黒人であることになっている．しかし，実際の語りにあっては，アフリカが舞台であり，黒人が主人公であるという必然性は皆無に等しい．ここがスペインやイタリアであっても，あるいはアラブの王国であっても，とりたてて支障はないのである．主要登場人物と物語のプロット展開は，慣習的な復古期演劇の枠組みを決して逸脱することがない．そのことは，まず第一に，主人公自身が当時の演劇の慣習的に理想化された男性像として提示されることから明らかなのである．主人公のオルーノコの美しさはヨーロッパ的基準への還元によって正当化された形で語られる．

> 彼はかなりの上背はありましたが，およそ考えられる限り最高に均整のとれた体型でした．どんなに高名な彫刻でも，頭から足先までこれほど見事に形作られた男の姿を表現することはできなかったことでしょう．彼の顔は，その民族の大部分に見られるような赤茶けた黒色ではなく，完全な黒檀色で，磨き抜かれた漆黒でした．両眼は比類のない威厳に満ちていて，突き刺すように鋭いものでした．

白目の部分は雪のようで，歯もそうでした．鼻は高くローマ風で，アフリカ風の扁平なものではありませんでした．口元は比類なく繊細で，他のニグロたちによく見られる分厚くめくれあがった唇ではありませんでした．彼の顔立ち全体はいかにも気品がありみごとに整っていましたので，肌色を別にすれば，これほど美しく，好ましく，きりりと引き締まったものはおよそ考えられないほどでした．真の美の基準にかなうあらゆる美点が，一つも欠けることなく備わっていたのです．髪の毛は特に入念に手入れしていて，肩まで垂れていましたが，それは羽毛で髪の毛を引っ張り，常に櫛を入れておくという技の助けによるものでした．[8]

ローマ風の容貌を持つオルーノコは，肌色以外は，アフリカ的なものを一切備えていないがゆえに「美しい」のである．彼はこのような肉体を備えているのみならず，その精神もまた卓越したものであるのだが，これもヨーロッパ的価値基準，というよりも王政復古期イギリスの貴族階級の価値基準によって賞賛されている．オルーノコは「殆どどんな話題についても見事な話しぶりを示す」(his discourse was admirable upon almost any subject) ので，彼と会話する者は誰でも「洗練されたウイットは白人だけのもの，特にキリスト教世界の白人だけのものであるという考えが誤謬であることを確信させられる」(... would have been convinced of their errors, that all fine wit is confined to the white men, especially to those of Christendom) ことになる．彼は「最も高尚な学問の府，あるいは最も洗練された宮廷で薫陶を受けたいかなる王侯」 (any prince civilized in the most refined schools of humanity and learning, or the most illustrious courts)にも劣らない人物なのである (12).

　このように描かれるオルーノコの姿は，復古期演劇の中に登場する主人公たちと共通のものである．『当世伊達男』のドリマントや『田舎女房』のホーナー(Horner)，さらには復古期末期のコングリーヴ(William Congreve)の『この世の習い』(The Way of the World, 1700)のミラベル(Mirabell)は，いずれも魅力的な外見を備えている．この時代の芝居の特徴として，台詞が人物の外見を表現している例は少ないが，ハート(Charles Hart)，ベタートン(Thomas Betterton)，ヴァーブラッゲン(John Verbruggen)等の人気男優が，これらのレイク・ヒーローを持ち役として演じることによって，男性主人公について一定の外見的イメージが形成されていたことは容易に想像できる．オルーノコは，非ヨーロッパ人であるがゆえに，いわゆる「高貴な野蛮人」として逆説的に西欧的な理想を具象化したものであるが，

これもまた古くはシェイクスピア(William Shakespeare)のオセロウ(Othello)，同時代ではアルマンゾールやベイン自身のアブデラザーとして，演劇の世界に表れていたものである．また，王政復古期の宮廷社会で最も尊ばれた資質は「ウイット」であった．これは社交の場での洗練された話術を第一に指すものであるが，あか抜けたファッションのセンスでもあり，磨き抜かれた知性と教養でもあった．オルーノコが，この至上の価値を持つウイットという点で，最も洗練された王侯貴族に全くひけを取らない人物であるということは，彼が王政復古期イギリスの宮廷社会の価値観を不足なく体現するヒーロー以外の何者でもないことを示しているのである．

このようにオルーノコは，復古期の芝居の主人公として完全な資格を備えているわけだが，彼を中心に展開する物語もまた，同時代の芝居との共通性を多く備えている．オルーノコは，恋人イモインダを齢100歳を越えるという祖父の国王に奪われて悲嘆にくれるのだが，イモインダの幽閉されている後宮(the otan)への彼の侵入をめぐる陰謀が，前半のプロット展開の中心となっている．ここに登場するのはオルーノコ，イモインダ，国王の他に，オルーノコの忠実な部下アボアン(Aboan)と後宮の女官オナハル(Onahal)である．元は王の愛妾たちの一人であり年を取ったために王のしとねから遠ざけられ，若く新しい妻たちの管理役をしているオナハルは，アボアンに秋波を送り，アボアンは彼女を利用して主人のオルーノコの思いを遂げさせようと計画する．こうしてオナハルの手引きで後宮に侵入したオルーノコはイモインダの寝室へと向かう．アボアンが「最高の忠義を示して，王子（オルーノコ）に機会を与えるべく，ベッドの中でオナハルの愛撫に身を任せて」(he showed the height of complaisance for his prince when, to give him an opportunity, he suffered himself to be caressed in bed by Onahal)いる間に，オルーノコはイモインダと再会する．

> 王子はそっとイモインダを目覚めさせました．彼女は彼がそこにいるのを知って少なからず嬉しい驚きを感じましたが，同時に，計り知れないほどの恐れで震えたのです．私が思うに，彼はありとあらゆる言葉を用いて，もともと自分のものであるお前を奪い取らせてほしい，愛の権利を行使させてほしいと，この若い乙女を口説いたのでしょう．そして，彼女の方でも，あれほど恋いこがれていた男の腕を長いこと拒むことなどしなかったことでしょう．機会と闇と静寂と若さと愛と欲望と，それらすべてが与えられていたのですから，彼が口説き落とすのにそう時間はかかりませんでした．そして，彼の老いた祖父が何ヶ月もかかって手に入れようともがいていたも

のを彼はほんの一瞬で奪い取ってしまったのでした．[9]

100歳を越えている国王は，欲望だけは依然として旺盛だが，実際には性的不能者であり，イモインダは後宮にいながらも純潔を保っていたというわけである．それをもともと婚約者であった，すなわち正当な所有者であったオルーノコが自らの権利を行使して獲得したのであった．

このようなプロット展開は王政復古時代の演劇世界に，悲劇，喜劇，歴史劇などの区分を問わず，典型的に見られるものである．すでに明らかなように，ここではすべての動きがあからさまな性的欲望によって推進されていく．国王は自分の好色のゆえに孫の王子の婚約者を奪い取る．王の妾となった美女の肉体を奪い返すために，オナハルという年増女の情欲が利用される．悲劇としての要素を備えてはいるが，このような展開は当時のセックス・コメディーに容易に置き換えることができる．オナハルは『田舎女房』のミセス・ラヴィット(Mrs Loveit)や，同じくウィチャリーによる『直言居士』(The Plain Dealer, 1677)のオリヴィア(Olivia)などに見ることのできるタイプであり，好色な老国王は『物わかりのよい旦那様』に登場する，女を囲ってはいるがどうやら不能らしいリンバーハム(Limberham)と同じ種類の人物である．つまり，コラマンティーンの世界も，そこで繰り広げられる物語も，本質的には，「アフリカ」とか「黒人」といった言葉が，特にコロニアリズム批評において，表象するとされる含蓄とは全く無縁なのであり，作家としてのベインが常に提供していた男性の性欲に奉仕する芝居と何ら変わるところはないのである．ここには他の散文ロマンスと比べて新しい要素など何一つ存在しない．オルーノコもイモインダも非現実的なロマンス世界の住民なのであり，それ以上でもなければそれ以下でもない．

IV

『オルーノコ』において注目すべきは，このような慣習的な演劇的世界が，物語の後半で舞台が西インドのスリナムに移されると大きく変容するということである．コラマンティーンは明らかに架空の世界であり，ロマンス的空間であったが，スリナムは現実の植民地であった．ベインが若いときにスリナムに実際に居住していたのかどうかについて，かつては疑問視されていたこともあった．しかし，最近の伝記的研究は一致して彼女のスリナム滞在は間違いないことと見なしている．[10] 確かに，スリナムの動

植物についての詳細な記述（種本があるという指摘もあったが），原住民の村を訪問した際の描写，黒人奴隷の脱走に対処するために召集された「評議会」を酷評する部分などは，書物で得た知識というにはあまりに具体的，直接的であり，実際の経験に基づいているとしか考えられない．オルーノコについても，そのような奴隷が実際に存在し，その反逆と処刑の経緯は，この物語に書かれていることからそう離れてもいなかったという可能性もある．しかしながら，モデルとなった人物が実在したかどうかは本質的な問題ではない．重要なことは，作家としてのベインが，コラマンティーンとスリナムという全く異質な二つの世界に，同一の主人公を置いたということなのである．ロマンスの世界の住人であったオルーノコとイモインダが，スリナムに到達したとき，現実の植民地は彼らに変身を強いることになり，その結果として，彼らが属する物語ジャンルとしてのロマンスそのものの変容を必然的にもたらしてしまうのである．

　ヒーローとヒロインの変身は，単にかつて王族であった者たちが奴隷に身を落としたということではない，もっと深いレベルで起こることである．オルーノコについては，スリナムに到着した後になっても高貴な王子としてのアイデンティティーは，しばらくの間は，失われることなく維持される．彼の体格と容貌の傑出した美しさと高貴さは，最初から彼を植民地の一般の奴隷たちからは区別させることになり，特別待遇が与えられることとなる．語り手のベインを含め，トレフリー(Trefrey)等の「心ある」白人たちからは尊敬と賞賛を受け，苦役を課せられることもなく，まるで奴隷ではないかのように対等の扱いをされるのである．その彼が，イモインダと再会したとき，この高貴な黒人二人の明らかな変容が開始される．後宮での契りの後，怒り狂った国王によって処刑されたと思われていたイモインダは，実際は奴隷として売りとばされ，スリナムに来ていたのであった．イモインダは，コラマンティーンで最初に登場したときに，次のように描写されていた．

> ［イモインダの］美しさを本当に表現するためには，彼女はこの高貴な男性［オルーノコ］に匹敵する女性であり，彼が若き軍神マルスとするなら，彼女は美しき漆黒のヴィーナスであったと言えば事足りるでしょう．[11]

ロマンスの空間での彼女は非の打ちどころのない美女であり，その美貌のゆえに老いた国王の欲情に火をつけてしまい，不幸を招くことになった．

ドライデンの描くアルマハイドなどと同様の，非現実的また概念的な女主人公であったと言えよう．スリナムに来てからも，彼女の美しさは男たち，しかも白人の男たちの注目を引いている．先に引用したイモインダの美しさの描写に続いて，語り手はこのように述べている．「私は，大勢の白人の男たちが彼女に恋いこがれ，彼女の足下にひれ伏して数々の愛の誓いを捧げる様を見てきましたが，彼女は誰にもなびこうとしませんでした」(I have seen an hundred white men sighing after her and making a thousand vows at her feet, all vain and unsuccessful). スリナムで彼女に報われない思いを抱いている白人男性の代表は，語り手が明らかに好意的に描いているトレフリーであった．イモインダもまた，オルーノコと同様に，ヨーロッパ的な美の基準に当てはめられて創造されたヒロインであることは明らかであろう．しかし，スリナムという植民地で，彼女は全く異なる相貌を読者に示すことになるのである．

　クレメーン(Clemene)という奴隷名を与えられていた彼女とシーザー(Caeser)という奴隷名となったオルーノコは，トレフリーに案内されて訪れた奴隷の居住区で思いがけない再会を果たす．この感動的な場面で，語り手は何気ない口調で意外な事実を読者に提示する．

>　私は…恋人たちがいる場所へとすぐに急いで駆けつけたのでした．そして，この美しい女奴隷がシーザーがあれほど話していた者に他ならないとわかって，この上ない喜びを感じました．(彼女はそのつつましさと並はずれた美しさのために，以前から私たち全員の尊敬を獲得していました．) そこで私たちが彼女に特別の敬意を払ったことは容易に想像できることでしょう．そして，彼女の全身には美しい花や鳥の彫りものがありはしましたが，私たちは彼女が高い身分であると前々から想像していましたし，クレメーンがイモインダであることを知って，彼女に対する私たちの感嘆はいやがうえにも高まったのでした．[12]

イモインダの全身には刺青があったのである．しかも，このことを語り手は「話し忘れて」いたのだという．

>　皆さんにお話しするのを忘れていましたが，その国（コラマンティーン）の高貴な生まれの者たちは，胴体の前面に繊細な切り込みや浮き彫りを施しており，花の周囲の細工は盛り上がった丘のようになっていましたので，漆塗りのように見えたのです．ある者は，小さな花とか鳥をこめかみの両側に彫り込んでいるだけで，シーザーもそうでした．全身に彫り込みをしている者たちは年代記に登場す

るわが国古代のピクト族に似ていましたが，彼らの彫り物の方がずっと繊細なものでした．[13]

語り手が，主人公たちのこのようにすぐに目に立つ身体的特徴について話すのを「忘れていた」というのは，単なる言い逃れでしかない．コラマンティーンでのオルーノコとイモインダを描写するときには，刺青の描写は不要であり，むしろ障害であったというのが正しい．すでに見たように，彼らは架空のロマンス世界に棲む者たちであったのだから，肌の色だけを例外として，全身がヨーロッパ的理想美を表す者として提示されていれば十分であった．彼らが個別化され分節化された真の肉体を備えることは，フィクションから現実への移行であり，ロマンスの消失と新しいジャンルの誕生を意味しているのである．我々はオルーノコとイモインダが，現実の肉体を備えたキャラクターとして具象化されたことに注目しなければならない．彼らの内面的，精神的な部分ではなく，「肉体」が前景化されていることが重要なのである．コラマンティーンの世界にあっては，肉体は性的欲望の主体であり客体であった．肉体はまた絶対的王権の行使という政治的な力が作用する場でもあり，その点では性欲と金銭欲（結婚による財産獲得の欲望）が，女性と男性の肉体の上で複雑な葛藤を繰り広げた風俗喜劇の世界と全く変わることがない．スリナムにおいては，肉体の政治的な意味はさらにその深さを増す．ここではオルーノコとイモインダは奴隷，すなわち商品であり，ヨーロッパとアフリカと新大陸をつなぐ巨大な政治と経済のシステムの中にはめ込まれた存在となっている．このような肉体の商品化(commodification)，政治化はジャンルの変換の背景に作用している重要な力の表れなのである．[14]

V

肉体の政治性を考えるとき我々は，王政復古期の演劇がたどった歴史を一瞥する必要がある．人間の性欲をあからさまに描く復古期演劇は，「肉体」を強烈に意識し，提示する芝居であった．特にそれは，女優を登場させることによって，女性の肉体をさまざまな形で舞台上に具現化し，男性観客に娯楽として提示することを目的とするものであった．女優による女性の肉体の強調とその結果としての劇場支配は，ベインの『放浪貴族第2部』において，一つの極限に達したと言える．すでに別なところで論じたので，ここでは詳述しないが，[15] この芝居では雲を突くような大女と矮小な

女が登場し，さらに最終的には子宮の中のような暗闇に舞台のすべてが包まれてしまうのである．しかし，周知のように，復古期演劇の肉体性はこの後急速に薄れていく．センチメンタル演劇の台頭によって，舞台上では肉体は再び後退し，スティール(Richard Steele)の『良心的恋人たち』(*The Conscious Lovers*, 1723)のような，市民社会的道徳性の衣裳をまとった新しい形のロマンス劇が支配的となっていくのである．それは同時にイギリスの演劇それ自体が長い衰退の時代に入っていくことを意味していた．興味深いのは，演劇から小説へのジャンル転換の画期的作品である『オルーノコ』が，このような演劇の衰退を如実に表すテクストとされていったことである．ベインのこの散文作品が，他の劇作家によって二度にわたって演劇化されたのであるが，それらの芝居を見ると，ベインがそのキャリアの最後に到達した世界が，いかに革新的なものであったかが逆に浮き彫りとなる．

　トマス・サザン(Thomas Southerne)は，ベインと同様，職業的な劇作家であり，いかにも玄人らしい職人芸を見せる多くの芝居を書いている．[16] そのサザンが演劇化した『オルーノコ』は，芝居から小説へと移行したベインの作品を再び芝居の世界に引き戻そうとしたものとして見ることができる．サザンは，ベインの作品の後半部分，スリナムでの出来事を芝居の題材として取り上げているのであるが，そこでは現実の植民地の世界は失われ，ベインのコラマンティーンと変わることのないロマンス的空間が提示されている．オルーノコとイモインダをめぐる物語は，アボアンの再登場と，イモインダに横恋慕する副総督バイアム(Byam)の陰謀によって，宮廷陰謀劇と本質的に変わらない物語となっている．さらに，サザンは，ベインには全くなかった要素として，植民地に婿探しにやってきた，シャーロット(Charlot)とルーシー(Lucy)のウェルダン姉妹(Welldon)を中心とするいかにも復古喜劇的なサブ・プロットを創作して付け加えている．このサブ・プロットでは，男装の女性，ベッド・トリックなど，復古喜劇でおなじみの仕掛けが用いられて，主筋とはおよそかけ離れたセックス・コメディが展開される．このような異質な要素を持ち込んだサザンの意図は，第一義的には，芝居の長さを確保することであったであろう．さらにそこには，オルーノコの悲劇を演劇化するというだけでは，ベインの作品を十分に演劇の世界に引き戻すことができないという無意識の直感が働いていたと想像してもよい．それほどまでにベインの描くスリナムは演劇から遠ざかっ

てしまっているのである.

　コメディーの追加を別とすれば,サザンの演劇において最も目立つ変更は,イモインダを白人女性としたことである.ベインの原作ではトレフリーに相当する人物ブランフォード(Blanford)に,オルーノコはイモインダについてこう語る.

> 私の父の宮廷には,大変重んじられ尊敬されていた外国人がおりました.彼は白人で,私があなたと同じ肌色の人間を見たのはそれが初めてのことでした....私は彼の許で育てられたのでしたが,ある運命の日,両軍が戦ったとき,彼は私の前に進み出て,私に向けて放たれた毒矢を胸に受け,私の腕の中で息絶えたのでした....あとには幼いときにアンゴラに伴ってきた彼の一人娘が遺されていたのです.[17]

この恣意的な変更の背景には当時の劇場のさまざまな実際的事情があったことは容易に想像できる.男優がオセロウやオルーノコを演じることに違和感はなくても,黒い肌のヒロインというのは,当時の劇作家にとっても,また女優にとっても,その想像力の範囲を超えるものであった.散文作品の中であれば,白人男性が恋い焦がれるほどの美しい黒人女性の登場は考えられても,生身の女優が舞台上で演じることには,この時代の慣習と偏見の壁は大きすぎたのである.しかし,イモインダの刺青のある黒い肉体を白人女優に変換したことは,肉体そのものが背景に後退し,その存在感を希薄化させる結果をもたらすことになった.白人の王女として伝統的な悲劇のヒロインとなったイモインダの肉体からは,黒人奴隷としての濃密な政治性はもはや消え去っているのである.それはオルーノコの場合も同様であり,オセロウとの区別が曖昧になってしまった舞台上の彼は,サザンの技巧的な筆がいかに荘重な台詞を用意しようとも,むち打たれ,血を流す黒人奴隷の肉体を完全に喪失してしまっている.

　演劇に見られるこのような肉体性の消失は,18世紀後半にサザンの作品がホークスワース(John Hawkesworth)によって書き換えられたとき,決定的なものとなった.ホークスワースはサザンが創作した復古喜劇的サブ・プロットを完全に削除したのである.彼によれば,サザンの芝居の「悲劇的場面の卓越していることは広く認められている」(The Merit of the tragic Scenes in this Play, has been universally acknowledged...)のであるが,きわめて残念なことに,「これらの場面は,我が国の言語,また我が国の劇場を汚してきた最悪の淫らで軽蔑すべき場面と結びつけられることによって低

俗化されてしまった」(these Scenes were degraded by a Connexion with some of the most loose and contemptible that have ever disgraced our Language and our Theatre) のである．そこで彼はサザンの『オルーノコ』を「5幕の正式な悲劇」(a regular Tragedy of five Acts)とすることを試みたのであった．ホークスワースの改作は，サザンの作品にわずかに残っていた肉体性を完全に失わしめたものである．ウェルダン姉妹による婿取りのコメディーはいかにも復古期の芝居らしく，性的な娯楽をふんだんに盛り込んだものであり，それゆえに肉体性を多分に備えたものであった．また，肉体あるいはセックスの商品化という点で，メインプロットと深層での共通性を持っていたことも忘れてはならない．その部分がそぎ落とされた結果，古典主義的演劇論の観点から見れば，より純粋にはなったが，猥雑な部分は完全に失われ，芝居としての推進力を全く喪失したものができあがったのである．

IV

それに対して，ベインの作品は，刺青によって鮮やかに視覚化され，前景化された肉体が備える迫真性，政治性を究極にまで追求していく．オルーノコとイモインダの漆黒の肌は，植民地支配者たちの白い肌と対比されるとき，その肉体性の主張として浮かび上がるのである．この前景化された肉体は，皮肉なことに，傷つけられ，破壊されるべきものとして描かれる．黒人奴隷たちを扇動して脱走をはかったオルーノコは追っ手に捕らえられ，激しく鞭打たれて血まみれとなる．ギリシャ彫刻のごとく高貴なその肉体は痛めつけられて，しだいに崩壊させられていくのである．語り手は再度捕らえられた後の彼の姿をこう述べる．「私たちがかつてあれほど美しいと思っていた姿は今やすっかり変わり果て，彼の顔は真っ黒に塗られた髑髏のようになり，ただ歯と眼窩だけという有様でした」(if before we thought him so beautiful a sight, he was now so altered that his face was like a death's-head blacked over, nothing but teeth and eye-holes, 71)．

イモインダもまた，現実の肉体を具備した結果，理想的，概念的なヒロインから等身大の女性へと変容していく．彼女が妊娠したことがその第一の表れであると言えよう．彼女の肉体が文字通りに変化して，その存在を顕示することは，その肉体を破壊する衝動を，しかも自分の夫から，招き寄せることとなる．この肉体は商品化されたものであり，その肉体から生まれ出る子供もまた商品である．生まれてくる子供が奴隷という宿命を負っていることに耐えきれなくなったオルーノコは，イモインダを連れてジ

ャングルに入り，そこでイモインダを殺して後顧の憂いを断った上で，自分を欺いて鞭打った副総督バイアムへの復讐を果たすことを決断する．愛する夫の手で殺されることを進んで受け入れるイモインダと最愛の妻を我が手で殺さなければならない苛酷な運命に苦悩するオルーノコの姿は，サザンが最大限に利用することになる悲劇的クライマックスである．しかし，『オセロウ』や『救われしベニス』の大団円を模倣したかにしか思われず，その結果，真に独創的な悲劇的緊張感を生み出し得ないサザンの芝居の結末とは異なり，ベインのテクストはこの後さらに驚くべき展開を示すのである．

> そのような場合に語られるべき愛の言葉もすべて終わり，そこに介在するすべての優柔不断もまた克服されると，その美しく，若く，崇拝された犠牲者は，生贄を捧げる者の前に横たわりました．一方，彼は，胸は張り裂けそうになりながらも，断固たる手で，致命的な一撃を与えたのでした．まず，彼女の喉を掻ききり，続いて，まだ微笑んでいるその顔をその華奢な体，最も深い愛の結晶が宿ったその体から切り離しました．それを終えると，彼はその体を木の葉や花々で作った床の上に丁寧に横たえ，その同じ自然の覆いの下に隠したのです．ただ，彼女の顔だけは見えるように出しておきました．[18]

熱帯のジャングルの濃い緑と原色の花々に埋められたイモインダの首と胴体，それは残酷で鮮烈な，またロマンス的表象である．当時のイギリスの一般的読者は南米の植物について具体的なイメージは持ち得なかったであろうが，それだけに一層この場面は絵画的に思い描かれたに違いない．しかし，ここはロマンスの世界ではなく，現実の西インド植民地であり，イモインダの肉体もまた一つの商品，物体なのである．生前はいかに美しいものであったとしても，死体は朽ち果てていかざるをえない．オルーノコが最愛の妻を殺したことで半狂乱となり，その死体の傍で何日も無為に過ごす間に，高温多湿の熱帯の気候は容赦なく，急速に腐敗を進行させる．プランテーションから派遣された捜索隊は，密林の中に漂う強烈な腐臭によってオルーノコの居場所を容易に見つけだすことになった．

> 森に入って間もなく，彼らは死体の発するもののような異常な臭気に気づきました．この土地の全域で生み出されている溢れかえるほどの自然の芳香の中では，はっきり分る悪臭はどうしてもひどく鼻につくものなのです．そこで彼らは彼［オルーノコ］が死んでいるのであろう，あるいは誰かの死体があるのだろうと思い，不快感を覚えながらも，その方へと進んだのでした．[19]

ヒロインの死体が崩壊して放つ悪臭は，ロマンスの世界ではおよそ考えられない要素である．ベインはここで滅びゆく肉体というものを通して，舞台上では不可能であったリアリズムを表出している．女性の肉体をシュールリアリズム的に巨大化させたベインは，その著作活動のいわば必然的な帰結として，この場面に至ったのだ．それは，彼女が，演劇というメディアではもはや表現し得ないものを抱え込んでいたことの無意識の表れでもあり，文化表現の新たなメディアが生まれ出ようとしてもがいている姿でもある．近代文明の中でも人間の肉体は原始の（商品化＝政治化される以前の），反文明的な本質を失ってはいない．社会のシステムがより洗練され，高度化されていくにつれて，文明と肉体との葛藤は激しくなる．特に女性の肉体は，発展する資本主義のシステムの中で，商品としての属性を強く備えるに至って，きわめて政治的なものとなっていった．ベインは娼婦的劇作家として女性の肉体を搾取しようとする男たちと，彼らの欲望を巧みに操作し，それに応ずることによって利益を得ようとする女たちの登場する芝居を書き続けてきた．しかし，近代文明と女性の肉体の持つ本来的反文明性との矛盾相克が，特に『放浪貴族第2部』において，極限にまで追求された結果，それはベインの創作活動の本拠たる劇場空間には収めきれないものにまで膨張してしまったのである．オルーノコの物語を男性が支配する社会の中での女性のメタファーであるとする「素朴派」フェミニストの見解はそれなりに納得できる．だが，オルーノコの肉体が伝えるメッセージは，実はジェンダーを超越したものである．オルーノコはスリナムにおいて，植民地経済とそれを支える西欧の商業資本主義という，巨大なシステムの中に捉えられている．そこから自由を求めて脱出を試みるということは，彼には到底理解し得ない，また彼の語り手にも漠然としか把握できない，西欧近代文明という巨大な専制君主への反逆なのである．それこそが近代イギリス小説の最も基本的なテーマであり，このジャンルを生成せしめた力でもあった．

　最後に，オルーノコの肉体は，残虐な処刑者によって解体される．肉体を徹底的に破壊するというこうした行為は，しかしながら，逆説的な不安の裏付けでもある．文明のシステムに反逆し，順応しようとしない肉体は人間そのものが存続する限り，決して最終的に滅ぼすことはできない．だからこそ，植民地の支配者たち，近代資本主義の担い手たちは，オルーノコの体をばらばらにしなければ安心はできないのであり，滅ぼされた肉体

がそれでもなお語り続けるのである．語り手も我々読者もまた，醜く崩れていくイモインダの首を8日間にもわたって見続けたオルーノコの胸にどのような感情が去来したのか，知ることはできない．オルーノコの処刑についても，語り手は立ち会って目撃することを巧妙に回避している．その沈黙と不在は，破壊された肉体が西洋文明に突きつけるメッセージがあまりに深刻であることの証左であろう．だが，近代社会のシステムに捕らわれた人間の葛藤を十全に表現する可能性を潜在させた新しいメディアはすでに生み出された．間もなく滅びることとなるベイン自身の肉体を超えて，朽ち果てるべき肉体を備えた個人と文明との終わりなき対話がイギリス小説という新たなジャンルの中で開始されたのである．

注

[1] 最近のフェミニズム，コロニアリズム批評による『オルーノコ』論としては，Rivero, Athey and Alarcón, Fergusonの2編の論文などを参照．

[2] 奴隷制・奴隷貿易との関連では，Brown, Fogarty, Pearson等を，また奴隷としてのイモインダの肉体が持つ意味についてはSussmanを参照．Gallagher, "Oroonoko's Blackness"はより広範囲な「商品化」の観点からこの作品を論じている．

[3] "the Authours unhappiness, who is forced to write for Bread and not ashamed to owne it ...." Aphra Behn, "To the Reader," *Sir Patient Fancy*, 5.

[4] 女性作家が小説の勃興において果たした役割についてはSpender及びBallasterを参照．Richardson以前の女性作家，たとえばDelarivier Manley, Eliza Haywoodなどについては，Richettiなどの研究が過去にあった．

[5] オルーノコ自身もこうした英雄的主人公の一人である．しかし，注目すべきは，オルーノコの英雄的資質が，スリナムにあっては，否定され，消失していく傾向にあることである．彼は英雄的な自決を遂げることに失敗して，処刑される．対照的にSoutherneの改作では，オルーノコは妻を刺殺した後，Othelloの如く，高揚した台詞を述べて，自決するのである．この点については，Todd, "Spectacular deaths"を参照．

[6] *Oroonoko*, 6. 以下，*Oroonoko*のテクストはSalzmanの版による．

[7] 「コラマンティーン王国」は西アフリカの黄金海岸にあった黒人王国の呼称であり，実在したものである．体格の優れた好戦的種族であることもまた，当時知られていたことであった．『オルーノコ』の歴史的背景についての最近の研究としてはLipkingを参照．

[8] 以下，長い引用については本文では試訳のみを示し，原テクストは注に引用する．

"He was pretty tall, but of a shape the most exact that can be fancied: the most famous statuary could not form the figure of a man more admirably turned from head to foot. His face was not of that brown rusty black which most of that nation are, but of perfect ebony, or polished jet. His eyes were the most awful that could be seen, and very piercing; the white of 'em being like snow, as were his teeth. His nose was rising and Roman, instead of African and flat. His mouth the finest shaped that could be seen; far from those great turned lips which are so natural to the rest of the Negroes. The whole proportion and air of his face was so nobly and exactly formed that, bating his color, there could be nothing in nature more beautiful, agreeable, and handsome. There was no one grace wanting that bears the standard of true beauty. His hair came down to his shoulders, by the aids of art, which was by pulling it out with a quill, and keeping it combed; of which he took particular care" (11-12).

9 "The prince softly wakened Imoinda, who was not a little surprised with joy to find him there; and yet she trembled with a thousand fears. I believe he omitted saying nothing to this young maid that might persuade her to suffer him to seize his own, and take the rights of love; and I believe she was not long resisting those arms where she so longed to be; and having opportunity, night, and silence, youth, love, and desire, he soon prevailed, and ravished in a moment what his old grandfather had been endeavoring for so many months" (25).

10 ベインの生涯については不明の部分が多い。資料が少ないのみならず、彼女自身が意図的に隠したり偽ったりした部分もあると推定されるため、重要な情報が欠けている。出身もさだかではないのだが、*DNB*によると、ベインはKent州Wyeの"barber"の娘であったということである（ベインの項目の筆者Edmund Gosseが発見した事実とされている）。ベインは宮廷内部にいたわけではないが、そこから遠くない距離で活動していたことから、これを疑問視する伝記研究者も多かったのであるが、Jane Jonesの最近の研究によると、このことはかなり確かであるようだ。Jonesの推測では、おそらく共和制時代の親ステュアート的活動への報償として、ベインの父親Bartholomew Johnsonがスリナムの副総督の地位を得たのであろう。比較的重要な公職に就いた彼の名前がスリナム植民地に関する公的記録に残っていないのは、もともと無名の下層階級の出身だったからであり、しかも赴任の航海途上で病死したためであると考えれば不思議ではない。『オルーノコ』には次のような自伝的一節がある。"My stay was to be short in that country [Surinam], because my father died at sea and never arrived to possess the honour was designed him" (47).

11 "... to describe her truly, one need say only, she was female to the noble male; the beautiful black Venus to our young Mars..." (12).

12 "I hasted presently to the place where these lovers were, and was infinitely glad to find this beautiful young slave (who had already gained all our esteems, for her modesty and her extraordinary prettiness) to be the same I had heard Caesar speak so much of. One

may imagine then we paid her a treble respect; and though from her being carved in fine flowers and birds all over her body, we took her to be of quality before, yet when we knew Clemene was Imoinda, we could not enough admire her" (44).

13. "I had forgot to tell you that those who are nobly born of that country are so delicately cut and raised all over the fore-part of the trunk of their bodies that it looks as if it were japanned, the works being raised like high point round the edges of the flowers. Some are only carved with a little flower, or bird, at the sides of the temples, as was Caesar; and those who are so carved over the body resemble our ancient Picts that are figured in the chronicles, but these carvings are more delicate" (44).

14. Gallagherの Nobody's Storyは17～18世紀文学に見られる「商品化」の影響と商品としての文学作品を生産した職業作家ベインとの関連を論じている.

15. 拙論「女性による王政復古期劇場の征服について」参照.

16. ベインの散文作品とサザンの芝居との関連についてはMessengerが詳しく論じている. また, Macdonaldはベイン以後の18世紀英国演劇 (SoutherneとHawkesworth) の中で「アフリカ黒人女性」としてのイモインダがどのように変容していったかを論じている.

17.
    There was a Stranger in my Father's Court,
    Valu'd and honour'd much: He was a White,
    The first I ever saw of your Complexion:
        . . . .
    I was bred under him. One Fatal Day,
    The Armies joining, he before me stept,
    Receiving in his breast a Poyson'd Dart
    Levell'd at me; He dy'd within my Arms.
        . . . .
    He left an only Daughter, whom he brought
    An Infant to Angola.   (Act II. Scene 2)

18. ". . . . All that love could say in such cases being ended, and all the intermitting irresolutions being adjusted, the lovely, young, and adored victim lays herself down before the sacrificer; while he, with a hand resolved, and a heart breaking within, gave the fatal stroke, first cutting her throat, and then severing her yet smiling face from that delicate body, pregnant as it was with the fruits of tenderest love. As soon as he had done, he laid the body decently on leaves and flowers, of which he made a bed, and concealed it under the same cover-lid of nature; only her face he left yet bare to look on . . . " (68).

19. They had not gone very far into the wood but they smelt an unusual smell, as of a dead body; for stinks must be very noisome that can be distinguished among such a quantity of natural sweets as every inch of that land produces: so that they concluded they should find him dead, or some body that was so; they passed on towards it, as loathsome as it was . . ." (69).

参照・引用文献

一次資料
※以下の一次資料書誌では，同一作家の作品が複数の版に分かれている場合があるが，これは諸版のテクストを比較して是非を判断する時間的余裕がなかったためである．

Behn, Aphra. *Abdelazer; or, The Moor's Revenge.* Ed. Montague Summers. *The Works of Aphra Behn.* Vol. II. 1915. New York: Phaeton, 1967.
――. *The Feign'd Courtesans; or, A Night's Intrigue.* Ed. Montague Summers. *The Works of Aphra Behn.* Vol. II.
――. *Oroonoko and Other Writings.* Ed. Paul Salzman. Oxford: Oxford UP, 1994.
――. "A Pindaric on the Death of Our Late Sovereign: With an Ancient Prophecy on His Present Majesty." *Oroonoko and Other Writings.*
――. *The Rover or The Banished Cavaliers.* Ed. Frederick M. Link. Lincoln: U of Nebraska P, 1967.
――. *The Rover; or, The Banish'd Cavaliers. Part II. The Works of Aphra Behn.* Vol. I.
――. *Sir Patient Fancy: A Comedy.* Ed. Janet Todd. *The Works of Aphra Behn.* Vol. 6. London: Pickering, 1996.
Chapman, George. *Bussy D'Ambois.* Ed. Maurice Evans. New Mermaids. London: Ernest Benn, 1965.
Congreve, William. *The Way of the World.* Ed. Scott McMillin. *Restoration and Eighteenth-Century Comedy.* Second Edition. New York: Norton, 1997.
Dryden, John. *All for Love, or The World Well Lost.* Ed. N. J. Andrew. London: A. & C. Black, 1975.
――. *The Conquest of Granada by the Spaniards.* Ed. George H. Nettleton and Arthur E. Case. Rev. George Winchester Stone Jr. *British Dramatists from Dryden to Sheridan.* Carbondale: Souther Illinois UP, 1969.
――. *The Kind Keeper or Mr. Limberham, A Comedy.* Ed. Montague Summers. *Dryden: The Dramatic Works.* Vol. IV. New York: Gordian, 1968.
Etherege, George. *The Man of Mode, or, Sir Fopling Flutter. A Comedy.* Ed. John Barnard. London: A. & C. Black, 1979.
Hawkesworth, John. *Oroonoko. English Verse Drama: The Full-Text Database.* Cambridge: Chadwyck-Healey, 1995.
Marlowe, Christopher. *Tamburlaine the Great.* Ed. Roma Gill. *The Plays of Christopher Marlowe.* London: Oxford UP, 1971.
Otway, Thomas. *Venice Preserv'd, or, A Plot Discovered. A Tragedy.* Ed. John Harold Wilson. *Six Restoration Plays.* Boston: Houghton Mifflin, 1959.
Settle, Elkanah. *The Empress of Morocco.* Ed. Bonamy Dobrée. *Five Heroic Plays.* London: Oxford UP, 1960.

Shadwell, Thomas. *The Squire of Alastir*. Ed. A. Norman Jeffares. *Restoration Comedy*. Vol. 3. London: Folio, 1974.
Southerne, Thomas. *Oroonoko*. 1695. *English Verse Drama*.
Steele, Richard. *The Conscious Lovers*. *Restoration and Eighteenth-Century Comedy*.
Wycherley, William. *The Country Wife*. *Restoration and Eighteenth-Century Comedy*.
——. *The Plain Dealer*. Ed. Gerald Weales. *The Complete Plays of William Wycherley*. New York: Norton, 1966.

二次資料

Armstrong, Nancy. *Desire and Domestic Fiction : A Political History of the Novel*. New York : Oxford UP , 1987
Athey, Stephanie, and Alarcón. "*Oroonoko's* Gendered Economies of Honor / Horror: Reframing Colonial Discourse Studies in the Americas." Ed. Michael Moon and Cathy N. Davidson. *Subjects & Citizens: Nation, Race and Gender from Oroonoko to Anita Hill*. Durham and London: Duke UP, 1995. 26-55.
Azim, Firdous. *The Colonial Rise of the Novel : From Aphra Behn to Charlotte Brontë*. London: Routledge, 1993.
Ballaster, Ros. *Seductive Forms: Women's Amatory Fiction from 1684 to 1740*. Oxford: Clarendon Press, 1992
Brown, Laura. *Ends of Empire: Women and Ideology in Early Eighteenth-Century English Literature*. Ithaca: Cornell UP, 1993.
Davis, Lennard J. *Factual Fictions : The Origins of the English Novel*. New York : Columbia UP , 1983.
Duffy, Maureen. *The Passionate Shepherdess: Aphra Behn 1640-89*. New York: Avon, 1979.
Ferguson, Margaret W. "Juggling the Categories of Race, Class, and Gender: Aphra Behn's *Oroonoko*." Ed. Margo Hendricks and Patricia Parker. *Women, "Race," & Writing in the Early Modern Period*. London: Routledge, 1994.
——. "News from the New World: Miscegenous Romance in Aphra Behn's *Oroonoko* and *The Widow Ranter*." Ed. David Lee Miller, Sharon O'Doair, and Harold Weber. *The Production of English Renaissance Culture*. Ithaca: Cornell UP, 1994. 151-189.
Fogarty, Anne. "Looks That Kill: Violence and representation in Aphra Behn's *Oroonoko*. Ed. Carl Plasa & Betty J. Ring. *The Discourse of Slavery: Aphra Behn to Toni Morrison*. London: Routledge, 1994.
Goreau, Angeline. *Reconstructing Aphra: A Social Biography of Aphra Behn*. New York: Dial, 1980.
Gallagher, Catherine. *Nobody's Story: The Vanishing Acts of Women Writers in the Marketplace 1670-1820*. Berkeley and L. A. : U of California P, 1994.
——. "*Oroonoko's* blackness." Ed. Janet Todd. *Aphra Behn Studies*. 235-258.

Jones, Jane. "New light on the background and early life of Aphra Behn." Ed. Janet Todd. *Aphra Behn Studies*. 310-320. Rprt from *Notes and Queries* (1990).

Lipking, Joanna. "Confusing matters: searching the backgrounds of *Oroonoko*." *Aphra Behn Studies*. 259-281.

Macdonald, Joyce Green. "The Disappearing African Woman: Imoinda in *Oroonoko* after Behn." *ELH* 66 (1999): 71-86.

McKeon, Michael. *The Origins of the English Novel, 1600-1740*. Baltimore: Johns Hopkins UP, 1988

Messenger, Ann. *His & Hers: Essays in Restoration & 18th-Century Literature*. Lexington: UP of Kentucky, 1986.

Richetti, John J. *Popular Fiction before Richardson*. Oxford: Clarendon, 1969.

Rivero, Albert J. "Aphra Behn's *Oroonoko* and the 'Blank Spaces' of Colonial Fictions." *Studies in English Literature* 39 (1999): 443-462.

Spender, Dale. *The Mothers of the Novel*. London: Pandora, 1986.

Sussman, Charlotte. "The Other Problem with Women: Reproduction and Slave Culture in Aphra Behn's *Oroonoko*." Ed. Heidi Hutner. *Rereading Aphra Behn: History, Theory, and Culture*. Charlottesville: UP of Virginia, 1993. 212-33.

Todd, Janet. Ed. *Aphra Behn studies*. Cambridge: Cambridge UP, 1996.

——. "Spectacular deaths: history and story in Aphra Behn's *Lover Letters*, *Oroonoko* and *The Widow Ranter*." Janet Todd. *Gender, Art and Death*. New York: Continuum, 1993. 32-62.

——. *The Secret Life of Aphra Behn*. London: Pandora, 2000.

Pearson, Jacqueline. "Slave princes and lady monsters: gender and ethnic difference in the work of Aphra Behn." *Aphra Behn Studies*. 219-234.

Waith, Eugene M. *The Herculean Hero in Marlowe, Chapman, Shakespeare, and Dryden*. New York: Columbia UP, 1962.

Watt, Ian. *The Rise of the Novel*. London: Chatto & Windus, 1957.

原 英一.「女性による王政復古期劇場の征服について」.『東北学院大学論集(英語英文学)』89 (1998): 31-65.

範疇化の病
——メタユートピア物語としての「フウィヌムランド渡航記」——

遠 藤 健 一

I　問題の所在あるいはソフト・ハード論争

　理性馬フウィヌムの統治するフウィヌムランドには人間の姿をした獣ヤフーがなかば家畜化され，なかば野に放たれて棲息している．すべてのユートピア物語同様，「島」であるフウィヌムランドに外界から訪れるガリヴァ．「島」のことばを獲得するガリヴァと「島」の住人との対話を通じて明らかにされる「島」の社会・政治・経済システム，倫理コード，言語状況など．既存の共同体との対比によって明らかにされる「島」の優越性，翻って明らかにされる既存の共同体の欠陥．訪問者の価値観の変容．変容を遂げた訪問者によって語りだされる旅行記という体裁の物語．『ガリヴァ旅行記』第4部「フウィヌムランド渡航記」はこのような意味で典型的なユートピア物語と言える．しかし，過剰なアルージョンと過剰なコノテーションを孕むこの多義的に開かれたテクストをめぐる熾烈な解釈論争に収束の見込みはたっていない．Clifford (1974) の「ソフト・ハード論争」という枠組みは，ある程度まで，この論争の概要を示してくれはする．[1] 実際，対立軸はメタ解釈レヴェルのものからジャンルのコンヴェンションの判断に至るまで際限はないのだが，言えることは「島」であるフウィヌムランドが作者スウィフトにとってユートピアであったのかアンチユートピアであったのかということである．例えば，(1)語り手＝作中人物ガリヴァの報告を字義的なものと見るかどうか，(2)インターテクストとしてどのようなテクストを想定できるかという対立軸からだけ言えば，ソフト・

ハード論争には，一応次のような一般的な傾向が看取される．ユートピアと見做す解釈（ハード派）は，(1)語り手＝作中人物ガリヴァの報告を字義的なものと見做し，(2)ユートピアに纏る先行物語テクスト（スパルタ伝承テクスト，例えば，プルタルコスの英雄伝中の「リュクルゴス伝」），プラトン『国家』，モア『ユートピア』など）をインターテクストとして想定する傾向がある．そして，語り手＝作中人物ガリヴァのフウィヌム崇拝（＝先行ユートピア物語に描かれたユートピア崇拝）を程度の差こそあれ作者スウィフトによっても共有されていると見做す．他方，アンチユートピアと見做す解釈（ソフト派）は，(1)語り手＝作中人物ガリヴァの報告をアイロニックなものと見做し，(2)インターテクストとして合理論的・理神論的なテクスト（デカルト，ウォラストン，ウィルキンズ，第三代シャフツベリ伯爵など）を想定する傾向がある．そして，ガリヴァのフウィヌム崇拝（＝合理論・理神論崇拝）を作者スウィフトのアイロニックな合理論・理神論批判と見做す．前者にあって，ヤフーはヒト一般，フウィヌムは人間には及びもつかぬ理想的存在，ガリヴァは見果てぬ夢を追い挫折する悲劇の主人公となる．後者にあって，ヤフーは理性の欠如態としてのヒト一般，フウィヌムは過剰な理性を帯びた異形の存在，ガリヴァは自らの愚行に思い至らぬ喜劇の主人公となる．

　しかし，「フウィヌムランド渡航記」の解釈にあたって，ユートピアの系譜に連なりしかも合理論の洗礼を受けたテクストをインターテクストとして想定することも可能であるように思われる．例えば，ジョン・ウィルキンズの『真正普遍文字と哲学言語試論』（以下『試論』と略記）で提案された言語のユートピア＝完全普遍言語への顕在的なアルージョンはつとに指摘されてもいる．ウィルキンズの完全普遍言語を梃子に「フウィヌムランド渡航記」を読むとき，モアの『ユートピア』はハード派の取り扱い方とは違ったかたちでもう一つのインターテクストの相貌を帯びて現れてくることになるであろう．つまるところ，以下の議論は，言語のユートピアとユートピアの言語をめぐる二つのテクスト，モアの『ユートピア』とジョン・ウィルキンズの『試論』をインターテクストとして「フウィヌムランド渡航記」を読み直す試みということになるであろうか．最終的には，フウィヌムをめぐる物語をユートピア物語でもなければアンチユートピア物語でもない，ユートピアというトポスをめぐる物語，メタユートピア物語として読めるのではないかということを示唆することになるであろう．

II ウィルキンズの完全普遍言語

　ジョン・ウィルキンズが近代科学の牙城とも言える王立科学院の公的援助を受けて自らの完全普遍言語の構想を示したのは1668年のことであった．ベイコンがしばしば言及したアダムの言語はここに実現したかに見える．ベイコンの「市場のイドラ」が暗示する人間の言語＝自然言語の欠陥の克服がそのままウィルキンズの完全普遍言語の特徴となる．ウィルキンズの『試論』冒頭の一節に，ベイコンを経てウィルキンズにいたる完全普遍言語構想の関心と経緯が要約されている．

> ことばではなく事物や観念を示し，つまるところあらゆる国民によってその言語として理解可能となる真正普遍文字についての提案や試みはこれまでもあった．本書の主たる目的もこの真正普遍文字の提案にある．このような普遍文字が可能であり，その実現を願う人々のなかでもとりわけ学識あるものたちによってその見込みがつけられてきたことは，夥しい証拠から自明のことであった．事物の本質を表すような独特な記号や名によって事物を表象する方法が見つけられたらというガレノスの願いをピソがどこかで言及しているが，これなどは真正普遍文字の企図にかなったものである…長年にわたってこのような普遍文字を用いてきて今も用いている中国人についての一般的な報告の他に，真正普遍文字の企図にかなう文章は，例えば，学識あるヴェルラム［＝ベイコン］の文章のなかにもある．多種多様な文字つまり夥しい数に上る多様な言語がバベルの呪いに伴なって生じたことは，否定のしようがあるまい．かてて加えて，その数を増やすのに努めるとなれば，これは病弊を新たに作るようなものである…．しかし，こう考えたからといって意気阻喪することはないのである．ここでの提案が十分実現されれば，無用な一切の言語と文字を廃棄し，呪われた状況に対するそれは最も確実な治療となるのだから．　　　　　　　　　　(Wilkins 13)[2]

自然言語の記号の恣意性の弊を免れうるアダムの言語は，記号表現と記号内容が直接的に対応し，記号表現の理解がそのまま記号内容の本質の理解に繋がっていなければならない．いわば記号の啓示性を可能とする記号表現が案出されなければならないということである．従ってウィルキンズの完全普遍言語の前提と見通しは次のようになる．(1)自然言語の相違を越えて認識可能な等質的な世界が所与としてあり，(2)そのような世界の分節化あるいは範疇化は可能であり（＝普遍哲学の可能性），(3)そのような

分節化された世界の体系を正確に反映するような記号化され名辞辞体系（＝哲学言語）の創出によって，アダムの言語（＝真正普遍文字）は再建できるということになる．

　先ず，等質的な世界の分節体系，範疇体系をウィルキンズは『試論』第2章「普遍哲学」で明らかにすることになる．そのいわば世界の分類表は，40個の類からなりそれぞれの類に種差251個を下位区分し，さらにそれぞれの種差に都合2030個の種を弁別している．この2030個の基本概念が世界の構成単位であると同時に人間が共有しうる世界認識の構成単位ともなる．さらにウィルキンズは，この2030個の基本概念に対して，それぞれ分類表での位置が明示されるように，音声と書記による記号体系を提案することになる．例えば，ヒト一般は，第6類第5種差第5種，つまり，天使（第6類第1種差第1種）を頂点とする類にその位置が与えられる．そして，類，種差，種を明示する記号が音声と書記双方によって付与される．ちなみに天使は音声記号ではDab α，人間はDatoとなる．Daが第6類を示し，子音b，tはそれぞれ第1種差と第5種差を示し，母音 α ［ou］とo［o］はそれぞれ第1種と第5種を示すというわけである．従って，それぞれの音声記号は，天使と人間が占めるべき世界の分節構造の位置を明示することによって，その本質をも明示することになるというわけである．

　しかし，完全普遍言語の前提と見通しについて既に徹底した懐疑を示していたのがデカルトであった．まずデカルトは，完全普遍言語を構想していたメルセンヌ神父に宛てた書簡のなかで，前提2の「世界の分節化・範疇化の可能性（普遍哲学の可能性）」について，現今の哲学的境位に照らしてその実現可能性に疑義を表明し，次いで前提1の「所与としての等質的な世界」という考え方にも同様，疑義を表明することになる．Rossi (1960)は次のようなデカルトのことばを引用し，この間の事情を説明している．

> しかしほどなくしてデカルトは，この種の構想のユートピア的性格を暴いて，その実現可能性について徹底的な懐疑主義的態度をあらわにした．「わたしはこうした言語が可能だと考えている．またその言語のよりどころとなっている学問を発見することも可能で，その学問の力をかりると農夫ですら今日の哲学者以上に，ものごとの真実をうまく判別することができると考えている．…しかしこの言語が用いられるのを一度でも見たいなどと希望されてはこまるのである．それには，まず第一にものごとの秩序が大きく変化するこ

とが前提となる．そうなれば全世界はひとつの地上楽園以上のものでなくてはならないであろうし，そんなことはお伽の国で願うほかどうしようもないのである．」　　　　　　　　　　　　　　　(Rossi 307)

　前提1に対するデカルトの疑義について，ウィルキンズは「人間はすべて一人の男と一人の女から生まれた」とする人間均一説で答える．バベルの混乱以前と以降の差異を，こと民族に関する限りは無視することにするのである．バベルの呪いたる自然言語の混乱が新世界の民族の言語にまで及ぶものと了解することは，そのまま民族間の相違を越えて等質的な世界があった，そしてあり続けているという論理のすり替えを用意することになる．

> わたしたちの最初の両親とともに最初の言語が創造されたことは疑いの余地はない．アダムとイブはエデンの園で神がかれらに話されたことばを即座に理解した．そして，いかに多くの言語が増えに増えたかはバベルの混乱の物語に記されている．…もっとも受け入れられている推測は，混乱した言語の数はノアから派生した家族の数70あるいは72という数に対応しているというものである…．しかし今世界で使用されている言語の数は，これをはるかに越えている．…アメリカの歴史の伝えるところによれば，かの広大な地域のそれぞれ4マイル四方で，そしてペルーのそれぞれの谷間で，そこに住む人々はそれぞれ異なる言語を有しているということである．
> 　　　　　　　　　　　　　　　　　　　　　　　　(Wilkins 2-3)

　等質的な世界を所与のものとするウィルキンズの完全普遍言語に，Greenblatt (1992) はいわゆる言語植民地主義の理念型を見ている．異質なるもの（例えば，新世界そのもの）をその類似性を肥大化させることによって同化してしまうか，その差異性を肥大化することによって理解不可能なものとして排除してしまうか，いずれかの暴力を働かさなければ，実際等質的な世界など前提することはできないというわけである．この点でGreenblattの指摘は，ある程度まで，デカルトの完全普遍言語に対する懐疑に重なってくると言える．[3]

　もう一つの前提である世界の分節化あるいは範疇化に関するデカルトの疑義については，ウィルキンズ自身自らの分類がなお修正の余地を残していることを認めていた．しかし，例えば，Eco (1993) が指摘するような「彼（ウィルキンズ）の時代のオックスフォードの世界理解」で，ウィルキンズはそれを乗り切ろうとしたのだった．Cassirer (1958), Rossi (1960),

Slaughter (1982), Ecoが等しく認めているように，例えば「彼の時代のオックスフォードの世界理解」とは，アリストテレスに起源を有する慣習的な範疇論を基本とし，動植物分類については同時代の分類学者ウイラビィとジョン・レイを援用するという奇妙な混淆を見せる世界理解のことである．例えば，Slaughterはアリストテレス主義からの脱却として意図された近代科学がいかにアリストテレス主義に依存していたかという逆説を次のように指摘している．

> 17世紀の科学的分類の企図が規範としたものは，アリストテレスの伝統に繋がり，そのなかから生まれた方法あるいはパラダイムなのである．この企図に加わった人々がそれを意識していたかどうかはいざしらず —— 実際，彼らがアリストテレスとの繋がりを否定してもそれは当然のことであるが ——…それはもともとアリストテレスによって分類された自然の哲学的観点を基にして成り立っていたのである…．17世紀を新哲学の時代として記述する場合，一般的には原子論的－機械論的学説を意味する…．それはまさに，アリストテレスの伝統に繋がる哲学に取って替わると言いう故に「新しい」と考えられてきた哲学なのである．科学革命は旧来のモデルと決定的に袂を分かったと言われている．しかし，近代科学の勃興期には，伝統的な思考の路線が，新哲学の唱導者であろうとなかろうと，あらゆる人々に共有されていたという事実を見落としてはならないのである．そのような概念のひとつは，伝統的に継承されてきた合理的で慈悲深い神というキリスト教の信仰によって世俗化されてきた創造の整合性と秩序という観念にほかならなかった．
>
> (Slaughter 3-4)

デカルトの懐疑は，自然言語の相違を越えて認識可能な等質的な世界が所与のものとしてあり，そのような世界の分節化・範疇化は可能であるというウィルキンズの完全普遍言語の二つの前提に対してのものであった．このようなデカルトの懐疑をウィルキンズはほぼ顧慮することはなかったというのが実状であろう．

　ウィルキンズの完全普遍言語の言語のユートピア構想は，要約すれば，全世界を等質的な世界と見做し，ひとつの論理でそれを閉ざし，その分節化を基本的にはアリストテレスの範疇論に起源を有する「オックスフォードの世界理解」で可能になったと言えよう．この場合，言語のユートピアのユートピア性は二重となる．ひとつは，等質的な世界というユートピア，もうひとつは，ことばに事物の本性が啓示されるという言語自体のユート

ピア.いずれにせよ異質なるものは排除されねばならず,とにもかくにも範疇化せずにはおれない病,範疇化の病がウィルキンズの完全普遍言語を覆っていると言えるであろう.

III フウィヌムの言語／自然言語使用者としてのガリヴァ

フウィヌムの言語にウィルキンズの完全普遍言語の反映を読み取る指摘は,Probyn (1974) から Bellamy (1992) にいたるまで複数の研究者によって繰り返し行われてきた.[4] 例えば,フウィヌムの主人の「言語の用というのは,互に意志を通じ,事実に関する知識を得ることである.それが,もしもありもしないことを言うとすれば,こうした目的は全然駄目になる.本当に相手を理解することもできないし,また知識を得るどころか,白いものを黒いと思ったり,長いものを短いと信じたりすることになるのだから,無知よりももっと悪いことになる」(294) といった確信は,彼らの言語観を過不足なく伝えている.次のようなMcKeon (1987) の指摘は,フウィヌムの言語とウィルキンズの完全普遍言語の関係に関する一般的な理解を示している.

> ガリヴァは,「言おうと思う事柄を,正しく伝えるためには,ずいぶん廻りくどい言い方をしなければならないので,骨を折らざるを」えなくなる.当初,これは,かれらのことばや表現がいかんとも貧弱であるのを考えれば,かれらの判断力がプリミティヴな状態にあることからきているように見える.しかし,もまなく,かれらに欠如しているのは,言語を曖昧で複雑なものにしバベルの塔の混乱において象徴される堕落した過剰な欲望であることが明かになるのである.『ガリヴァ旅行記』において完全普遍言語にもっとも接近しているのはフウィヌムのことばなのである.「互に意志を通じ,事実に関する知識を得る」ためにのみかれらのことばは使われるのである.フウィヌムには「嘘 (lying) をついたり虚偽 (false representation) を犯したりする必要は」ないのである.それは,かれらの意志が悪弊に染まっていないからだけでなく,かれらのことばにはことばとものの完全な対応と一致があるからである.
> (McKeon 350–51)

上のMcKeonの指摘は,ディノテーションを唯一の機能とするフウィヌムの言語が (1) 記号内容と記号表現の一対一の完璧な対応, (2) 嘘の発話行為の欠如 (フウィヌムは「嘘」という概念を「ありもしないことを言うこと」として了解する), (3) 虚偽つまり間違った表象作用 (記号表現に

対する記号内容の転移）の欠如といった言語のユートピア＝完全普遍言語の属性をそのまま共有しているということを示している．これに加えて，わたしたちは，個人的見解の欠如（理性の等質性），中国語へのある種の関係性，[-yahoo] という接尾辞によって悪しき存在すべてを分節する範疇化，個的存在よりは類的存在を発想の基本に据える範疇化への志向，本義と喩義の関係が固定化されたメタファー（ウィルキンズの完全普遍言語にはいわゆる死せるメタファーが認められている）などをもフウィヌムの言語と完全普遍言語に共通する属性として挙げることもできるであろう．

　しかし，最終的にフウィヌムの言語を身につけ，フウィヌムの理性に満腔の賛辞を送ることになるガリヴァの言語使用は，ディノテーションを唯一の機能とするフウィヌムの言語と際立った対照をみせる．「フウィヌムランド渡航記」のメインプロットを構成するガリヴァの＜人間の愛慕者から人間の嫌悪者へ＞の変貌の物語は，完全普遍言語への裏切り，自然言語の欠陥と見做された記号の恣意性をめぐる物語，具体的には，記号表現に対する記号内容の転移の実践の物語として読み替えることができる．＜人間の愛慕者から人間の嫌悪者へ＞ガリヴァが変貌するのは，約3年に及ぶフウィヌムランド滞在中のことである．その経緯を辿ることによって，ガリヴァの言語がまごうことなき人間の言語，自然言語の欠陥としてウィルキンズによって目されたものにほかならぬことを次に見ておくことにしたい．

　ガリヴァの＜人間の愛慕者から人間の嫌悪者へ＞の変貌は，ガリヴァの「フウィヌム」，「馬」，「ヤフー」，「ヒト」という記号表現の記号内容に対する転移と平行的に起こる．つまり，ガリヴァの変貌は，四つの記号間の関係性のガリヴァの理解の変貌に重なるということである．しかし，この間，フウィヌムのガリヴァ理解は基本的に変わるものではない．海賊に船を乗っ取られ，追放されたガリヴァがフウィヌムランドに上陸するのは，1711年5月9日のことである．ガリヴァが最初に遭遇し，樹上から排泄物を浴びせられることになる動物を，ガリヴァは「実際これほど不快な，またこれほど見るからに激しい反感を感じた動物というものはほかになかった」(273)と思う．この難儀からガリヴァを救ってくれた動物を，この時点でガリヴァは「馬」以外のいかなるものとしても認識していない．挙動が正しく，「中国語などよりも遥かに容易にアルファベットに分けられる」(277)ことばを話す「馬」が「フウィヌム」であり，先の動物が「ヤフー」であることを知るのはその直後である．やがて，ガリヴァはフウィヌムの

主人の家に寄寓し，フウィヌム語の特訓を受けることになる．5ヶ月後「聞く方ならなんでもわかるし，話す方もたいていのことはできる」(289)ようになり，ガリヴァはフウィヌムの主人に対して，フウィヌムランド上陸のいきさつから初めて，ヨーロッパ（とりわけイギリス）の現状，戦争の原因と状況，政治制度，法律制度などを説明することになる．フウィヌムの主人とガリヴァの遣り取りのなかでは，あくまで便宜的に，馬を「フウィヌム」，「ヒト」を「ヤフー」と呼称する．しかし，ガリヴァの認識にあって，依然として馬とフウィヌム，ヤフーとヒト一般についての弁別は損なわれてはいない．しかし，そのガリヴァの認識そのものに変化が起こる．それがいつかは明示的にテクストから判断できない．しかし，ガリヴァがフウィヌム的理性に満腔の賛辞を寄せ人間に対して嫌悪の情を抱くようになったのは，フウィヌムの理性に貫徹された社会の習慣や制度に照らしてヨーロッパの堕落を認識してのことであるのはまちがいない．「まだ1年とは経っていなかった．だがすでに我輩はこの国の住民をすっかり敬愛するようになり，もう二度と人間世界へは帰るまい．余生はこのこの実に感心なフウィヌム等の間で過ごし，ここには悪徳の手本もなければ，誘惑もないのだから，もっぱら徳を修め，善行を積んで，一生を終わりたいと堅く決心したのであった．」(322) ガリヴァが馬をもフウィヌム，ヒト一般をもヤフーと認識し，その誤解のプロセスないしは記号表現に対する記号内容の転移を完成させているのをわたしたちが知るのは，ガリヴァが「不本意ながら」に故国に戻った時点で明らかにされる彼の陳述によってである．「我輩は，自分の家族，友人，同朋，あるいは人類一般といったものを反省してみると，どうもその形態からみても，性質からみても，まぎれもなくヤフーに相違ないように思えるのである．」(351) 結局，英国に戻ったガリヴァは，ヤフーをヒト一般，フウィヌムを馬と認識し，歩き方や話し方についても「馬じゃないか」(351) と言われるように努め，二頭の馬を求めては「毎日少なくとも四時間ぐらいは一緒に話をする」(368) ような生活を送ることになるのである．ガリヴァによる誤解のプロセスないしは記号表現に対する記号内容の転移のプロセスを図示すれば以下のようになるであろう．

第1段階
　　記号表現　　　「ウマ」　　　　　　　　　「不快な動物」
　　　　　　　　　　↓　　　　　　　　　　　　　↓
　　記号内容　　[フウィヌム＝ウマ]　　　　　[ヤフー]

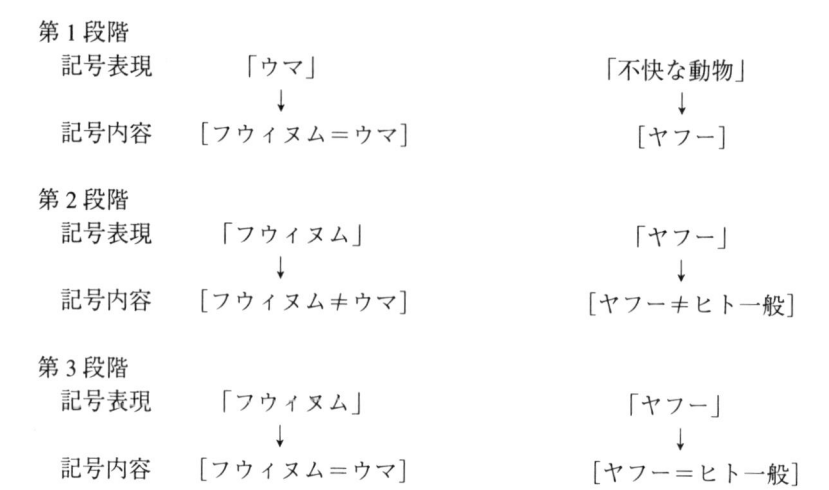

第2段階
　　記号表現　　　「フウィヌム」　　　　　　「ヤフー」
　　　　　　　　　　↓　　　　　　　　　　　　　↓
　　記号内容　　[フウィヌム≠ウマ]　　　　　[ヤフー≠ヒト一般]

第3段階
　　記号表現　　　「フウィヌム」　　　　　　「ヤフー」
　　　　　　　　　　↓　　　　　　　　　　　　　↓
　　記号内容　　[フウィヌム＝ウマ]　　　　　[ヤフー＝ヒト一般]

　ガリヴァの＜人間の愛慕者から人間の嫌悪者へ＞の変貌は，自然言語の欠陥と目された記号の恣意性の露骨な実践，あるいは，虚偽の表象作用によって可能になったと言えるであろう．このようなガリヴァの＜人間の愛慕者から人間の嫌悪者へ＞の変貌にもかかわらず，フウィヌムのガリヴァ認識は固定されたままであることに注意したい．それは，端的にヤフーであってヤフーにあらざるものという認識である．ヤフーとの類似性を形態上から読み取った主人のフウィヌムは，当初ガリヴァをその衣服によってヤフーから差異化していた．やがて衣服の秘密が露呈し形態上の差異が解消するのと相前後して，今度はガリヴァの言語能力がヤフーとの差異を維持することになる．ガリヴァのヨーロッパ事情の報告を承けてもなおフウィヌムの主人の認識は変わらない．「学術，政治，技術，制作物等に関しては，この国のヤフーとわれわれの国のヤフーとではほとんど似た点は認められないと，これは主人もはっきり承認した．」(327-8)「不思議なヤフー」(289)「偶然にも爪の垢ほどの理性を与えられた一種の動物」(322)「驚くべきヤフー」(342)というのがフウィヌムのガリヴァ＝ヒト一般についての変わらぬ認識である．その暫定的な存在論的位置づけについて言えば，「やはり普通のヤフーと全く同じ性質を具えている，ただ多少理性らしいものがあって，いくぶん開化しているという差異はあっても，まだまだわれわれフウィヌムに及ばないことは，ちょうどわが国のヤフーどもがこのヤフーに及ばないのと同然である」(342)といったフウィヌムの主

人の認識からすれば，フウィヌムとヤフーの中間にガリヴァ＝ヒト一般は位置づけられているということになるであろうか．

このようなフウィヌムの一貫した認識はかれらの言語使用の在り方を典型的に示しているのだが，ガリヴァの誤解あるいは記号内容の転移の実践は，はからずも，フウィヌム的理性を志向しながら挫折する，あるいは，裏切るガリヴァを対照的に浮き彫りにする．しかし，フウィヌムの言語が完全普遍言語に類似するのはこれにとどまるわけではない．デカルトが示した批判と懐疑も同様フウィヌムの言語には読み取れるのである．次に，わたしたちはガリヴァ追放の意味を見ていくことによって異質なるものの排除と範疇化の病がフウィヌムの言語をいかに覆っているかを確認することにしたい．

IV 範疇化の病とモアの『ユートピア』

ガリヴァが「不本意ながら」フウィヌムの国を後にするのは，4年ごとの春分に開かれる全国からの代表者会議の決定を承けてのことであった．作物の需給のバランスを考慮するこの会議がモアの『ユートピア』の「アマウロートゥムの長老会議」から着想を得ていることは明らかである．

> この会議では，各地方地方の状況について，たとえば乾草や燕麦や牛やヤフーなどは十分にあるか，足りないようなことはないか，というようなことが検討される．そこで，もしなにか足りないようなことがあれば（まず，めったにないが），すぐ満場一致の醵出をもって，補給が行われることになっている． (339)

> アマウロートゥムの長老会議で〔これには，前に述べたようにすべての都市から三人ずつの代表が参加します〕，彼らはまず，なにがどこでありあまっているか，それから，なんの収穫がどこで少なかったかを確認して，一地方の不足を他の地方の余剰でただちに補足均分しますが…． (152-3)

しかし，フウィヌムの代表者会議が「アマウロートゥムの長老会議」と決定的に違うのは，現実世界から一つの種を抹消しようという議論が取り沙汰されているということに伺われる．この問題は，「この国開闢以来唯一の討議」(340)であって結論は常に繰り延べられてきたのである．ヤフー撲滅の理由はフウィヌムの理性にとって理解不可能な邪悪な存在であるヤフーのその異質性にこそある．完全普遍言語が前提とする等質的な世界性と

いうユートピアの実現のためには是非ともヤフー撲滅は実行されなければならないのである．これについてはかれらの間で見解の相違はない．しかし，比較的性質の穏やかなヤフーを家畜化し使役のための驢馬の飼育を怠ってきた都合上，にわかにヤフーを撲滅することには不便が生ずるのである．かれらにヤフー撲滅をためらわせている唯一の理由がこれである．ここにはヤフーという範疇には個体上の差異があるにもかかわらず（家畜化しうるヤフーがいるにもかかわらず）それを無視すべきか否かというかたちで見解の相違が現れてくるということである．ないはずの個人的見解の顕在化は，彼らの理性の等質性を脅かしかねない．従って，結論は先に常に繰り延べられねばならないのである．しかし，フウィヌムの代表者会議にあってより緊急の問題は「ヤフーにあってヤフーにあらざるガリヴァ」の処遇ということになる．ガリヴァの問題は，家畜化しうるヤフーの差異以上にフウィヌムの世界の分節体系を直接的に脅かすからである．理性の有無がフウィヌムとヤフーを種において分節するにもかかわらず，ガリヴァを「偶有的に理性の付与された生き物」と見做さざるをえないフウィヌムにしてみれば，ガリヴァの存在はかれらの分節体系を基本的に瓦解させかねないのである．より異質なものの排除こそがかれらの世界＝言語には緊急の課題というわけである．ガリヴァ追放は，フウィヌムの世界理解（＝世界の分節体系）を体現しているかれらの言語の名辞体系を維持するための必然の要請なのである．ガリヴァはいずれ範疇化の病の犠牲者と言えるであろう．このような読みを支えるものとして，モアの『ユートピア』へのもうひとつのアルージョンを挙げることができる．モアのユートピアは，ディノテーションを唯一の機能とするフウィヌムの言語社会との表面上の類似性にもかかわらず，まったく対照的な言語社会として構想されている．スコラ的教育に対する諷刺として読まれてきた次の一節は，モアのユートピアの言語に類や種概念が欠如していることを教えてくれる．

> われわれのところの子どもたちがどこでも『論理小論』で習う規則，制限，拡大，代示について，厳密に考え抜かれたいろいろの規則の一つでさえも発見していないのです．さらにまた彼らは第二志向については十分考えるというところまではまだまだいっておらず，いわゆるヒト一般自体 ── これは〔ご承知のように〕ほんとうに怪物で，どんな巨人よりも大きいものであるのに，また私たちがその怪物を指さして見せてやったにもかかわらず ── ですら見ることのできたのは彼らのあいだにはひとりもおりませんでした．
>
> （163，一部改訳）

13世紀の論理学者ペトルス・ヒスパヌスの『論理学綱要』(*Summulae logicales*) の抜粋『論理小論』(*Parva logicalia*) についての前段は，命題中の名辞の指示機能である代示 (suppositio) の概念がユートピアにはないことが示され，引用の後段では，アクィナスによって弁別された第二志向 (secunda intentio) つまり，個物ではなく類や種を指す知性の志向性がユートピアにはないことが示されている．Marenbon (1987) によれば，この第二志向は「人間は種である」といった認識を可能にする知性の働きを指すものであって，第二志向という知性の働きの欠如はモアのユートピアの言語に類概念や種概念がないことを意味することになる．従って彼らの言語は範疇化とはおよそ無縁な言語であることになる．フウィヌムの代表者会議とアマウロートゥムの長老会議との表面上の類似は雲散霧消し，その決定的な違いだけが浮き彫りになる．フウィヌムの代表者会議には，明らかに自らの世界及び言語の等質性とその範疇化の論理を維持するするための排除の暴力が描き込まれているのである．完全普遍言語の二つの前提に対するデカルトの懐疑と批判は，モアの『ユートピア』との対照によってフウィヌムの言語により顕在化してくるということである．ヤフー撲滅は等質的な世界を維持し，ガリヴァ追放は彼らの範疇化の余剰を排除するためには不可避的なことがらではある．

V ソフト・ハード論争再考

　等質的な世界性というユートピア．ことばに事物の本性が啓示される言語自体のユートピア．双方をともに体現しているウィルキンズの完全普遍言語．このような言語のユートピアには常に背後に範疇化のための排除の論理が働いてもいる．わたしたちはフウィヌムの言語に同様の範疇化の病を読み取ってきた．このような読みは，それではソフト・ハード論争とどのように関係するのであろうか．最後に，この問題を考えてみたい．ハード派の領袖Crane (1962) の解釈がことのほか関係してくる．Craneはなぜフウィヌムが馬でなければならぬかを問う．Craneによれば，スウィフトの時代に流布していた論理学の教科書ナーシサス・マーシュの『論理註釈』(*Monitio logica*) にスウィフトはその着想を得ていると見做している．この教科書には3世紀の論理学者ポルピュリオスがアリストテレスの範疇論の影響下でものした「ポルピュリオスの樹木」が忠実に踏襲され，あらゆ

る実体が物体,生物,動物といった下位区分を通して範疇化されているのである.重要なのは,非理性的動物の代表例として「馬」が挙げられているという事実である.Craneによれば,人間と馬とを比較するのが17世紀論理学の常套であり,その立場を交換することによって理性馬は誕生したというのである.その上で,Craneは,『ガリヴァ旅行記』執筆の動機をめぐる次のようなスウィフトのポープ宛書簡(1725年9月29日付)にハード派としての解釈を下すことになる.

> 理性的動物というあの定義の過ちを証明する書物に向けて,そして(人間は)理性的になりうるにすぎぬということを明らかにするために,わたしはこれまで材料を集めてきました.わたしの旅行記の全結構は,タイモンの流儀とはいきませんが,この人間の嫌悪者の大いなる土台の上に建てられるのです.誠実なすべての人々がわたしと考えを同じくするまでは,決してわたしとしては心の平安を得られることはないでしょう. (III 103)

「理性的動物」という「ポルピュリオスの樹木」における人間の位置付けが誤りであることを証明するためにスウィフトは『ガリヴァ旅行記』を書いたのであって,ソフト派のように「理性的動物へのこの言及をシャフツベリのオプティミズムやデカルトや理神論者の合理主義的哲学説や神学説へのアルージョンとして(フウィヌムを)解釈する」(250)ことは見当違いであるとCraneは断言することになる.理性的動物フウィヌムに合理論・理神論を重ね,フウィヌムの社会に絶対的理性の冷たさを読み取り,フウィヌム(的理性)をガリヴァともどもスウィフトの諷刺の対象とするソフト派.Craneの「ポルピュリオスの樹木」の「発見」は,このソフト派によく対抗しうるのであろうか.少なくとも,わたしたちがそのインターテクストとして想定してきた近代合理論の典型的企図とも言えるウィルキンズの完全普遍言語には該当しない.既に見てきたようにウィルキンズが構想する普遍哲学は「アリストテレスに起源を有する慣習的な範疇論」,「当時のオックスフォードの世界理解」に基本的に依拠しているからである.この慣習的な範疇論が「ポルピュリオスの樹木」に酷似することは,例えば,エーコの指摘するところでもある.ウィルキンズの普遍哲学にあっても,馬が獣類(第18類第1種差第1種)の筆頭に置かれているのは「ポルピュリオスの樹木」と変わらない.合理論とのアリストテレス主義の奇妙な混淆の可能性は,Craneの念頭には少なくともなかったということである.

しかし,Craneの解釈は,わたしたちの解釈には一つの有効な示唆を与え

てくれもする．なぜなら，獣類を代表する馬と人間の位置付けの逆転に範疇化の病に対する批判を読み取ることも可能であるからである．獣類として分節することも，理性的存在として分節することもできない人間の境位，絶対的に中間的な存在としての人間の境位を「理性的になりうる動物」としてスウィフトは定義していたのではないかということである．ソフト派にせよハード派にせよ，「人間は理性的になりうる動物である」というスウィフトの定義をそのまま受け入れているように見える．その上で，中間的な人間の境位のその本来対立する二つの属性，理性と獣性のいずれを優勢であると見做して解釈するかによって彼らの解釈は対立するように見える．つまり，ソフト派は人間の理性志向を，ハード派は人間の獣性志向をスウィフトは批判しているのだと読むにすぎないのであって，前者にあって人間はいずれ獣性が優勢なのであり後者にあって人間はいずれ理性が優勢なのである．ソフト派の解釈には，人間は理性的になりうるのだが獣性が優勢であるから純粋理性を志向するなど愚挙に終わるに相違ないという見通しがあり，ハード派の解釈には，人間は理性的になりうるのだから純粋理性の志向もあるいは成功するかもしれないという見通しがあるということである．ソフト・ハード論争自体が範疇化の病そのものと言っても良い．ソフト派，ハード派双方のヤフー，フウィヌム理解には，範疇化の余剰が付きまとう．前者について言えば，冷血な理性馬にはガリヴァと友情で結ばれた情愛に厚い月毛のフウィヌムが，後者について言えば，獣類ヤフーには狂人ガリヴァを故国に連れ戻してくれた仁愛に富むドン・ペドロ・デ・メンデスがそれぞれ彼らの範疇化から逃れて例外として残り続けるほかないのである．

　ガリヴァをウィルキンズ＝フウィヌムの完全普遍言語に見られる範疇化の病の犠牲者として読むわたしたちの解釈は，従って，範疇化されえないガリヴァ，さらには自然言語の特性である記号の恣意性を実践してみせるガリヴァこそが「ヒト一般」の境位を指し示すものという結論に達せざるを得ない．この時，ヤフーとフウィヌムはそれぞれ本来対立する人間の二つの属性，つまり，獣性と理性とを体現するという陳腐な解釈に落ち着くことになるであろう．そして，モアのユートピアの言語とは対照的に，ウィルキンズの完全普遍言語を体現するフウィヌムの言語には，＜範疇化されえぬ人間が範疇化を試みるアイロニー＞が纏わることになるであろう．このアイロニーは，完全普遍言語という言語のユートピアに対する批判で

あるとともに，そのようなユートピアを志向する「理性的動物」としての人間の知の倨傲に対する批判ともなるのである．スウィフトがポープ宛書簡で記した「理性的になりうる動物」という定義は，例えば，ポープの次のような中間的な人間の境位に関わる確信を言い換えていたのかもしれない．

> 天使は，死すべき人間が自然の法則の一切を
> 詳らかにするのを最近目の当たりにするに及んで，
> 地球上の者のそうした知恵に驚き，
> わたしたちが猿を眺めるかのようにニュートンを指さした．
>
> (『人間論』II 31-34)

フウィヌムランドがユートピアかアンチユートピアかという問いにも次のように答えることができるであろう．本来ありえぬ「理性的動物」の社会という意味ではユートピア，しかし獣性から完全に自由にはなりえない「理性的になりうるにすぎぬ人間」がその実現を図るとなればそれは容易にアンチユートピアにと転換せざるをえない宿命の社会であると．それは何よりも「理性的動物」としてその純粋理性に賭けたフウィヌム＝ウィルキンズの言語のユートピアを覆っている範疇化の病によって明らかである．ガリヴァが悲劇的人物か喜劇的人物かという問いにも次のように答えることができる．理性と獣性を併せ持つ人間ガリヴァがその獣性を捨て理性に賭け挫折する時ガリヴァは悲劇的人物となり，そのような行為そのものが人間の境位からの逸脱となるほかない故にガリヴァは宿命的に喜劇的人物に留まるざるをえない．さらに，語り手＝作中人物ガリヴァの物語る報告を字義的なものと解すべきかアイロニックなものと解すべきかについても次のように答えることができる．フウィヌム的理性に満腔の賛辞を寄せるガリヴァがそのような境涯に逢着したのがほかならぬ記号の恣意性の実践によってであったという観点からすれば，ガリヴァの報告自体のアイロニー性は避けがたい．しかし，人間（スウィフトやわれわれ読者を含む）であれば誰もが犯す過ちをガリヴァが反復しているにすぎぬとすれば，それは字義的なものとも言える．この場合，ガリヴァの報告は，人間存在に纏わるアイロニーの字義的な表象と言った方がむしろ正確なのかもしれない．

わたしたちの解釈は，結局，フウィヌムの言語，モアのユートピアの言語，ウィルキンズの完全普遍言語という三つの言語の関係から，範疇化し

えぬ人間の範疇化をめぐる物語として「フウィヌムランド渡航記」を読むことになったと言えるであろう．この時，理性と獣性を併せ持つ絶対的に中間的な存在たる人間のユートピア志向は常にその存在論的境位によってアンチユートピア性を胚胎させざるをえない宿命にあるという結論に達した．このような「理り」を主題的に引き受けているという意味で，「フウィヌムランド渡航記」はユートピア物語でもなければアンチユートピア物語でもないユートピアについてのユートピア物語，メタユートピア物語と言うことができるように思われる．

注

[1] ソフト・ハード論争についての摘要は，以下の諸家の論考を念頭においてなされている．ソフト派としてはMonk(1955); Williams(1958); Allison(1968); Lawrey(1968); Probyn(1978); Leigh(1980); Kelly(1988); 遠藤(1984); 四方田(1996)を，ハード派としてはCrane(1962); Halewood(1965); Reichert(1968); Clifford(1974); White(1976); Hammond(1982); Higgins(1983); 仙葉(1986)を，またソフト・ハード論争を含む論争史については和田(1983)を参照．ソフト・ハード論争自体の脱構築の契機が『ガリヴァ旅行記』には内在している可能性が本稿で最終的に示唆されることになる．

[2] 参照・引用文献中で邦訳の併記されているものについては，原則として邦訳から引用する．それ以外については，引用原典の頁を付し拙訳で示す．

[3] Greenblattは，言語植民地主義に対する批判の例証としてキャリバンに固有の語彙 'scamels'(*Tp*. II, 2, 176)の解釈不可能性を挙げている．ヨーロッパによる非ヨーロッパのヨーロッパ化という暴力的な言説空間のいわば自壊作用の種子をシェイクスピアに間接的に見いだせるとすれば，その直接的な顕れはヴィコの植民地主義と完全普遍言語の共犯関係に対する批判に見いだせるという．本稿で最終的に主張されるスウィフトの完全普遍言語に対する批判もまたこのようなコンテクストで読みうる可能性を残すであろう．

[4] 『ガリヴァ旅行記』と完全普遍言語運動との関係については，McKeon以外にProbyn (1974); 遠藤(1986); Kelly (1988); Bellamy (1992)などがある．Wilkinsの完全普遍言語と『ガリヴァ旅行記』の関係については，第3部ラガード学士院における百科全書作成のための言語機械のハンドル数とWilkinsの完全普遍言語の骨格をなす世界分類の類概念の数の一致などから，ほぼ諸家の間に異論はない．しかし，そうした関係をどのように読むかについては，スウィフト自身の言語論との

関係などから，複雑な様相を呈している．

参照・引用文献

一次資料

Jonathan Swift. *Travels into Several Remote Nations of the World. In Four Parts. By Lemuel Gulliver* (1726). Ed. Paul Turner. Oxford, 1971. ［中野好夫訳，『ガリヴァ旅行記』，新潮社］．

――. *Correspondence*. Ed. Sir Harld Williams. Oxford, 1963-5.

Thomas More. *The Utopia of Sir Thomas More in Latin from the Edition of March 1518, and in English from the First Edition of Ralph Robynson's Translation in 1551*. Ed. J. H. Lupton. Oxford, 1895. ［澤田昭夫訳，『改版ユートピア』，中央公論社］．

John Wilkins. *An Essay Towards a Real Character, and a Philosophical Language* (1668). Menston, 1968.

二次資料

Allison, Alexander W. "Concerning Hoyuhnhnm Reason." *SR* LXXV (1968).

Bellamy, Liz. *Jonathan Swift's Gulliver's Travels*. New York, 1992.

Cassirer, Ernst. *The Philosophy of Symbolic Form*. 1 in 3 vols, trans. Ralph Manheim. New Haven, 1958.

Clifford, James L. "Gulliver's Fourth Voyage" in *Quick Springs of Sense: Studies in the Eighteenth Century*. Ed. Larry S. Champion. Athens, 1974.

Crane, R.S. "The Houyhnhnms, the Yahoos and the History of Ideas." *Reason and the Imagination*. Ed. J. M. Mazzeo. New York, 1962.

Eco, Umberto. *La ricerca della lingua perfetta nella cultura europea*. Roma-Bari, 1993. ［上村忠男・廣石正和訳，『完全言語の探求』，平凡社］．

遠藤健一．「スウィフトとデリダ――「フウィヌム渡航記」のもう一つの解釈」，『英語青年』第130巻第3号, 1984.

――．「戯画の修辞――17世紀の普遍言語の試みと*Gulliver's Travels*」，『東北学院大学百周年記念論集』，1986.

Greenblatt, S. J. *Learning to Curse*. New York, 1990.

Halewood, W. H. "Pultarch in Houyhnhnmland." *JHI* 21 (1965).

Hammond, E. R. "Nature-Reason-Justice in Utopia and *Gulliver's Travels*." *SEL* 22 (1982).

Higgins, Ian. "Swift and Sparta: The Nostalgia of 'Gulliver's Travels.'" *MLR* 78 (1983).

Kelly, A. C. *Swift and the English Language*. Philadelphia, 1988.

Lawry, Jon S. "Dr. Lemuel Gulliver and 'the Thing which was not'." *JEGP* 67 (1968).

Leigh, David Joseph. "Wollaston and Swift: A Source for the Houyhnhnms?" *P&L* 4 (1980).

Marenbon, John. *Later Medieval Philosophy (1150~1350): An Introduction*. London,

1987.
McKeon, Michael. *The Origins of the English Novel.* Baltimore, 1987.
Monk, Samuel H. "The Pride of Lemuel Gulliver." *Sewanee Review* 63 (1955).
Ong, Walter. *Ramus: Method, and the Decay of Dialogue.* Cambridge, 1958.
Probyn, Clive T. "Swift and Linguistics: The Context Behind Lagado and Around the Fourth Voyage." *Neophilologus* 68 (1974).
Reichert, John F. "Plato, Swift, and the Houyhnhnms." *PQ* 47 (1968).
Rossi, Paolo. *Clavis universalis..* Milano-Napoli, 1960.［清瀬卓訳,『普遍の鍵』国書刊行会］.
仙葉豊.「フウイヌムランドの'hard'的解釈」,『英語青年』第132巻第11号, 1986.
Slaughter, M.M. *Universal Languages and Scientific Taxonomy in the 17th Century.* Cambridge, 1982.
和田敏英.『『ガリバー旅行記』論争』, 開文社出版, 1983.
White, Doyglas H. "Swift and the Definition of Man." *MP* 73 (1976).
Williams, Kathleen. "Gulliver's Voyage to the Houyhnhnms." *ELH* 21 (1954).
四方田犬彦.『空想旅行記の修辞学』,七月堂, 1996.

Prototype of Wordsworth's Lucy in Joanna Baillie's Text.

Ruriko Suzuki

Because of the ephemeral quality the central figure Lucy embodies, Wordsworth's 'Lucy Poems' have remained the focus of modern, contemporary interpretations. As Mark Jones devoted one chapter, "Lucy's Modern Meaning", to a detailed discussion on this topic (Mark Jones 189-239), the great interpretative gap, the relationship between the human and nature, has challenged such noted scholars as F.W. Bateson, Cleanth Brooks, Francis Ferguson, Geoffrey Hartman, J. Hillis Miller, George Steiner and so forth to examine the validity of their theoretical frameworks. The aim of this short paper is not so audacious as to review and comment on the contours of these theories, but humbly to suggest the presence of neglected ancestors who contributed much to the making of the ambiguous figure Lucy. The lineage is distinct starting from James Macpherson to Wordsworth, through to Joanna Baillie, if set in the context of Romantic parody.

I

By 1790, when Joanna Baillie anonymously published her charming book of poetry titled *Poems 1790*, most of her contemporary readers had already accepted the fact that *Fingal* (1762) and *Temora* (1763) were not direct translations from Ossian's poems but fakes fabricated by James Macpherson himself. The vogue of *Poems of Ossian*, however, had not yet subsided. It is no wonder that Joanna Baillie, sensitive to the taste of the general public, included a poem "[A] Story of Other Times; somewhat in imitation of the poems of *Ossian*" in her *Poems 1790*. Her poems are characterized by the naturalness and simplicity which *Poems of Ossian* attained in full measure. Generally speaking, when a double or multiple standard of critical judgment exists in evaluating a certain literary text, the text itself is liable to be parodied. In this context a parodist wants to change one viewpoint to the text, which can lead to the production of something new. As Rose points out (Margaret A. Rose 39), a targeted text is usually decoded, distorted or its form is changed, while the incentive of this deconstructive action is motivated either by contempt for or sympathy with the imitated text. In the latter case, according to Rose, a covert acknowledgement stands "that the parodist has an admiring attitude of some kind to the 'target' or 'model' which had been made a part of the parody text" (46). The parody can exist only when the external reader can perceive the 'signals' given in the parody text which relate to or indicate the relationship between the parody and the parodied text and its associations (41). As is obvious in the title, ". . . somewhat in imitation of the poems of *Ossian"*, Baillie gives the reader the signals of her parodying intent. As for the two kinds of attitude the parodists can take toward the original, that is, contempt or admiration, Baillie's work of imitation in *Poems 1790* obviously belongs to the second category. Her attitude in 1790 can be classified as that of sympathy and admiration to *Poems of Ossian*, though she takes a different one later in 1798 in her plays, especially in "Count Basil".

In the lovely, exotic poem "[A] Story of Other Times", Baillie tries to duplicate the tone of tenderness and sublimity *Poems of Ossian* possess. In her own sympathetic mode, moreover, Baillie succeeded in modifying to the creative expansion of the Ossianic text. Her attitude is not satirical at all. For this purpose, Baillie provides the framework of a double narrative to organize the half-told, evocative love story of Lochallen, the hero of the tribe Mora, and Orvina, the daughter of Lorma. As a result, a commonplace plot of physical conflict, love, and rape by the foe is to be embedded in an impassioned epic style. It is interesting to note that about the same time as Baillie's parody of Ossian was composed, Blake borrowed a similar story of the raped girl Oithona from Ossian as well. In his

"Visions of the Daughters of Albion", composed during 1791-2, the image of Oithona is transformed to that of Oothoon, "the soft soul of America" (l.3) oppressed under the heavy burden of slavery. Compared to Blake's daring fusing of political implications to the Ossianic story, Baillie's attempt of shifting the center of the narrative is modest enough. She attempted to let the ghost of the raped victim, Orvina, tell her sad story to her love, Lochallen, in that highly passionate tone of epic. In this way Baillie elaborately picks up the outline of Ossianic tragic love stories, but does not hesitate to make the most of the communion between the ghost and the living. In *Ossian* the ghost's story is usually told by the bard Ossian himself, whereas in Baillie it is Orvina the ghost who narrates her tragic experience to her lover. Baillie thus modifies the Ossianic story in her own peculiar way. Moreover, "[A] Story of Other Times" is narrated through the contemporary view-point, through the dialogue held between contemporary Scottish father and son, Lathmon and Allen, travellers lost while traveling through the heath. They were heading toward the deep narrow glens of Glanarven, but had to stop for a night in the remains of the sea-beaten tower of Arthula. The tower itself was once the seat of the white-headed Lorma, father of fair Orvina.

The plot of the story is simple enough. Lochallen, the son of the king of Ithona, is sent for by old Lorma, who has been long attacked by Uthal and is in need of help. Lochallen and Orvina fall in love. While Lochallen is away from home, conquering the revolt at the island of Uthal, the tower of Arthura is attacked and burned down, and the maid of his soul Orvina is raped by Uthal, the chief of Ithona, the very foe with whom Lochallen sought to fight. He had snuck off of his island while the battle was still in progress, ahead of Lochallen in reaching Lorma. The story of the mean and unmanly behaviour of the tribe Ithona is told by the ghost of Orvina to Lochallen after he reaches desolate Arthula in the dead silence of the tower. Thinking her lover was slain too, the poor maid had committed suicide: "I flew to the steep hanging rock: / I threw my robe over my head; and I hid me in the dark closing deep."

In this story there are two points to which a sufficient consideration should be paid especially in connection with the 'Lucy' poems, for they are made out of Baillie's own invention. One is related to a treatment of the ghost, as was discussed above, and the other is a description of the maid. In *Ossian,* a ghost customarily appears in front of the bard Ossian and demands a funeral song, because "it was the opinion of the times, that the souls of the deceased were not happy, till their elegies were composed by a bard" ("Notes", *The Poems of Ossian,* 443). For instance, in "Conlath and Cuthóna: A Poem", the ghost of Conlath appears and speaks to Ossian,

> Sleeps the sweet voice of Cona, in the midst of his rustling hall? Sleeps Ossian in his hall, and his friends without their fame ? The sea rolls round the dark I-thona, and our tombs are not seen by the stranger. How long shall our fame be unheard, son of the echoing Morven ? (124)

In Baillie's poem, the apparition of Orvina stood not before the bard but before her lover Lochallen, and in "[a] voice, like the evening breeze when it steals down the bed of the river" implores him to raise a tomb on her sake.

> Yet O do not leave me, Lochallen, to waste in my watery bed !
> But raise me a tomb on the hill, where the daughter of Lorma should lie.

So far as the apparition of ghost is concerned, Baillie seemed to denounce the epic convention on fame discourse because she allows the ghost speak with more humane tenderness. But she did not make an objection to the concept of ghost as the supernatural being, whomsoever it might appear. On this point, she differs from Wordsworth's standpoint. He flatly denies the ghostly or bodily presence in the Lucy poems, although Baillie contributed much in creation of Lucy as the following observations indicate.

II

It is not difficult to catch a glimpse of Lucy in terms of Wordsworth in the following description of the lovely maid Orvina. Her grace and delicacy is depicted with the simile of natural beauty.

> She was graceful and tall as the willow, that bends o'er the deep shady stream.
> Her eye like a sun-beam on water, that gleams thro' the dark skirting reeds.

> Her hair like the light wreathing cloud, that floats on the brow of the hill,
> When the beam of the morning is there, and it scatters its skirts to the wind.
> Lovely and soft were her smiles, like a glimpse from the white riven cloud,
> When the sun hastens over the lake, and a summer show'r ruffles its bosom.

Baillie's descriptive power attains as high a level as that of Ossian. It can produce a tender effect on the sympathetic imagination of the reader. As Hugh Blair points out ("A Critical Dissertation on the Poems of Ossian", *The Poems of Ossian,* 378), Ossian's descriptive power reaches its height in an exquisite painting of the hero's features or his soul in and after the battle. It is tinged with a solemn almost pathetick air, as is evidently seen in the ruins of Balclutha in "Carthon: A Poem".

> I have seen the walls of Balclutha, but they were desolate. The fire had resounded in the halls: and the voice of people is heard nomore. The stream of Clutha was removed from its place, by the fall of the walls. . . The thistle shook, there, its lonely head: the moss whistled to the wind. The fox looked out, from the windows. the rank grass of the wall waved round his head.
>
> (*The Poems of Ossian,* 128)

The objective observation on the changing course of the stream, the thistle, the fox, and the rank grass around its head — all serve to heighten the desolate loneliness after the defeat and the atmosphere of death in epic style. The subtle description of Orvina by Baillie, to the contrary, is comparable to the following description of Agandecca in *Fingal* Book III.

> The daughter of snow overheard, and left the hall of her secret sigh. She came in all her beauty, like the moon from the cloud of the east—Loveliness was around her as light. Her steps were like the music of the songs. She saw the youth and loved him. He was the stolen sigh of her soul. her blue eyes rolled on him in secret; . . .
>
> (73-4)

The distinction revealed here has something to do with the difference in the tone of description: the laconic tone of Ossian forms a striking contrast to Baillie's more detailed but softened one. Later in her "Introductory Discourse" of *A Series of Plays* (1798), Baillie insists that "passion genuine and true to nature" expressed in the description of "the plain order of things in this every-day world" could surpass the vehement but false emotion caused by the poetic style full of "decoration and ornament"(20). In her discourse natural beauty is used as a vehicle of imagery. Orvina is referred to as an integral part of physical Nature, as is Wordsworth's Lucy, who "Rolled round in earth's diurnal course / With rocks and stones and trees" ("A Slumber Did My Spirit Seal"). Slender and feeble like a willow as Orvina is, she is not distinguishable from a plant on the shore nor from the reflection on the river bed. To describe her bright eyes as warm as the sunshine implies that she is the sun itself, that rolls "round in earth's diurnal course". Her abundant hair like a bright cloud also assimilates her with Lucy, to whom "the floating clouds their state shall lend" ("Three Years She Grew"). In a sense, the materiality of Baillie's supernatural being is transferred to the natural materiality of "a living child," Lucy Gray who "sings a solitary song / That whistles in the wind."

III

After pointing out the resemblance, it would not be a far-fetched fancy to assimilate Baillie's Ossianic heroine to Wordsworth's Lucy. A copy of Baillie's *Poems 1790* was available at Alfoxden at the height of the *Lyrical Ballads* (Wu 8). Moreover, as Jonathan Wordsworth points out, Baillie is writing "in the ballad-metre used in four out of five of the Goslar Lucy Poems" ("Introduction" to *Poems 1790*). In her peculiar way of parodying Ossianic heroines, plucking them out of the epic context and transplanting them into the natural scenery of the Scottish moor, Baillie actually molded a prototype of Lucy. Jonathan Wordsworth continues,

> With the *Storm-Beat Maid* it is easy to imagine his being impressed by the poem,and at some later stage writing *Lucy Gray*(first of the Lucy Poems, and nearest to ballad narrative) in the same metre and something of the same idiom.

Accordingly, in order to shed more light upon Baillie's feminine parody of *Ossian*, an analysis of her supernatural fantastic ballad, "The Storm-

Beat Maid" is needed.

> All shrouded in the winter snow,
> The maiden held her way;
> Nor chilly winds that roughly blow,
> Nor dark night could her stay.
>
> O'er hill and dale, through bush and briar,
> She on her journey kept;

Thus the heroine of the poem is introduced to the reader as if she were a frozen apparition from the dead. She had walked a long way in the snow to get there, so that "Her robe is tiff with drizly snow, / And rent her mantle grey".

> Yet heedless still she held her way,
> Nor fear'd the crag nor dell;
> Like Ghost that thro' the gloom to stray,
> Wakes with the midnight bell.

Certainly this beautiful other-worldly maiden is depicted in the image of a ghost, but at the same time she is already endowed with several glimpses of Lucy Gray's character.

Before admitting "Baillie and Wordsworth are kindred spirits", it should be argued that a spirit different from that of Wordsworth's Lucy is also working in this poem. Baillie's spirit integrates a fantasy of other-worldliness with natural reality, while always supported by a genuinely feminine principle. This beautiful, unearthly girl intrudes upon the wedding party, but, as it turns out, she is the very girl who had been jilted by the groom. Yet her beauty is of "real" nature, of the daughter of mother earth just as Orvina in "A Story of Other Times". Her face shines also like an early morn;

> Her face is like an early morn,
> Dimm'd with the nightly dew;
> Her skin is like the sheeted torn,
> Her eyes are wat'ry blue.

On such an otherworldly presence as Geraldine in Coleridge's "Christabel" or Lamia in Keats's "Lamia" embodies, Romantic imagination usually puts down a rigorous critical judgment. Toward such spiritual beings it even prohibits presence just by ascribing its origin to evil. But in the case of Baillie, a contrary, sympathetic attitude is evidently seen. She assists the storm-beat girl like a female friend or sister does, and provides her with a happy ending. Finally her love is miraculously requited. Her lover comes back to her in repentance, and promises to be her faithful guard forever.

> When thou art weary and depress'd,
> I'll lull thee to thy sleep;
> And when dark fancies vex thy breast,
> I'll sit by thee and weep.
>
> I'll tend thee like a restless child
> Where'er thy rovings be;
> Nor gesture keen, nor eye-ball wild,
> Shall turn my love from thee.

He thus denounces his virility and transforms himself to play a motherly or sisterly role toward this exotic girl. In this way he is tamed like the rooster in "A Winter Day" placed at the beginning of *Poems 1790*. This kind of unification of sex under feminine dominance in the domestic sphere is a solution only possible from the female point of view. It transcends the logic of the equality of man and woman. It might ultimately lead to the subversion of the paternal authority, but at least it can predict a social change that tries to extend the values of domesticity into the public world as was evidently seen in the nineteenth century. We should not overlook this warning sign hidden under the simple and natural appearance of Baillie's discourse. So far as the Lucy poems concern, it seems that Wordsworth was repelled by the idea of reviving the ghost under a female dominance. He kept Lucy silent, barely allowing her to remain a part of physical nature. His prototype of Lucy is a mythic figure personified in the shape of Stera, as the *Nutting* text in DC.MS. 16 indicates.

> Ah! what a crash was that! with gentle hand
> Touch these fair hazels—My beloved Maid!
> Though 'tis a sight invisible to thee,
> From such rude intercourse the woods all shrink

> As at the blowing of Astlpho's horn.—
> Thou, Lucy, art a maiden "inland bred"
> (*Lyrical Ballads and Other Poems, 1797-1800,* 305)

In 1798, in the same year when *Lyrical Ballads* was published anonymously, Baillie published her *A Series of Plays* anonymously as well. Her book was added with a very long, and illuminating "Introductory Discourse". Baillie's discourse finds several echoes in Wordsworth's *Preface*.

> those works which most strongly characterise human nature in the middling and lower classes of society, where it is to be discovered by stronger and more unequivocal marks, will ever be the most popular. ("Introductory Discourse", 20)

She thus emphasizes the importance of making the most of the natural language of 'the middling and lower classes of society', and her primitivism was translated by Wordsworth in 1800 into the famous sentence, "Low and rustic life was generally chosen because in that situation the essential passions of the heart find a better and in which they can attain their maturity, are less under restraint, and speak a plainer and more emphatic language . . . " (*The Prose Works of William Wordsworth* 124). She pleads for, in addition, the reader's sympathetic imagination more than anything else in appreciating her works.

> The highest pleasure we receive of poetry, as well as from the real objects which surround us in the world, are derived from the sympathetick interest we all take in beings like ourselves; and I will even venture to say, that were the grandest scenes which can enter into the imagination of man, presented to our view, and all reference to man completely shut out from our thoughts; the objects that composed it would convey to our minds little better than dry ideas of magnitude, colour, and form; and the remembrance of them would rest upon our minds like the measurement and distances of the plants. (23)

Insisting the importance of emotional language, especially that of passion, however, Baillie shows a peculiar attitude in selecting the material.

> Great and bloody battles are to us battles fought in the moon, if it

is not impressed upon our minds, by some circumstances attending them that men subject to like weakness and passions with ourselves, were the combatants. (16)

Unless the events or the stories are told in an emotional language which can help the people involved in them on the scene, and, moreover, unless those stories are read with the sympathetic imagination of the reader, the seriousness of the events can be lost and thrown out of the scene. It is this arrogant supremacy of emotion that props the domesticated world of peace in Joanna Baillie, and it is essentially different from the case of Wordsworth. His Lucy is more akin to some ephemeral creature which lives in the other world.

IV

As is well known, the Lucy poems first appeared in the joint letter of William and Dorothy to Coleridge on 14 and 21 December, 1798, sent from Gosler to Coleridge staying in Ratzeburg. This letter contains the two original Lucy poems, "She Dwelt Among the Untrodden Ways", "Strange Fits of Passion", and the original lines of "Spots of Time" in *The Prelude*, A skating episode, and a boat stealing episode, and the original form of "Nutting."

In the first poem, "She Dwelt Among the Untrodden Ways", Lucy was already dead; "on the Heath she died" and "now she's in her grave". In the second, the narrator is caught in the fear of anticipating her death: "'O mercy' to myself I cried / 'If Lucy should be dead'", and the last stanza suggests that she died. The narrator cherishes "her laughter light" when he tells her of his anxiety. In both poems, however, no ghost of Lucy returns to the narrator, so that there exists a clear line of demarcation between this world and the other world. Wordsworth flatly denies the concept of "ghosts", although he borrowed and extended the image of Ossianic heroine inherited by Baillie. The raped Orvina in Baillie's "A Story of Other Time" is transformed to the guardian spirit of the hazel woods. If we accept the definition of parody in terms of Bakhtin—as artistic speech phenomena two-ways directed (Rose 126) — the Lucy poems are a parody of Baillie's poems. As a sympathetic reader of Baillie,

Wordsworth entices us to recognize the existence of the secondary context of someone else's speech, i.e. Baillie's in his Gosler poems.

Nevertheless, the subjective, and emotive world of Joanna Baillie is somewhat self-consistent, regulated with an ethic of care. It puts an emphasis on the primacy of love in the family and community. The difference between the poetic world of Baillie and that of Wordsworth becomes more conspicuous when we compare "A Winter Day" to the skating episode in the Gosler letter.

"A Winter Day' begins with the charming observation of the rooster.

> The cock, warm roosting, 'midst his feather'd dames,
> Now lifts his beak and snuffs the morning air,
> Stretches his neck and claps his heavy wings,
> Gives three hoarse crows, and glad his talk is done;
> Low, chuckling, turns himself upon the roost,
> Then nestles down again amongst his mates.

The task required of the rooster, indeed the reason for his existence, is to make the morning call, to give 'three hoarse crows', after which he can enjoy his complaisant life among 'his feather'd dames'. As this indolent figure of rooster symbolically announces, "A Winter Day' gives a lively picture of rural life dominated by 'dames', united by the women's point of view. Here the details of busy family cares are entrusted to the wife and mother in the household. But household activities are alien to children, as depicted in Wordsworth's *The Prelude*. Here is what mothers do on a winter morning:

> Their busy mother knows not where to turn,
> Her morning work comes now so thick upon her.
> One she must help to tye his little coat,
> Unpin his cap, and seek another shoe.
> When all is o'er, out to the door they run,
> With new com'd sleeky hair, and glist'ning cheeks,
> Each with some little project n his head.
> One on the ice must try his new sol'd shoes:
>   To view his well-set trap another hies,
>   In hopes to find some poor unwary bird
>   (No worthless prize) entangles in his snare;

The busy, gentle matron of the house does not pay attention to the boy's expectant joy of skating, though she might give him 'the summons'. The boy would not heed the summons. It is not Baillie's concern to care for 'some little project' in the child's head. But the boy depicted by Wordsworth has a different concern in his mind.

> I heeded not the summons: clear and loud
> The village clock tolled six; I wheeled about
> Proud and exulting like an untired horse
> That cares not for his home. — All shod with steel
> We hissed along the polished ice in games
> Confederate, imitative of the chase
> And woodland pleasures. . .
>
> (14 or 21 December 1798)

Even if the solitary rapture of the mystic, transcendental experience the boy had in this skating scene, 'yet still the solitary cliffs / Wheeled by me, even as if the earth had rolled / With visible motion her diurnal round' was not common, the sense of palpable physical nature is not distant from Baillie's description of the Ossianic heroine. It is at the core of a Lucy-like existence. The joy of the children playing a game of chase on ice is alien to Baillie's view point which admits the presence of a ghost as well as the resurrection of a ghost.

In *Lyrical Ballads,* the character most closely affiliated to the world of Baillie is Betty Foy, the mother of the idiot boy Johnny. The pleasure of reading this beautiful poem would not exist without her heightened motherly passion. Her passions of anxiety for her lost boy and her joy in recovering him are expressed by the description of her motion. When she sees her Johnny come home,

> She looks again — her arms are up —
> She screams — she cannot move for joy;
> She darts, as with a torrent's force,
> She almost has o'erturned the horse,
> And fast she holds her Idiot Boy.
> And Johnny burrs, and laughs aloud,
> Whether in cunning or in joy
> I cannot tell; but while he laughs,
> Betty a drunken pleasure quaffs,

> To hear again her Idiot Boy.
>
> And now she's at the pony's tail,
> And now she's at the pony's head,
> On that side now, and now on this,
> And almost stifled with her bliss,
> A few sad tears does Betty shed. (ll. 382-396)

If it had been written by Joanna Baillie, the story would have ended at this scene of joyful reunion. But Wordsworth continued, exploring and clearing a way out of this animated world. However beautifully it can be embraced by feminine sensibility, it is a world which is about to suffocate its inhabitants, here the idiot boy Johnny, through maternal care and erotic temptation. Wordsworth makes Johnny disrupt his bondage by allowing him to speak in his own language, which lies behind the ordinary world of communication, though adjacent to it.

> (His very words I give to you),
> 'The cocks did crow to-whoo, to-whoo,
> And the sun did shine so cold.'—
> Thus answered Johnny in his glory,
> And that was all his travel's story. (ll. 459-463)

Instead of admitting the vague border area between the dead and the revenant, Wordsworth tried to revive the supernatural existence in this world in a different way as Baillie did in "The Storm-Beat Maid". For Wordsworth this twilight realm of Baillie seems liable to attack harsh reality, nevertheless as the 'Lucy' poems implicate, he does tolerate some supernatural world to coexist in the text where only the reader with a sympathetic imagination can enter.

Wordsworth was consistent in accepting and employing other authors' texts. He never forgot to leave 'signals', suggesting the presence of the original text. It would be an extravagant to say Wordsworth parodied Macpherson's text directly, but in the dialogical but interpretive stance he took toward Baillie, he successfully parodied her text. Although a parody is an intertext, incomplete in itself, formed as a 'counter-' or 'beside-poem', his interpretative process is dependent on the particular text in

Baillie chosen by his own sympathetic imagination as reader. Because of the radical obscurity of 'Lucy Poems' which provokes the constructive activity of the readers, innumerable discussions have been given, even in the context of parody alone, as Mark Jones' almost impeccably comprehensive survey indicates (*The 'Lucy Poems': A Case Study in Literary Knowledge*). Yet nobody seemed aware of Baillie's direct influence on Wordsworth in connection with this highly argumentative topic. It would be an obvious slight to this versatile lady when her reputation was evidently higher than Wordsworth's among their contemporaries.

* This paper was originally given to the 1998 Wordsworth Summer Conference at Dove Cottage.

WORKS CITED

Baillie, Joanna. *A Series of Plays.* Donald H. Reiman ed. New York and London: Garland Publishing, Inc., 1977.

——. *Poems 1790.* Oxford and New York: Woodstock Books, 1994.

Blake, William. W. H. Stevenson ed. *Blake: The Complete Poems.* London and New York:Longman, 1989.

Jones, Mark. *The 'Lucy Poems': A Case Study in Literary Knowledge.* Toronto: University of Toronto Press, 1995.

Macpherson, James. Howard Gaskell ed. *The Poems of Ossian,* Edinburgh: Edinburgh University Press, 1996.

Rose, Margaret A. *Parody: Ancient, Modern, and Post-Modern.* Cambridge: Cambridge University Press, 1995.

Wordsworth, William. W. J. B. Owen and Jane Wothington Smyser eds. *The Prose Works of William Wordsworth.* Vol. I. Oxford at the Clarendon Press, 1974.

——. James Butler and Karen Green eds. *Lyrical Ballads and Other Poems 1797-1800.* Ithaca: Cornell University Press, 1992.

Wu, Duncan. *Wordsworth's Reading 1770-1799.* Cambridge: Cambridge University Press, 1993.

ダブル・メタテクストとしての『ジェイン・エア』

小野寺　進

　『ジェイン・エア』が1847年10月に出版されるやいなやベストセラーとなった理由の一つに，二つの古くからある人間の問題，貧しく虐げられた少女が王子と結婚するシンデレラ物語と，よそ者が苦労し，耐え，成功を収めるといった成功物語という二つの基本的な民話の主題を合体させ，その枠組みとしていることがある．それはたいていの男性は女性を保護したいと願うのに対し，おおかたの女性は保護してくれる男性と結婚したいと強く願い，そしてまた誰にでも新しい冒険において成功したいと願うからでもある．『ジェイン・エア』は家父長制が支配するヴィクトリア朝の社会体制の中で，常に自己のアイデンティティを求め，成熟を遂げる女性の物語となっているのである．この点で，同じ女性の自立を訴えるジェイン・オースティンの『高慢と偏見』(1813) が求める完全性が家父長制の女性観に基づいているのとは違い，女性の自立を強く謳い，男性と対等の立場に立とうとする小説になっていることは，フェミニズム宣言とも受け取れる次のようなジェインの言説からも明らかである．

> 女は一般的に大変おとなしいと考えられている．でも，女だって男と同じように感じているのだ．能力を働かせる必要があるのだ．兄弟と同じく力を発揮する場を必要としているのだ．あまりにも厳しい抑制，あまりにも完全な沈滞を強いられれば，男と同じ苦痛を感じるのだ．女はプディングを作り，靴下を編み，ピアノを弾き，バッグの刺しゅうだけをしていればよろしい，と言うのは，特権的な地位にある男の偏狭だ．女に必要と慣習的に考えられた以上のことをやったり，学んだりしようとする女を責め嘲笑するのは，心ないわざだ．　　　　　　　　　　　　　　　　　　　　　　(96)[1]

『ジェイン・エア』という物語テクストは，家父長制の社会・文化の価値システムに対する批判から生まれたフェミニズム批評にとって絶好の素材あるいは試金石にもなってきた．逆に，ヴァージニア・ウルフからサンドラ・ギルバートとスーザン・グーバーなどに至る『ジェイン・エア』批評の中に，フェミニズム批評の変遷を読みとることもまた可能となろう．[2] 加えて，『ジェイン・エア』にヒロインであるジェインと作者シャーロット・ブロンテとの多くの共通点などから看取されることから，ジェインの自己の物語を書くという行為がシャーロットの女性作家としての主体性を確立し自立しようと願望するメタフィクションとも読める．

本稿では，ほぼ時間軸に沿って一人称で語られる自伝的虚構物語である『ジェイン・エア』という物語テクストが，シャーロットという女性作家の主体性を獲得しようとする願望のメタフィクションというだけではなく，フェミニズム批評の限界をも露呈させてしまう自己解体のメタ批評，つまり二重のメタテクストと読まれうる可能性があることを提案したい．

I

男性中心の社会で女性の自立を成し遂げたジェインは自己の成功物語の回想を次のように始める．

> その日は，とうてい散歩できそうになかった．確かに午前中1時間ほど，葉の落ちた灌木林を散歩したが，昼の食事（リード夫人は来客のない時には，昼に正餐をとった）の後，冷たい冬の嵐が吹き出して，陰鬱な雲が広がり，篠つく雨となったので，もはや戸外の運動は問題とならなくなった． (5)

更に，最終章でジェインは物語をつぎのように締めくくろうとする．

> わたしの物語も終わりに近づいたから，結婚生活について一言，物語に度々登場した人々との運命について簡単に述べて，終わらせることにしよう． (396)

この二つの引用は物語る現在の位置から，過去における自己の物語を語り手ジェインが書き込むことと同時に，自ら作家として「書く」行為を意識したものであることを示している．孤児といういかがわしい素性の下に生まれたジェインは，自分の力によって成り上がることへの激しい出世欲を実現させようとする．自らの過去を再構築し，物語として作り上げる行為

がジェインの願望でもあることは次の言説からも明らかである.

> いちばん楽しかったのは，いつまでも終わることのない物語に心の耳を傾けることだった——わたしの想像力が創作し，絶えることなく告げる物語だった．わたしが願いながらも現実には持っていない出来事，人生，火，感情で生き生きと脈打っている物語だった.
> (95-6)

ギルバートとグーバーがジェインの物語を女性版『天路歴程』と読み込んだように，ジェインが願望を成就するためには様々な家父長的権力という試練の壁を克服しなければならない.[3] ゲイツヘッドにある叔母リード夫人の家から物語は始まる．そこでのジェインの扱いは女中以下で，長男のジョン・リードからは絶えず虐待を受ける．ジョンはわがままで傲慢であるという性格にもかかわらず，長男であるという理由だけで正当化されるのである．このゲイツヘッドはヴィクトリア朝の家父長制社会を縮尺した世界とも言える．こうした世界から脱出したいと願うジェインの理性は心の中で次のように叫ぶのである.

> 「不当だ！不当だ！」苦痛に刺戟されて，一時にせよ子供ながらも大人なみの力を帯びた，わたしの理性が叫ぶ．同じようにして昂った決意が，この我慢ならぬ圧制から逃げ出す奇妙な策をわたしに囁く——例えば逃げ出すとか，もしそれができないのなら，これ以上食べるのも飲むのも拒んで，自分から死を求めるとか. (12)

リード夫人の手に負えなくなったジェインは，キリスト教教育の名の下に階級差別をし，卑俗な精神を持ち，家父長的権威を振りかざすブロックルハーストが運営するローウッド寄宿学校へ入れられる．ジェインはここで虐待されるものの，自己を確立せんが為には教育を受けることが必要であるとの認識により，耐えつつ8年間を過ごし，家庭教師の職を得る．この家庭教師という職は，当時貧しいが相応の教養を備えた女性が自立した地位を勝ち得る唯一の手段だったことは広く知られている.

　家庭教師としての勤め先であるソーンフィールドで，ジェインはエドワード・ロチェスターと出会う．彼は生殖力の強い野獣のような肉体を持っているがハンサムというよりはむしろ醜男の部類で，あるのは財産と貴族の地位だけである．ジェインは自分の思い通りに理想化し，ジプシーに変装し，一段下がった態度で巧みに誘惑しようとするロチェスターから求婚される．しかしその結婚はジェインが条件から排除した財産と地位の両方

を伴う正式な結婚であった．しかし，ロチェスターにはバーサ・メイソンという妻がいることが判明し，結婚は破談となり，ジェインはソーンフィールドの館を去る決意をする．やがてジェインは放浪しているところをセント・ジョン・リヴァーズによって救われる．福音派の牧師である彼は，やがてジェインに結婚を申し込む．彼は女性が自分の意のままになるのは当たり前で，その結婚も男性の「協力者」でしかないという観念に基づくものであった．ヴィクトリア朝の社会では経済力のない女性は弱い立場にあり，家父長制をますます強めることにもなっていた．叔父が亡くなったことで，遺産が入り，経済的自立を遂げたジェインはセント・ジョンの求婚を拒否しうる立場に立てたのである．

　ブロックルハースト，ロチェスター，セント・ジョンは共に，男性中心原理を象徴する人物たちで，彼らは女性を奴隷ないしは従属するものとしてしか見ていない．リード家にあっては居候として「扶養させてもらっている」とか，ローウッド寄宿学校では「教育をさせてもらっている」と卑しめられてきたジェインにとって，たとえ結婚という形であれ，養われることには当然耐えることはできない．物質的に他者に依存することは精神的にも依存することになるし，主体性を喪失してしまいかねないからである．最終的にロチェスターとの愛を結実させるためにはこうした経済的自立だけではなく，バーサの存在が邪魔となる．ジェインはバーサの死によって妻の座を勝ち得ることになり，またその時の火事によってロチェスターが失明し，左腕を失い，ジェインがロチェスターの眼となり手足となることによってヴィクトリア朝の家父長制の価値観を逆転させることに成功するのである．

　物語の中で「依存」(dependence)や「自立」(independence)という語が多用されているように，こうして家父長制的世界からの脱却，自立，男性と同等の権力を得ようとするジェインの願望は充足するのではあるが，それはまたロチェスターとの結婚によって幸福な家庭を構築しようとするファミリー・ロマンスの物語でもある．

II

　ファミリー・ロマンスとは元来フロイトの用語で，子供が空想活動において自分の両親をもっと偉い両親に置き換えようとすることで，その際，子供は自分が捨て子であるとか，あるいは母親が不実を働いたために自分

が私生児であるとか，ということを想像する自己の出生に纏わる幻想である．[4] マルト・ロベールは，フロイトが提示したファミリー・ロマンスを敷衍し，いわゆる近代家族の成立に関連して，近代小説の起源からその発展に至る推移を，その精神分析的図式に類比させ，子供が両親に対する性の違いを認識するのを境に，前段階を「捨て子プロット」，後段階を「私生児プロット」として分類した．[5] このフロイトとマルト・ロベールのファミリー・ロマンスはいずれも自己の物語を構築する主体が男の子という男性モデルであり，女性モデルは含まない．ファミリー・ロマンスにおける二つの段階のうち，置き換えようとする両親の性的差異を問題にしない「捨て子プロット」の場合，物語る主体の性別は男女いずれであろうとかまわないが，主体が母親の道徳的下落を前提に不在である父親への同一化を企てる物語である「私生児プロット」では，欲望する対象の性別は非対称性を構成することになる．つまり，物語る主体が男性の場合，上昇を遂げるのは不在である父親であるが，女性の場合，不在によって物語を構築する同性の親は起源において確実な母親であるので，男性モデルと対称をなすことはできない．

『ジェイン・エア』の場合，語り手と主人公は同一の女性であり，当然ながら男性モデルは適用できない．フェミニズム批評が絶えず男性批評理論に依存し，その「修正＝見直し」をしてきたように，メアリアン・ハーシュは，この男性モデルに修正を加え，女性版ファミリー・ロマンスを構成する三つの要素を措定する．

(1) 母親不在を条件．それ故に母の物語と母への移行の限界を超え，発展する自由がある．
(2) 母によるいたわりと父の絆との置換．それによって疑似インセスト的恋愛・結婚へと変わり，ヒロインがプロットに参入し，象徴となり得る．
(3) 母性の回避．ほとんどの場合夫と兄弟/父との融合によって，プロットの中に止まることが可能となり得る．[6]

父親の存在は，身元が不確実であるために，私生の幻想を排除することはないが，母親の存在はそうした幻想を不可能にするので，その想像行為において消去する必要がある．そうした母親の不在を条件とし，結婚という手段で最終目的として権力の座に近づくことになる．その際に，母性は回避されねばならない．なぜならヒロインにとって母親になることは，彼女の息子の幻想において情婦として貶められ，娘のそれにおいては死にほか

ならず，いずれにせよファミリー・ロマンスの上昇と矛盾するからである．
　物語の冒頭で孤児として登場したジェインには，ファミリー・ロマンスを築き上げるための前提となる両親が欠如していることが示されている．父方の経済状況は不明瞭であるが，母親の身元と地位は確実である．自己のファミリー・ロマンスを実現する際に障害となる母親の存在がない以上，後はロチェスターとの結婚を最終目的とする自己のアイデンティティを求めて突き進むだけである．
　理想の女性像を構築するためのジェインの上昇には二つの死が不可欠となる．一つは，ローウッド寄宿学校で知り合ったヘレン・バーンズの死で，敬虔深く，知的で，物欲などない忍耐強い彼女は，自ら進んで自己犠牲を惜しまない．その根底には禁欲的キリスト教精神があることを，ヘレンはジェインにこう語る．

　　　「『新約聖書』を読んでごらんなさい．キリストが何と言ったか，
　　　何をしたかを学びなさい．キリストの言葉をあなたの導きにして，
　　　キリストの行ないをあなたの手本になさい」
　　　「キリストは何と言ったの」
　　　「あなたの敵を愛しなさい．あなたを呪う人を祝福しなさい．あ
　　　なたを憎み，あなたにひどい仕打ちを加えた人に善を施しなさい」
　　　　　　　　　　　　　　　　　　　　　　　　　　　　　(50)

彼女は病気を煩い，その短い生涯を閉じるが，それを機に，疫病の蔓延による多数の死者が出たことで学校の惨状が露呈し，ブロックルハーストは追放され，学校は改善され，ジェインはローウッド寄宿学校から次のステップへ移行するために2年間教師として勤めることを可能ならしめるのである．
　もう一つの死は狂女バーサ・メイソンである．ジェインは家庭教師の職を得たソーンフィールドでのロチェスターとの「正式な結婚」に，このバーサの存在が障害となる．結果的にジェインはロチェスターの「情婦」(mistress)となることを免れることとなる．やがてソーンフィールドの館はバーサの放火により焼け落ち，バーサは死にロチェスターは片目と片腕を失う．ジェインは自分の願望であった妻の座とロチェスターの象徴的去勢を同時に得ることができたのである．
　この二人の女性は，19世紀の典型として描かれる男性作家が生み出したイメージである女性像，「家庭の天使」と「怪物」という形で提示されているが，[7]共に文字通り或いは隠喩的にジェインの陰の部分を示していると

いう意味でジェイン自身の第二の自我を表象していると言える．ヘレンはジェインが必要としている知性，キリスト教的自己否定，殉教者然と自ら進んで暴力に屈するマゾヒズム性を有し，ジェインが拒否したセント・ジョンの妻に相応しい女性となっている．またバーサは，体格がロチェスターと同じくらいの大女で，男性的な力を持ち，その出現もジェインの情緒不安定な時である．その恐ろしい叫び声はジェインの「赤い部屋」での狂いかけた精神状態を思い起こさせ，更にバーサがジェインのためのヴェールを身に纏い鏡に写った姿は「赤い部屋」での鏡の「幻想の洞窟」の異形な姿と重なり合わせられる．

　女性の自立を目指すジェインにとって永遠の家庭を築くためのロチェスターとの結婚が最終目的となるが，ロチェスターが求婚した正式な結婚においては，ジェインは経済的自立を遂げることも，また非母性が保証されることはない．叔父の遺産とバーサの死，更にはロチェスターの不具によって初めてジェイン主導型の理想的結婚が成立すると言えよう．だが，ジェインとロチェスターとの間に子供が生まれ，ジェインの母性は回避されることはない．ハーシュによれば，これを克服するためにロチェスターは「母親的男性」(male mother) として機能し，それによりジェインが母親業から解放され，さらなる想像活動を続け，自己の物語を書くことを可能ならしめるとし，これこそジェインが自分の夢で追い求めてきた姿であるということであるという．[8] また，何故娘ではなくて息子なのかという疑問に対して，ハーシュは「父親像の複製」つまりロチェスターの「母性的男性」(male maternity) の複製で，従ってジェインの想像界における身の安全が保証されるとあると結論づける．[9] だがこうした説明には矛盾が生じている．なぜなら去勢され盲目となったロチェスターの片目の視力は回復し，更に息子の眼も「昔の彼の目と同じように」(397) とあるように，ロチェスターの父性復活と息子の男性性といったものの暗示により，ジェインの非母性はなんら確保されず，息子のファミリー・ロマンスの幻想における下落を示唆しているからである．加えて，ジェインは望ましい理想の家庭的雰囲気をソーンフィールドの館のフェアファックス夫人の部屋に見い出している．

　　　小さな居心地のよい部屋で，赤々とした暖炉の傍に丸テーブルと，
　　　背もたれの高い古めかしい肘掛椅子があり，そこに小さな年配の婦
　　　人が坐っていた．未亡人の帽子をかぶり，黒い絹のガウンを着て，
　　　純白のモスリンのエプロンを掛けて，これ以上きちんとした様子は

> 想像できないほど．まさに，わたしが前に想像していた通りのフェアファックス夫人だが，思っていたほどいかめしさはなく，温和な顔立ちだった．編み物をしている．足許には大きな猫がお行儀よく坐っている．要するに，家庭の安楽の理想美に何一つ欠けているものがない． (83)

それはジェインが拒絶していたはずのヴィクトリア朝の家父長制社会で理想とされていた家庭そのものなのである．

『ジェイン・エア』は，このように，ハーシュのファミリー・ロマンスの「修正＝女性モデル」を模倣しつつ，その矛盾点を露呈させ，批評それ自体自己解体してしまう物語テクストと読まれ得るのである．

III

ジェイン・エアの物語がシャーロットの自伝的物語でもあると言われていることは先に述べたが，それはシャーロットが単に女性が真に自立するために経済的自立が不可欠な条件であると考えていた[10]とか，また英語教師の職に就いていたという伝記的事実からだけではない．シャーロットはジェイン・エアという人物が生まれた経緯について次のように述べている．

> 「…『あなたたちが間違っていることを証明しましょう．私と同じように不器量でちっぽけな女主人公が，あなたたちの女主人公と同じように，興味ある人物になることをお見せしよう』と．こうして『ジェイン・エア』が生まれました．と彼女（シャーロット）はその逸話を語った時に言った．『しかし，それ以上の点ではジェインは私自身ではありません』…」[11]

確かにシャーロットが経験したことや考えていたことが作品の主人公を通じて提示されてはいるが，厳密な意味で自伝的物語という訳ではなく，いわば他者の自伝物語という形を借りて，自己の願望を成就しようというものである．[12]「書く」という行為がジェインにあることは明らかであるが，ファミリー・ロマンスという幻想は，書くという労働によって成り上がることでもある．それは当時の男性中心の文学界にあって女性作家が男性作家と対等になろうとする，つまりジェインが想像行為により自らの物語を構築する様は，[13]作家としての地位を認められず，マイナーな存在としてしか扱われないヴィクトリア朝女性作家の「書く主体」としてのアイデンティティを確立しようとするメタフィクションであると言えよう．

『ジェイン・エア』の物語は当初カラー・ベルという名前で出版した．

それは女性作家は偏見の目で見られがちだということと，女性名で出版した時の不利益を考慮してのことであった．[14]このカラー・ベルという男性名とも女性名ともつかぬ名前は論争を巻き起こし，イギリス読者界は性別不明の作者を見つけだそうと大騒ぎになった．最終的に『ジェイン・エア』の作者が女性であると判明したとたん，売れ行きが大幅に落ち込むことになっただけではなく，批評家たちの論調も一変してしまった．[15]この有様を見ていたメアリ・アン・エヴァンスがジョージ・エリオットという男性名で『アダム・ビード』を出版したのは1859年のことである．こうした一連の事象が示す事柄は，ジェイン・エアの生涯の物語が男性側から見た物語とも女性側から見た物語の両側面の読みを可能にさせていると言える．シャーロット自身G. H. ルイスに宛てた手紙で，文章が女らしく書いたつもりはないと明言しているし，[16]またヴァージニア・ウルフもシャーロットの文章の男性的な側面を批判してもいる．[17]

『ジェイン・エア』という物語テクストは，作者シャーロットの成り上がる欲望を充足させようとするメタフィクションであっただけでなく，両性側からの肯定的な読みを誘発させるがために，女性として経済的にも精神的にも自立したはずのジェインが最終的にはヴィクトリア朝の家父長制の枠組みの中に収束されることで，「修正＝見直し」をするフェミニズム批評に依拠する女性版ファミリー・ロマンスが自己解体してしまうメタ批評，つまり二重のメタテクストとして読まれ得ると言えるだろう．ファミリー・ロマンスの「修正＝女性モデル」が男性モデルに依存せざるを得ないように，フェミニズム批評も男性批評理論を拠り所に「修正＝見直し」をしている限り，男性中心の理論から脱却できないことを『ジェイン・エア』は物語っていると共に，フェミニズムなどというものがまだ市民権を得てなかった時代に，それが文筆家としてシャーロットが成し得た男性中心主義への抵抗の限界だったのかも知れない．

注

[1] 『ジェイン・エア』からの引用はすべてCharlotte Brontë, *Jane Eyre* (1847; New York: W. W. Norton, 1987)に拠る（邦訳『ジェイン・エア』（小池滋訳），ブロンテ全集2，みすず書房）．

2　Virginia Woolf, 'Jane Eyre and Wuthering Heights,' *The Common Reader* (New York: Harcourt, Brace, Jovanovich, 1925); Adrienne Rich, 'Jane Eyre: The Temptations of a Motherless Woman', *Ms*. October 1973; Elaine Showalter, 'Feminine Heroines: Charlotte Brontë and George Eliot,' *A Literature of Their Own* (Princeton: Princeton University Press, 1977); Sandra M. Gilbert and Susan Gubar, 'A Dialogue of Self and Soul: Plain Jane's Progress,' *The Madwoman in the Attic: The Woman Writer and the Nineteenth-Century Literary Imagination* (New Haven: Yale University Press, 1979)

3　Sandra M. Gilbert and Susan Gubar, p.336.

4　Sigmund Freud, 'Family Romances,' *The Standard Edition of the Complete Psychological Works of Sigmund Freud* 24vols (The Hogarth Press and Institute of Psychoanalysis, 1953), IX, pp.236-41.

5　Marthe Robert, *Roman des origines et origines du roman* (Paris: Grasset, 1972). (マルト・ロベール，『起源の小説と小説の起源』 岩崎・西永訳，1975年 河出書房新社).「捨て子プロット」とは，成長過程において，両親の中に自分に対する愛情と注意が離れていくのを知った子供は，両親から離れたいという欲望を抱き，自分はもっと高貴な両親の「捨て子」だと想像することにより，過去の記憶に残された「失われた楽園」を取り戻し，全幅の信頼を寄せていたときの両親との同一化を企てようとするものである．この「捨て子プロット」に対して，「私生児プロット」の方は，性に対する差異に関連して，母親はいかなる場合も「確実」(certissima)であるが，父親の方は「常に不確実」(semper incertus)であることを認識した子供は，父の不在と母親が内緒で不貞を働いたという幻想を抱き，自分は不義の子であると想像する．その結果，自己の出生の起源を変更しようとする欲望は，不在である高貴な父親へと向けることとなる．ただし，ここでの父とは別のシニフィアンの代わりにやってくるシニフィアンのことであり，置き換えがいわば想像領域で行われるため，その構造は象徴的性格を帯びることになる．

6　Marianne Hirsch, 'Jane's Family Romances,' *Borderwork: Feminist Engagements with Comparative Literature* Ed. By Margaret R. Higonnet (Ithaca: Cornell University Press, 1994), p.168.

7　*The Madwoman in the Attic: The Woman Writer and the Nineteenth-Century Literary Imagination*及びElaine Showalter, 'The Feminist Critical Revolution', *The New Feminist Criticism: Essays on Women, Literature, and Theory* (London: Virago Press, 1986)を参照．ヴィクトリア朝を代表する男性作家のチャールズ・ディケンズの小説群の主要な女性の登場人物たちは，大方こうしたタイプに二分されていると言えるであろう．

8　Hirsch, p. 183.ジェインは物語の中で3度夢を見るが（21章と25章），いづれも赤ん坊を腕に抱いている夢で，将来の予兆となっている．

9　Hirsch, p. 183.

10 シャーロット・ブロンテが描く他のヒロインたちが経済的に自立した上で結婚しているのはそのためである．
11 Elizabeth C. Gaskell, *The Life of Charlotte Brontë* (London: Oxford University Press, 1961(1857), p. 254. （邦訳『シャーロット・ブロンテの生涯』（和知訳），山口書店）
12 シャーロットに文学的成功の願望があったことについてはギャスケル夫人の伝記からも明らかである．Elizabeth C. Gaskell, p.195を参照．
13 ジェインは物語の主人公でもあり語り手でもあるので，原則として物語る私が当人しか分からないはずの第三者の心の中を直接話法で語ることはできないはずである．しかし，ジェインはロチェスター心の中を語ったりしているのである．例えば，次のロチェスターの言説に見られる括弧で括られている部分などがその一例である．

> 「おや，驚いた！あなたはかなり変わった人だなあ．前に両手を組んで坐って，視線をカーペットに落としている時には（例えば今さっきのように，わたしを穴のあくほど見つめている時は別として），おとなしく，真面目くさって，まるで小さな尼さんみたいなのに，他人から質問されると，あるいは他人の意見に返事を強いられると，ぴしゃりと言い返す．乱暴な，とは言わぬが，少なくとも素っ気なく言い返すのだ．こりゃ，いったい，どういうことだ」(115)

この他にも多数見受けられるが，これは虚構の人物ジェインの書くという行為が自分の生涯を物語に綴ったというのではなく，虚構として物語を構築するものであったことを示してもいるのである．

14 Elizabeth C. Gaskell, p. 235.
15 Gordon S. Haight, *George Eliot: A Biography* (London: Oxford University Press, 1968), p. 268.
16 Elizabeth C. Gaskell, p.331.
17 Virginia Woolf, *A Room of One's Own* (1929; London: The Hogarth Press, 1967), p. 115.

T. S. Eliot and Sir John Davies

Shunichi Takayanagi

Sir John Davies (1569-1626) was a successful lawyer. When he accompanied Lord Hunsdon to the Scottish court to bring the news of Queen Elizabeth's death, 1603, James was well pleased to hear that Davies was the poet whom he had known as the author of *Nosce Teipsum*, and showed a special favor soon after by appointing him his solicitor and attorney-general in Ireland. He was about to become Lord Chief Justice, when he died. His funeral sermon was preached by John Donne (Krueger, xlvii).

T. S. Eliot's "Sir John Davies " is a curious piece in the Eliotic prose canon (*OPP*, 132-138) . It was written in 1926 by the rising new poet for *Times Literary Supplement*, 1294 (18 November) . Eliot was a regular reviewer for *TLS* in this period, and in this year alone produced thirteen reviews for this highly estimated literary weekly, simultaneously reviewing for *Nation and Athenaeum*. Moreover, *The Criterion* edited by himself was now in full swing as "The New Criterion", and he also wrote a quite number of reviews. Thus this was a rather significant period for us to know Eliot's literary activities in a larger context. When we think of the fact "Lancelot Andrewes" now in *Selected Essays* (1932) first appeared in *TLS* this year, we must say that "Sir John Davies" made a belated public debut among essays in *On Poetry and Poets*, 1957, most of which were originally public lectures in the nineteen-forties(the latest two essays in 1951) . Eliot himself admits the essay's exceptional nature at the outset in his preface, and attributes this exceptional inculsion of the essay to John Hayward's recommendation. So "Sir John Davies", a product of Eliot's earlier literary activities, was "rescued from oblivion" (*OPP*. 11, n. 1).

Yet the essay is also a curious, puzzling piece in the context of the particular issue of *TLS*. *TLS* is a book-review weekly which largely caters to the intellectual readership with informations as well as evaluations of newly published books, and only occasionally carries a feature article on the first page, as it was the case with Eliot's "Andrew Marvell" and "Lancelot Andrewes". If we check *TLS* 18 November number, we discover that it is neither a feature article nor a review of a new collection of the seventeenth-century lawyer / poet or a critical study on him. As it stands on the particular page it occupies the first and middle columns with the third column occupied by another review: "The Plays of Gogol" on a new translation of the Russian playwright's works. One would receive a peculiar impression that Eliot's article is therefore a genuine essay, and a number of questions occur in one's mind: — for instance, what was the occasion or motivation for Eliot to write this essay? ; or when and where had he an access to Sir John Davies's poems? At any rate Sir John Davies's name appears only once afterwards in "Seneca in Elizabethan Translations," which appeared orignally as an introduction to *Seneca His Tenne Tragedies,* a sixteenth-century English translation, 1927, and later adopted in *SE*. Both Ackroyd and Gordon do not enlighten us on these points.

Eliot defines minor poetry as "the kind of poems that we only read in anthologies" ("What is Minor Poetry?", *OPP*, 39). Sir John Davies's poems or excerpts are to be found in anthologies. We know that Eliot abandoned the idea of writing a substantial book on the seventeenth-century and eighteenth-century poetry, but instead published *Homage to John Dryden*, a slender pamphlet composed of "Lancelot Andrewes," "Andrew Marvell," and "John Dryden". Although he remarked there that the minor poets of these periods possess "an elegance and dignity" (*HJD*, 197) absent from the Romantics, Eliot's interest in Elizabethan / Jacobean drama and Metaphysical poets appears not easily to be connected with a type of poetry like Sir John Davies's, as he himself says the lawyer / poet was "out of his place in his own age" (*OPP*, 132). Robert Krueger's critical edition of Sir John Davies's poems was brought out in 1975, almost thirteen years after Eliot's death. Sir John Davies's poems must have been popular, but must have been circulated in manuscripts.[1] The only complete edition of his poems was published in two volumes by Alexander B. Grosart [2] in 1876.

If we presuppose that Eliot acquainted himself in the British Museum with the entire poems of Sir John Davies to write his essay, we would come down to the conclusion that Grosart's edition is the sole possibility. But there seems to be no particularly strong reason for Eliot to pick up this work. It is highly implausible that any person hits upon a book accidentally and writes an essay afterwards, unless he is extremely impressed. Moreover, there seems to have been no attempt to revive Sir John Davies around 1926 like Andrew Marvell's case in 1921 for the occasion of which Eliot contributed his celebrated Marvell essay.[3] Beyond the fact that Eliot's Davies essay stands there on the 18 November number of 1926, we know nothing about the circumstances about this essay, unable to decide if he had been asked to write on Davies by *TLS* or he brought the idea to its editor and it was accepted.[4]

We have intimated above that Krueger's idea of a critical edition of Sir John Davies's poems which he could bring out in 1975 may have been conceived by Eliot's essay either in its original *TLS* form or in *On Poetry and Poets*, 1957, although he is critical of Eliot's attribution to Davies of the gift "for turning thought into feeling" (li). There had sporadically appeared critical pieces on Davies or references to him in books on English poetry from the late nineteenth century to the early twentieth century. But the "Daviesiana" after 1926 are always even remotely inspired by Eliot's essay.

We know E. M. W. Tillyard's enthusiasm for Eliot's poetry and criticism.[5] Tillyard uses Davies to illustrate the Elizabethan sense of order in *The Elizabethan World Picture*, 1943. Krueger is critical of Tillyard as a typical recent critic, although "he saw Davies correctly as a minor poet who reflects his age as great poets never do" (xlviii). Tillyard's use of Davies in his book is centered on *Orchestra*. Krueger's quarrel with Tillyard is that the latter took Davies's *Orchestra* too seriously as a major poem representing the Elizabethan spirit.

In this regard Krueger should have noticed *Silver Poets of the Sixteenth Century*, 1947, which contains *Orchestra, Nosce Teipsum*, and sonnets and other poems, where Gerald Bullett, the editor, summarizes Davies's thought on the basis of Tillyard's book:

> It was expressed in three figures: as a chain of being linking all created things to the Creator (hence degree), as a cosmic dance (hence order, harmony), and a set of correspondences between higher and lower, macrocosm and microcosm. (xvi)

Eliot remarks by way of assessment of Davies's poetic work as follows, and empasizes that he is by no means to be relegated to the status of minor poets:

> Davies's shorter poems are usually graceful and occasionally lovely, but they are so completely eclipsed even by the modest reputation of *Nosce Teipsum* and *Orchestra* that they are never chosen as anthology pieces. *Nosce Teipsum*, by its gnomic utterance and its self-contained quatrains, lends itself to mutilation: but a stanza or two is all that has been anthologized. . . . Davies is a poet of fine lines, but he is more than that. He is not one of that second rank of poets who, here and there, echo the notes of the great. (132-3)

In many ways Bullett's small anthology is rather unique in that he adopts Davies's long poems in it. Bullett includes only five poets, and together with Sir John Davies, Sir Thomas Wyatt, Henry Howard, Earl of Surrey, Sir Philip Sidney, and Sir Walter Ralegh are included in his small anthology. Ostensibly arraying these dazzling Elizabethan figures with Davies, he probably intends to underline his thesis that "the notion that the Elizabethans lived in a new mental world, completely or almost completely emancipated from mediaevalism [is] untenable" (xv) . Bullett's thesis, as we saw, is based on Tillyard's findings:

> we have been too much dazzled by the brilliant externals of the age to give due attention to its seriousness, its concern with theology, its unquestioning fidelity to ideas which to us may seem ingenuous or arbitrary or merely fantastic but to the Elizabethans were familiar and even commonplace. (xvi)

Bullett is clearly inspired in his high regard for Davies's medieval mind by Tillyard who makes profuse references to Davies in his classical study. Our thesis is that such a high estimate of the lawyer / poet derives ultimately from Eliot's essay. A. B. Grosart, the first editor of Davies's poems, gave the highest praise to *Nosce Teipsum* rather than to *Orchestra*, but Bullett as well as Krueger seems to prefer the latter as a sophisticated, pleasurable poem. Krueger's complaint is that Tillyard treats the latter poem as if it were "a serious exposition of the concept of order" (xlviii) . But both agree on the charms of plain philosophical *Nosce Teipsum.*

Northrop Frye seems to have been the only critic, who pointed out Eliot's debt to Davies's *Orchestra* in "Burnt Norton" (162), and for him *Orchestra* is a "great Elizabethan poem" (224). If we speak of the poem's influence on *Four Quartets*, we cannot omit the dance motif at the beginning of "East Coker". But it might be interesting that for all such preferences of *Orchestra* to *Nosce Teipsum,* Eliot's almost exclusive concern in his essay is with the philosophical poem, which is "a long discussion in verse of the nature of the soul and its relation to the body" (133) .

"Sir John Davies" rather revealingly indicates, it seems, shift in Eliot's taste and poetic method, which long after the essay culminate in the plain doctrinal statement or reflective, meditative stance of *Four Quartets.* For us Frye is right, if he is speaking of Davies's influence on *Four Quartets* in general. *Four Quartets* was severely castigated by young contemporary critics for its unabashed prosaic quality, which reveals the dwindling of Eliot's creative power.[6] On the other hand, Eliot in 1926, after finishing *The Waste Land*, one year before his Anglican conversion, was surely searching for new religious orientation, new realm of poetic expression, and new poetic style. So for that matter Eliot already wrote to Richard Aldington on 15 November, 1922: "As for *The Waste Land,* that is a thing of the past so far as I am concerned and I am looking toward a new form and style" (*Letters* 1, 596). *Ash-Wednesday* is indeed the first poetic expression of such a nature; it is meditative, but in a sense in which the poet reflects on his past inner life experience in a liturgical framework of the church, and thus he does not come out with clarity characteristic of doctrinal, philosophical statements.

In some way "Sir John Davies" appears to have already anticipated and answered the critics of *Four Quartets*:

> But the mastery of workmanship of *Nosce Teipsum* and its beauty are not to be appreciated by means of scattered quotations. Its effect is cumulative. Davies chose a difficult stanza, one in which it is impossible to avoid monotony. He embellishes it with

> none of the flowers of conceit of his own age or the next, and he has none of the antitheses or verbal wit with which the Augustans sustain their periods. His vocabulary is clear, choice and precise. His thought is, for an Elizabethan poet, amazingly coherent; there is nothing that is irrelevant to his main argument, no excursions or flights. . . . The style appears plain, even bald, yet Davies's personal cadence is always there. Many critics have remarked the condensation of thought, the economy of language, and the consistency of excellence; but some have fallen into the error of supposing that Davies's merit is of prose. (135)

Eliot's estimate of Davies's philosophical thought is realistic. But he says that Davies "thinks like a scholastic," and compared with the senecal, oratorical Daniel and Grenville: "Davies's is the language and the tone of solitary meditation; he speaks like a man reasoning with himself in solitude, and he never raises his voice" (136). When Eliot compares Davies with Donne, we may recall his comparative study of Lancelot Andrewes with Donne ("Lancelot Andrewes," *SE,* 352-353) :

> Davies is much more medieval; his capacity for belief is greater. He has but one idea, which he pursues in all seriousness — a kind of seriousness rare in his age. Thought is not exploited for the sake of feeling, it is pursued for its own sake; and the feeling is a kind of by-product, though a by-product worth far more than the thought. The effect of the sequence of the poem is not to diversify or embellish the feeling: it is wholly to intensify. The variation is in the metrics. (136)

Krueger suggests possible influence of Davies on Arnold's "Dover Beach", and says: "Arnold uses *Orchestra* as a reflection of a faith; by implication he too sees Davies as a representative of his age. This is a fundamental truth: Davies's poems will never again be read for edification, nor spontaneously for pleasure" (lxvii). But Davies according to this essay of Eliot's is obviously no minor poet: whether he has succeeded in elevating Davies to the rank of major poets is another question. Though Eliot thinks Davies can never be compared with "a vastly greater poet", Dante, he concludes that those who appreciate Dante would be able to "extract considerable pleasure from *Nosce Teipsum*" (137).

When "Sir John Davies" appeared in *TLS* in November, 1926, Eliot had finished his Clark Lectures at Corpus Christi, Cambridge. In summer, 1925, he had concentrated on reading scholastic philosophy as a preparation for the Clark Lectures (Ackroyd, 154). If we read this essay in this immediate perspective along with the larger one of gradual transformation in his ideas, taste, and poetic way towards the composition of *Four Quartets*, we would be able to recognize its significance. Based on the idea in *Three Philosophical Poets* by Santayana, his Harvard teacher, Eliot starts the Clark Lectures by defining philosophical poetry, and calls Dante "the great exemplar of philosophical poetry" (56).

To Santayana, Lucretius, Dante, and Goethe are the three philosophical poets. Eliot here prefers this term to what he calls a misnomer: "metaphysical" : "It is clear that for Mr. Santayana a philosophical poet is one with a scheme in verse, and essays to realise his conception of man's part and place in the universe" (48) . Eliot goes on to say: "As a philosopher, he is more interested in poetical philosophy than in philosophical poetry". Nevertheless, in Eliot's view, both he and Santayana have "a prejudice in favour of the clear and distinct" (49). Contrasted with Sanatayana's emphasis on philosophy, Eliot's, as he says, is on poetry: "It is a function of poetry to fix and make more conscious and precise emotions and feelings in which most people participate in their own experience, and draw within the orbit of feeling and sense what had existed in thought" (51).

But the problem with Eliot is how thought becomes poetry, and here we seem to have the reason why he has such a high regard to Davies. Eliot names three types: "when a commonplace thought is expressed in poetic form," "the discursive exposition of an argument", and "that which occurs when an idea . . . is translated in sensible form" (53). The highest type is the third type, which aproaches mystical experience, and is to be found in Dante, but the second type at its highest is also to be found in Dante "in the passages in the *Purgatorio* expounding the Thomist-Aristotelian theory of the origin and development of the soul" (53). Eliot adds: "immense technical skill is necessary to make such discourse fly, and great emotional intensity is necessary to make it soar" (53) .

For Eliot "Davies had not a philosophical mind: he was primarily a poet, but with a gift for philosophical exposition" (*OPP*, 135). If *Nosce Teipsum* is an excellent poetic exposition of the theory of body and soul, it reminds Eliot of those passages in the *Purgatorio*. Of course, Eliot regards Dante's exposition as "infinitely more substantial and subtle" (*OPP*, 137).

"Sir John Davies" is a literary essay. But in this rather short essay, Eliot spends a considerable portion for discussion on a philosophical problem on Davies's idea of the soul's relation with the body. A Harvard philosophy student that he was, Eliot seems to be particularly interested in the theory of knowledge, which in the human being presupposes the union of soul and body. There is an obvious hint in Eliot's essay which indicates his knowledge of Aristotelian and Scholastic philosophies.

In his essay Eliot quotes from Henry Hallam[7], who had seemingly to Eliot emphasized Davies's strength in prose. If he used Grosart's edition to write this essay, Eliot would have been influenced by the nineteenth-century editor who had put *Nosce Teipsum* higher than *Orchestra*. But a question remains as to how Eliot came to have such a gripping interest in Davies, and where he discovered and started to appreciate Davies's poems, especially *Nosce Teipsum*.

With his philosophical background it is easily understandable that Eliot's preference tends to *Nosce Teipsum* once he has concentrated on Davies's poems. I rather suspect if Eliot might have come across E. Hershey Sneath's book, *Philosophy in Poetry: A Study of Sir John Davies's Poem "Nosce Teipsum"*, 1903[8] in his Harvard days, which had awakened his first taste in the lawyer / poet. Krueger does not mention this book, but it is a philosophical treatment of the poem's content. Sneath remarks at the outset: "Sir John Davies's philosophical poem, *Nosce Teipsum*, is regarded by competent critics one of the finest pieces of philosophical verse in the English language. It is really a masterpiece of metrical philosophy. It is also of importance as furnishing an insight into psychology and philosophy of the period immediately preceding the birth of modern philosophy" (vii).

Eliot studied at Harvard from 1906 to 1914 making one-year studies abroad in France in 1910.[9] Thus it is probable that he read Sneath's book, which had been in Harvard library. Interestingly enough, Sneath's book has the whole poem of *Nosce Teipsum* at the end as an appendix. In view of difficult availability of Davies's poems, this might be Eliot's first acquaintance with the text of *Nosce Teipusum*. Sneath cites a number of the authors who had praised Davies's literary qualities and his philosophy, among whom we find Henry Hallam. On philosophical poetry, Sneath proposes:

> But all philosophical poetry is not of the intuitive order. There are poetic minds which, in their pursuit of ultimate Truth and Reality, proceed by the ordinary method of philosophy — minds that really philosophize — that move by the slow, careful, and toilsome processes of reasoning to the attainment of knowledge; and having reached conclusions by such methods, these are embodied in verse. These minds are strictly speaking, the philosophical poets. (6)

Sneath alludes to Thomas Campbell[10] who says:

> Davies's poem [*Nosce Teipsum*] will convey a much more favourable idea of metaphysical poetry than the wittiest effusions of Donne and his followers. . . . There is this diference, however, between Davies and the commonly styled metaphysical poets, that he argues like a hard thinker, and they, for the most part, like madmen. (11-13)

For Sneath Davies's theory of soul and body is an admirable synthesis of Aristotle, Nemesius, Augustine, and Calvin; he emphasizes the Fall in explaining the present state of imperfection, whereas, though Eliot does not delve this point, it is well known that he emphasizes the original sin. Grosart mentions Nemesius in his edition of Davies's poems (vol.1 "Memorial-Introduction", lxi–lxv). Nemesius of Emesa (c. 390-400) is known as having written the first Christian psychological synthesis on the relation of soul and body. Eliot's judgement on Davies's philosophy is contrastive to Sneath's view. But it seems that we may perhaps at least better understand Eliot's remark by contrasting it with Sneath's.

Notes

[1] The popularity of Davies's poems, especially *Nosce Teipsum* is attested by numerous 17th, 18th, and 19th printed editions in the holdings of the British Library and other libraries.

[2] Grosart (1827-1899) is a nineteenth-century scholar, who edited the poems of a host of

Elizabethan and Jacobean poets including Fletcher, Beaumont, Marston, and George Herbert.

[3] Eliot's "Andrew Marvell" originally published in *TLS*, 20 October, 1921 was included seven months later in *Andrew Marvell 1621-1678: Tercentenary Tributes*, edited by William H. Baggley, City Librarian of Hull published by Oxford University Press.

[4] Eliot was a good friend of Bruce Richmond, Editor of *TLS*, to whom he initially proposed to review studies on Elizabethan and Jacobean drama (Ackroyd, 97).

[5] *VMP*, 11-12.

Many younger poets and critics saw decline of Eliot's creative power in *Four Quartets*. See, e. g. Davie and Hough, 199.

[6] Hallam (1777-1895) was a historian and father of Arthur Hallam of Tennyson's *In Memoriam*.

[7] Sneath (1857-1935) was a theology professor; he wrote also *The Mind of Tennyson: his Thoughts on God, Freedom, and Immortality* (New York: Scribners, 1900) .

[8] Eliot took courses "Comparative Literature 6a / b" which was on the literary history of England and its relations to that of the Continent to Elizabeth, and "Comparative Literature 7" on tendencies of European Literature in the Renaissance, 1908-9 at Harvard (Jain, 253) . It may be probable that he read Hallam's very popular book, as he quotes from this book in his essay.

[9] Campbell (1777-1844) was an immensely popular poet in his own day.

Abbreviations

CPP	*Complete Poems and Plays* (London: Faber and Faber, 1969)
Letters 1	*The Letters of T. S. Eliot*, vol. 1 edited by Valerie Eliot (London: Faber and Faber, 1988)
HJD	*Homage to John Dryden: Three Essays on Poetry of the Seventeenth Century* (London: The Hogarth Press, 1924)
OPP	*On Poetry and Poets* (London: Faber and Faber, 1957)
SE	*Selected Essays* (London: Faber and Faber, 1951)
VMP	*The Varieties of Metaphysical Poetry* (London: Faber and Faber, 1993)

Works Cited

Ackroyd, Peter, Campbell, Thomas, Bullett, Gerald, ed. *Silver Poets of the Sixteenth century with an Introduction*. London: Dent, 1947.

Campbell, Thomas. *Specimens of the British Poets: with Biographical Notices, and an Essay on English Poetry*. 7 vols. London: John Murray, 1819.

Davie, Donald. "Eliot in One Poet's Life," in A. D. Moody, ed., *The Waste Land in Different*

Voices. London: Edward Arnold, 1974. 221-237.

Frye, Northrop. *Myth and Metaphor: Selected Essays*. Ed. Robert Denham. Charlottenville and London: University Press of Virginia, 1990.

Gordon, Lyndall. *T. S. Eliot: An Imperfect Life*. London: Randam House, 1998.

Grosart, Alexander Balloch. *The Complete Poems of Sir John Davies*. 2vols. London: Chatto and Windus, 1876.

Hallam, Henry. *Introduction to the Literature of Europe in the Fifteenth, Sixteenth, and Seventeenth Centuries*. 4 vols. John Murray, 1837-1839.

Hough, Graham. "Vision and Doctrine in *Four Quartets*, *Selected Essays*. Cambridge: Cambridge University Press, 1978. 173-216

Krueger, Robert ed. *The Poems of Sir John Davies with Introduction and Commentary by the Editor and Ruby Nemser*. Oxford: The Clarendon Press, 1975.

Jain, Manju. *T. S. Eliot and American Philosophy: The Harvard Years*. Cambridge: Cambridge University Press, 1992.

Sneath, E. Hershey. *Philosophy in Poetry: A Study of Sir John Davies's Poem "Nosce Teipsum"*

Tillyard, E. M. W. *The Elizabethan World Picture*. London: Chatto and Windus, 1943; here, Harmondsworth, Middlesex, 1963.

「閉ざされた世界」から「開かれた世界」へ
——T. S. Eliot の場合——※

村　田　俊　一

序

　T. S. エリオットは，「批評の機能」("The Function of Criticism") の中で，ジョン・ミドルトン・マリ(John Middleton Murry) がカトリック教を定義するときに使った「個人」(individual)の「外」という言葉に関して，「『内』(within)と『外』(outside)という言葉はいくらでもごまかして言い逃れをする言葉である」¹と言っている．これと同じように本稿で論じようとする「『閉ざされた世界』から『開かれた世界』へ」というテーマに見られる「閉ざされた」とか「開かれた」という言葉の概念も曖昧で，これらの言葉を截然と区別することは難しいようである．実際，この問題はいろいろな立場からそれぞれに論じられている．たとえば，アレキザンダー・コイレは，科学思想および哲学思想の立場から，コスモスの解体と宇宙の無限化へという形で論じている．² マジョリー・ホープ・ニコルソンは『円環の破壊』の中で，「円環」のイメジは調和と秩序と分限であるとする中世的な観念を根底に据えて，この「円環」の観念が破壊され，世界を包んでいるはずの城壁が消え去りはじめたときの，人々の懐疑と困惑を17世紀のジョン・ダンを中心とする形而上詩人，その他の文筆家達の作品に辿っている．³ このように本稿のテーマは思想史的な流れの中でも捉えることが出来る．そして，ニコルソンは円環を基本とする世界観の中心的な思想としての「照応」(Correspondence) の概念，つまり，宇宙，地球，そして人間という三つの世界の間に昔の人々が想定していた類似性をあげているが，これはエリオットにとっても全く無縁な存在ではなく，『四つの四重奏』(*Four Quartets*) の「バーント・ノートン」("Burnt Norton") 第II楽章の中で「動脈

を流れる舞踏／リンパ液の循環は／星々の成り行きにかたどられ」(The dance along the artery /The circulation of the lymph / Are figured in the drift of stars)と歌われている．このイメジに関して，ジョージ・ウィリアムソンは「マイクロコズムとマクロコズムとの照応関係において示されたこれらの対立物は，車軸の中心によって二つの領域が和解される」[4]と言って車軸に神概念を包含させている．エリオットの作品に散見される「円環」のイメジは，この小論でゆくゆく理解されることと思うが，破壊されて行くのではなく，むしろ神の原型があるとする伝統的な「円環」のイメジに回帰して「開かれて」行くのである．この辺は後で詳しく論じることとして，このような中世的な世界観，あるいは「円環」のイメジは，マイクロコズムという形で英文学の中でその系譜を辿ることが出来る．例えばダンの「内向的逃避的性向」や「一」に向かう姿勢を作り上げている「一つの小さな世界」，更にマーヴェルの「閉ざされた庭」などは典型的なもので，これらの表象はエリオットの「J. アルフレッド・プルーフロックの恋歌」("The Love Song of J. Alfred Prufrock")をはじめ，彼の詩作品に窺い知ることが出来る．また，エリオッが興味を持っていた18世紀のスウィフトは[5]『桶物語』で「マイクロ・コート」という言葉を用いて17世紀の「マイクロコズム」に対するすばらしいパロディを書いた．[6]またフーコー(M. Foucault)の『偉大なる監禁』からヒントを得たW. B. カーノカンの『監禁と飛翔』などは，スウィフト，ジョンソン，リチャードソン，そしてスターンなどを監禁と飛翔という視点から解釈し，秩序と優雅が尊ばれた18世紀英文学の中に密室の恐怖と不安を見抜いたものである．[7]このような密室の恐怖は，エリオットの『スウィニー・アゴニスティーズ』の最後に見られるコーラスでは「フーハー」(the Hoo-ha)に脅かされる恐怖へとなって歌われている．[8]また時代を下って，ブレイク，テニソンに見られる一個の世界となるような一粒の砂，野の花の中に天国を見る人間精神には，密室の恐怖とは全く正反対の，精神の拡大であるロマンティシズムがある．またエリオットが若い時代にF. H. ブラッドレーとの関係で興味を示したライプニッツのモナドなどは一つのマイクロコズムではなかったのではなかろうか．このようにマイクロコズムは，時代の流れ，またその視点によって，その意味合いは違ってくるが，小論では，以上のようなことを念頭に置きながら，エリオットの「閉ざされた世界」の内部構造に焦点をあて，どのような経緯を辿って「開かれた世界」へ脱皮して行ったのかということを，

彼の詩作品の背後にある考え方を踏まえながら考察して行きたい．

I

エリオットの「閉ざされた世界」を考えるに当たって，先ず1917年に出版された「J. アルフレッド・プルーフロックの恋歌」を取り上げてみたい．この詩に付けられたエピグラフは，ダンテの『神曲』「地獄篇」第27歌から引用されたもので，欺瞞の罪によって地獄に堕ち，一つの焔に閉じこめられているグイード・ダ・モンテフェルトロ(Guido de Montefeltro)が，ダンテに出自と名前を尋ねられて答えるところである．彼はダンテも自分と同様に地獄の圏内の住民であるから再び生き返って地上に戻ることはないのだから，あなたにお話しても恥をかくことはあるまいという意味のことを述べる．このエピグラフのモンテフェルトロは，ベルグソン流に言うなら，プルーフロックが，客間の婦人の誰かに求愛することに対して，優柔不断な態度を取っている「表層的自我」の下に潜んでいるもう一つの閉ざされた自己の現れと言えるだろう．[9] プルーフロックにとって求愛は閉ざされた地下の世界から地上に出て一波乱起こすのに等しいのである．つまり，プルーフロックと婦人達は，それぞれの意識の領域に留まり続け，お互いに共通の領域が見出だされてはいない．[10] このような空間的，心理的に「閉ざされた世界」は，ベルグソン哲学の「自我」，そして「記憶」の痕跡を留めながら，[11] その他，エリオットの初期の詩作品を検討して行くならいろいろなところに見出だされることと思う．ところで，今，垣間見た作品「J. アルフレッド・プルーフロックの恋歌」の主人公プルーフロックを エリオット自身と見ることにはいろいろ問題があるが，エリオット研究の動向を見るなら，彼の作品を「客観的相関物」(objective correlative) の権化のように考えるのではなく，個人的な内面状態と密接に係わっていると指摘する傾向がある．つまり，エリオットの作品の世界は 彼自身の内面の世界であり，この中から エリオットの初期の詩が形をとって表れた言うことが出来るかも知れない．A. D. ムーディーは，このような見方に立って『荒地』(The Waste Land) は「本気で原始的な豊穣神話を援用しているとか，長い間説得力を持つと思われてきたそうした説明は，もはや現実の経験と一致しなくなっているように思われる」と述べ，今後の批評の観点は，ますます「深い個人的感情の要素」(the element of deep personal emotion)[12] に集中するようになるだろうと付け加えている．リンダル・ゴードン女史は

『荒地』を当時のエリオットの直接的表現ではないにしても，最も個人的な状況を反映した詩とみなしている。[13]ナンシー K. ギッシュは，このような考え方を引き継ぎ，エリオットが『荒地』の自注で指摘しているウエストン女史 (J. C. Weston) の『祭祀からロマンスへ』(*From Ritual to Romance*) に依存する解釈法は，全体的意味や構成やイメジャリーのパターンを知る手がかりにはなるが，エリオットはそれらをはるかに限定して使っていると述べている。[14]ギッシュ女史によるなら「『死者の埋葬』は，…恐らく最もたやすくウェストンの図式に同化できるものであろうが，それらは…地獄と結びついておりもっぱら荒廃した国土と結びつくのではなく，個人的恐怖や不能や罪の意識と結びついている」ものなのである。[15]ジェイムズ E. ミラーは，ジョン・ピーター (J. Peter) の「『荒地』の新しい解釈」("A New Interpretation of *The Waste Land*" [*Essays in Criticism* 2 (July,1952)])を手がかりとして，もっと私生活に密着した『T. S. エリオットの私的荒地』の中で，『プルーフロックとその他の観察』の献辞に現れるエリオットの友人ジャーン・ヴェルドナール (Jean Verdenal) との関係，またエリオットとヴィヴィアンとの結婚生活の実態，そうしたものについての調査に基づき，ファクシミリー版を援用しながら，私的動機の面から『荒地』を読み込もうとしたのである。[16]エリオットが『荒地』のファクシミリー版で，この詩は「人生に対する個人的で全く無意味な不満」[17]の表れであると言ったことは，これをそのまま鵜呑みにすることが出来ないとしても，『荒地』作成の私的動機を裏付ける証拠になるのかも知れない．このような研究は，テキストに表現された作者の精神化の外化，ないし現象化を今一度，作者の精神の外化過程へと還元することによって，表現を有機的，統一的意味体系へと再表現することに他ならない．広義の意味で現象学的解釈になっている．個人的な動機をすべて「閉ざされた世界」と見なすことは少しばかり無理があると思うが，少なくとも，以上のようなエリオットの研究動向から考えるなら，「J. アルフレッド・プルーフロックの恋歌」，そして『荒地』の中の人物は，J. コンラッドのクルツ (Kurtz) 同様，自我に閉ざされ，何処にも所属することが出来ない状況にある．それ故，エリオットの『荒地』もまた「閉ざされた世界」と考えざるを得ない．しかし，エリオットの自我の「内」にこもるこの「閉ざされた世界」は，このような彼の個人的な動機からだけ作られるのではなく，彼の『ゲロンチョン』(*Gerontion*)を見るなら，その根底にもっと哲学的認識があることが分かっ

てくる．この詩が設定される場所は地下で，ゲロンチョンに代表される人物は「視覚も嗅覚も聴覚も味覚も触覚も失ってしまった」(I have lost my sight, smell, hearing, taste and touch)と歌われているように，彼自身の自我が外界と遮断された一つの閉鎖された肉体という牢獄なのである．このような人間の精神構造は必然的に観念的構成体になる．そして，観念的構成体や体系が実在的であると強調すればするほど唯我論 (solipsism) に近づいていく．この考え方は，一般に「認識表象論」(representational theory of knowledge)と呼ばれるものであるが，これは，我々は事物そのものを，我々の精神の表象においてでなければ知ることが出来ないというもので，デカルトによってはじめられ，その後，イギリス経験論主義者の根底に内在するものの一つとして見られてきた．[18] エリオットはこのような考え方を『荒地』の中で「私は一度だけ／扉に鍵の廻る音を聞いた」(I have heard the key / Turn in the door once and turn once only)というダンテの『地獄篇』のウゴリーノ伯の言葉の一部を踏まえた「独房」(a prison) のイメジで表している("Waht the Thunder Said", *The Waste Land*, ll.411-416)．エリオットは，ここにF. H. ブラッドレーからの一節――「私の経験は私自身の圏内にあり，これは外部に閉ざされたものである」[19]――を自注に付けている．この考えはウォルター・ペイターなどに見られる「印象批評」の背景になっているもので，[20] まさに主観的観念論 (subjective idealism)と呼ばれるものである．「J. アルフレッド・プルーフロックの恋歌」のエピグラフで歌われているモンテフェルトロ，そして，この詩の中のラザロ (Lazarus)は，地獄とはどんなものかを告げることが出来ても，その経験から外に出てこの地上に帰ることが出来なかった人々のことを言っているのである．この詩のエピグラフのモンテフェルトロがおかれた状況はまさにプルフロックのおかれた状況である．プルーフロックの経験は孤立の地獄である．自我の中への幽閉が，ダンテの地獄である．『荒地』の先ほどの独房のイメジで，ダンテとブラッドレーが結合されていることは偶然のことではない．ダンテの地獄と彼自身の内に閉ざされた経験である「自我」という牢獄がここでは同一視されているのである．『カクテル・パーティー』(*The Cocktail Party*) の主人公エドワード (Edward) に言わせるなら「地獄とは自我のこと，地獄とはひとりぼっちのこと」(Hell is oneself, / Hell is alone [Act One. Scene 3, *The Coctail Party*])なのである．

II

　ところで，この「閉ざされた世界」の中の人間の行動は，『荒地』の「非有の都市」(Uneral City) の群衆の運動に見られるように「環を作って歩き回る」(walking round in a ring, [l.56]) だけある．『一族再会』(*The Family Reunion*) の主人公ハリー (Harry) はこの「閉ざされた世界」の「円環の砂漠」(circular desert [Part II, Scene II, *The Family Reunion*]) の人々の動きを次のように述べている．

> The sudden solitude in a crowded desert
> In a thick smoke, many creature moving
> Without direction, for no direction
> Leads anywhere but round and round in that vapour -
> Without purpose, and without principle of conduct
> In flickering intervals of light and darkness;
>
> 群がる砂漠の中の突然の孤独，
> 濃霧の中で，多くの生き物は動き回る
> あてどもなく，それというのも，どんなあても
> ただ，あのもやの中でぐるぐる回るだけだから
> 目的もなく，行為の原理もなく
> 間隔をおいて光と闇が明滅する中で
>
> 　　　　　　　　Part I, Scene I, *The Family Reunion*

　このような円環運動は，先ほどの「J. アルフレッド・プルーフロックの恋歌」にも見られる．彼の意識は「閉ざされた世界」を堂々めぐりし一つのサイクルを描いている．つまりプルーフロックの憶病と不決断の行動は，この詩に何気なく挿入されている窓ガラスに背中をこすりつけた猫のイメジになぞらえられ，出口を見つけることが出来ずただ「回る」(Curled) 「黄色い濃霧」(the yellow fog) の動きとして捉えられている．意識なり行動が，いたずらに循環するイメジは，エリオットの初期の詩「前奏曲」("Preludes") 第IV部では「世界は回転する／空き地で薪をあつめている老婆のように」(The worlds revolve like ancient women / Gathering fuel in vacant lots)と歌われている．このような宇宙の無意味さ，無目的なメカニズムの中では，世界の回転は消耗の過程である．先ほど見たようにプルーフロックの意識の状態も結局はこれであり，回転だけがあって，それを救済するものがない．そして，この世界は詩劇「『岩』のコーラス」("Choruses from 'The Rock'") に見られるように「配置され形成された星々の不断の

回転」(perpetual revolution of configured stars),「定められた四季の不断の循環」(perpetual recurrence of determined seasons) で，まさにいかなる場所でも，いかなる時間においても，ひとは回転ないし循環運動から逃れられない．この「閉ざされた世界」の中での無為徒労な循環ないし円環運動は，現代の精神的限界状況を示しているもので，まさに『一族再会』の主人公ハリーの「内」で経験される「秩序整然たる宇宙のただ中の一つの孤立した廃虚，その偶然の一切れの屑」(an isolated ruin, / A casual bit of waste in an orderly universe [part II, Scene I, *The Family Reunion*])なのである．この孤立した不安は，パスカル流に言うなら自然的宇宙の中の人間の孤独である（『パンセ』205）．従って，エリオットが自我に引きこもり，内へ，下へと進みその奥底で見た世界は，18世紀に特徴的であった自我の奥底にある精神の拡大とも見られる崇高体験，あるいは果てしない想像力の飛翔をたたえているロマン主義的構造とは少々質を異にしているのである．ノースロップ・フライは内側へ，下方へと向かう比喩的構造をロマン主義の意識構造と結びつけた．[21] つまり，中心に引きこもり自我の意識の奥底を眺めるなら自ずからわき上がる自発的感情，創造的世界が得られるというロマン主義の信仰は，己の感情に対する信頼と己自身への自信と安心で裏打ちされているのである．エリオット以後のロマン派批評を見るなら，[22] 今日，我々はロマン主義と現代との連続性をほぼ通説のように認め，エリオットをロマン主義の中で考えつつあるが，エリオットが非難したジョン・ミドルトン・マリの「心内の声」(inner voice) 批判，そして，そこに根を下ろしている反ロマンティシズムなどはこの辺と深く関係しているものである．[23] エリオットが内面へ更に深く降りて行くことで直面する世界は「神の暗闇」(the darkness of God) である．『四つの四重奏』の「バーント・ノートン」第Ⅲ楽章で「下へ下へと降りて行け，ただ降りて行け／断えざる孤独の世界へ／世界でない世界，この世でないところへ／内面の暗闇へ」(Descend lower, descend only / Into the world of perpetual solitude / World not world, but that which is not world, / Internal darkness)と歌っている「否定の道」(the negative way) は「一方の道で，もう一方も同じこと」(This is one way, and the other / Is the same) である．つまり，この一節は『四つの四重奏』の巻頭に付けられたヘラクレイトスの二つの断片の一つである「車輪」のイメジを暗示するエピグラフ——「上への途も下への途も同じ一つのものである」——に照応するものである．そして，この「車輪」のイメジは「車軸」を

意味している「回る世界の静止点」(the still point of the turning world, "Burnt Norton" II))との関係で考察されて行くが，この「静止点」は回転と静止，上昇と下降といった相反するものが同時に存在する超越的瞬間なのである．この車軸のイメジはエリオットの初期の詩には見られなかったことで，改宗後の『灰の水曜日』(Ash-Wednesday)になって初めて表れてくるのである．

> If the lost word is lost, if the spent word is spent
> If the unheard, unspoken
> Word is unspoken, unheard;
> Still is the unspoken word, the Word unheard,
> The Word without a word, the Word within
> The world and for the world;
> And the light shone in darkness and
> Against the Word the unstilled world still whirled
> About the centre of the silent Word.

> 失われた言葉が失われ，尽き果てた言葉が尽き果てたとしても
> 聞かれなく，話されることがない
> 御言葉が話されることがなく，聞かれないとしても
> なおも話されない言葉，聞かれない御言葉がある
> 言葉のない御言葉，
> 世の内にあり，世のためにある御言葉
> そして光は暗闇で輝き，そして
> 御言葉に逆らって静かでないこの世はなおも
> 静かな御言葉の中心を取り巻いて渦巻いた
>   *Ash-Wednedsday* V.

ここに見られる「言葉のない御言葉」は人間の使うような言葉を持ち合わせていないロゴス・キリストの意味で，魂の壁が神に対して固く閉ざされて啓示が通じないことを言っているものである．先ほど触れた『四つの四重奏』のヘラクレイトスのもう一つのエピグラフ——「言論（ロゴス）が公共者として存在しているのにもかかわらず，多くのものどもは自分の料簡を持っているかのような生き方をしている」——は，この『灰の水曜日』の「御言葉」と「静かでないこの世」との関係を言い換えたものである．つまり，このエピグラフに見られる「言論（ロゴス）」は大文字の「御言葉」にあたる言葉で「静止点」，つまり「車軸」と全く同じで神の属性なる言葉である．これに対して「自分自身の料簡」は「静かでないこの世」の独自のもの，つまり，閉ざされた人間各自の個人的な考えを意味しており，大

文字の「御言葉」に対して小文字の「言葉」を表わす内容と考えられる.

III

このような立場からエリオットの詩作品全体を概観するなら，初期から『荒地』までの「閉ざされた世界」に見られる「旋回」，「回転」，「円環」といった「車輪」のイメジは，『灰の水曜日』を境にして，神の概念を包含する「車軸」との関係で考察されて行く．その意味するところは「閉ざされた世界」への神の参入である．このエリオットの考え方は，『灰の水曜日』や『四つの四重奏』，そして詩劇などに散見する「薔薇園」(rose-garden)にも窺い知ることが出来る．エリオットに見られる「薔薇園」はダンテの「地上楽園」ではなく，時間の中にも外にも存在する超時間についての深まった認識なのである．そして，この風景は『灰の水曜日』第IV部の風景のイメージを借りるなら，青い色のヴェールに面を包んだ天国的な女性が地上の尼僧に変わり，死と悲しみの象徴であるイチイの木の間で，一言も語らず，十字を切る墓場と重なり合っているのである．死者の国に新たに生命が甦るのである．死者の世界は，暗い，悲しい，陰鬱な，苦悩に満ちたネガティヴな世界ではないのである．まさに「薔薇のときと，イチイのときは，等しき持続」(The moment of the rose and the moment of the yew-tree / Are of equal duration, "Little Gidding" V)なのである．死への旅立ちは，グノーシス的に言うならまさに「輝かしき旅立ち」で，この世界からの「解放への一つの行為」なのである．「バーント・ノートン」第I楽章では，この薔薇園は，さらに主人公の意識が記憶の中へ降りて行く一節によって，外と内，自然と自我の間の求心と遠心の関係で興味深く考察されて行くところである．[24] このような庭は『秘書』(*The Confidential Clerk*)の主人公コルビー(Colby)の言葉を借りるなら「もし信仰心があるなら，神が私の庭の中を歩かれるだろうし／また，そうなれば，庭の外側の世界もリアルになり／受け入れられる」(Act Two, *The Confidential Clerk*) ような庭で，超時間についての深まった認識なのである．つまりエリオットは「閉ざされた世界」の中に超時間的な神を入れることによって唯我論的世界を超越して行くのである．このことは，とりもなおさず，人間と神との壁が取り払われ「開かれた世界」へ移行して行くことを表しているものである．この辺の問題は「罪と償いの物語」[25] を取り扱った『一族再会』に見られる神学的な意味合いを含んだ「薔薇園」の一節を見ることによって更に深

められて行くことと思う．この「薔薇園」が表れるコンテキスは，主人公であるハリーが叔母のアガサ (Agatha) によって自分の出生の秘密を打ち明けられ，罪の根源を知ったハリーがアガサとの間で二重唱ともいうべき対話に入った時である(Part II. Scene II)．この辺の事情をもう少し説明するなら，ハリーの父親はアガサとの愛のため，ハリーを既に孕んでいた自分の妻を殺そうとした．それをアガサは阻止するのであるが，彼女にとっては，自分がハリーを孕んでもおかしくない存在なのである．ハリーはこのことを打ち開かされて次のように言う．

> Harry. The things I thought were real are shadows, and the real
>   Are what I thought were private shadows. O that awful privacy
>   Of the insane mind ! I now I can live in public.

> 実在的なものと考えたものが影で，実在的なものは
> 自分の影であると考えたものでした．ああ，あの狂おしい
> 心の生んだ恐ろしい内密，いまこそそれを明るみに出して生きよう
>   Part II. Scene II. *The Family Reunion*

この「実在的なもの」と「影」を，この詩劇の内容から，それぞれ神学的に「個人的な罪」(personal sin)と「原罪」(original sin)という立場から考察されることが出来ると思う．このように考えるなら，この後，ハリーが自分に付きまとっていた亡霊 (Eumenides)に対して「もう，おまえたちは実在的なもの，おれの外にいる」(you are real, this time, you are outside me [Part II. Scene II)と言う科白は，「閉ざされて」いた「個人的な罪」が，神との関係で考えられる「開かれた」意味での「原罪」に引きずり出されたことを意味しているのである．かくして『一族再会』の主人公は，新しく開けた世界の戸口に立って牢獄としての「閉ざされた世界」からキリスト教的生の「開かれた世界」へと脱出する足場が与えられたのである．この後アガサは次のように言う．

> Agatha.   I only looked through the little door
>   When the sun was shining on the rose-garden:
>   And heard in the distance tiny voices

> 私は小さな扉を通して見ただけ
> その時，太陽は薔薇園に輝いて
> そして遠くからの子供の声が聞こえた
>   Part II, Scene II. *The Family Reunion*

ここに見られる「遠くからの子供の声」は, 陽のあたる「薔薇園」から洩れてきたハリーの声で, ここには既にハリーがいて, アガサを迎え入れるのである. このようなコンテキストを踏まえるならハリーの声が聞こえる「薔薇園」は, アガサにとって, 彼の生誕以前, 彼の肉による発生以前に彼がいたところ, つまり, 遥か彼方の「あったかもしれない」過去の出来事が, この園でハリーと出会うことによって, 「足音」を通して, 現在の立場から贖われた形になるのである. 従って, この「薔薇園」は, 根源的な人間愛にかかわる過去の可能性が成就した状態での至福の意味をも含み, 「閉ざされた」構造を暗示する「庭」ではなく神的根源となっているものである. このように考えるならエリオットの作品にみられる「閉ざされた世界」から「開かれた世界」への内部構造は, ホワイトヘッドが宗教を「個人が自分の孤独をどのように取り扱うかである」[26]と定義したことに見られるように, 神との関わりにおいて考えられる. この辺のところはエリオットが「文学と現代世界」と題するエッセイで次のように述べたことからも窺い知ることが出来る.

> 「多分, 誰にも知られない瞬間があり, その時, 他の人間から孤立しているということを恐ろしいまでに意識し, ほとんど打ちひしがれる. もし彼が, 神を持たず, ただ一人で卑しく空虚であることを自分自身の中に見出だすなら哀れと思う.」[27]

このように, 神と人間, 従って世界と人間を規定して行く二元論的な問題は改宗を境にして, その合一, エピファニーといった認識を越えた体験的な一瞬へと発展して行く.[28]『灰の水曜日』, 『四つの四重奏』には, しばしば「静かに座すべを教え給え」(Teach us to sit still, *Ash-Wednesday*, I), 「私は魂に言った. じっとしていなさい」(I said to my soul, be still, and let the dark come upon you / Which shall be the darkness of God. 'East Coker' III) という表現が見られるが, これは神の顕現まで静かに待つ以外にはないという「孤独」で, プルーフロックの世界や『荒地』等に見られる「孤独」とは質を異にするものである. このように見てくるとエリオットが若い時に書いた博士論文で唯我論に興味を持ちながらそれに否定的であったのは, ここから生まれてくるロマン主義的な考え方に否定的であったということもあるが, 彼の根底にキリスト教共同体に対する考え方があったからではないでろうか. エリオットが『カトリシズムと国際秩序』(*Catholicism and International Order*)で言おうとしたことは宗教的秩序は個人主義を捨てて,

神との関係に於て，初めて宗教による世界秩序が作り上げられるということであった．彼にとってキリスト教的社会とは「キリスト教が個人的である前に集団的であるような人々から成り立っている社会なのである．」[29] しかし，エリオットのこのような考えを基盤にした「文化」は有機体的な全体のもとで考えられるのであって「めいめいの階級がその他の階級を育成しつつ進む円環運動」[30] なのである．エリオットはこの円環運動の車軸にカトリシズムを据えたものと思われる．そして，この車輪と車軸の関係を彼の作品に当てはめて考えるなら，エリオットの詩が「閉ざされた」汚らしくむさ苦しい世界から改宗を境にして，車軸である神の世界に入って行こうとする傾向に対して，彼の詩劇が中世の宗教劇の発展に似て，車軸である教会から抜けだし民衆に近づいて行こうとする放射線状のものである．つまり，この車輪と車軸は一方的なものではなく双方的なものであることにも注意しなければならない．このように考えるなら，エリオットが唯我論的世界をオブセッションとして生涯を通じて打ち出して行かなければならなかったのは，その発端に個人的動機があったとしても，彼が人間の孤独地獄をぎりぎりの所まで見抜き，アウグスチヌスが言う自己の内奥のさらに内なる超越へ，つまり，きわみにおいて底へ超越することによって（『告白』Bk. X, xxvi）人間はその世界から抜け出し「開かれた世界」に達することが出来るという逆説があったからなのだろう．

＊本稿は東北英文学会第54回大会（1999年10月15日，東北学院大学）で口頭発表したものに加筆修正を施したものである．

注

[1] 「マリ氏は言う，『カトリック教は個人の外にあって疑いを入れない精神的権威を表している．それはまた文学に於いてクラシシズムの原理でもある』と」(T. S. Eliot, *Selected Essays* [London: Faber & Faber,1966], p.26).

[2] Alexandre Koyre, *From the Closed World to the Infinite Universe* (Baltimore: The Johns Hopkins Press,1957).

[3] Marjorie Hope Nicolson, *The Breaking of the Circle* (New York: Columbia University New York, 1960).

[4] George Williamson, *A Reader's Guide to T. S. Eliot* (London: Thames and Hudson,

1967), p.213.

5 T. S. Eliot, *Homage to John Dryden* (London, 1927), p.9. Cf. 拙論「T. S. Eliot と Swift ——「絶望」と「懐疑」を中心にして——」(弘前 大学人文学部『文経論叢』第19巻第3号, 1984) 参照.

6 「彼らは宇宙を全てを包み込む一組の衣服と考えた．大地は大気に包み込まれ，大気は星々に包み込まれ，そして星々は第十天球に包まれている．地球を見るなら，それは完全で流行にそった衣服であるということがわかるであろう．陸地と呼ばれるものは緑のうわべをつけたすばらしい衣服，海は波模様絹地のチョッキに過ぎないのではないか．さらに個々の森羅万象を見ると，自然は如何に綿密な職人であり，植物をすてきな男前に仕立て上げていることがわかるであろう．ブナの頭はなんといんちきなかつらをかぶっているか，白樺はなんと柔らかな白繻子の胴衣を身につけているか，ということを御覧なさい．そして，このこと全てから結論するなら，人間とはマイクロ・コート (Micro-Coat) 以外の何物でありえようか…」(Jonathan Swift, *A Tale of a Tub and Other Satires* [Everyman, 1975], pp.46-7).

7 W. B. Carnochan, *Confinement and Flight* (University of California, 1977).

8
When you're alone in the middle of the night and
　you wake in a sweat and a hell of a fright
When you're alone in the middle of the bed and
　you wake like someone hit you on the head
You've had a cream of a nightmare dream and
　you've got the hoo-ha's coming to you.

　　君が，夜のまっただ中に，ただ一人でいて，そして
　　　　君が寝汗と恐怖の地獄の中で目を覚ますとき，
　　君が，ベッドのまっただ中に，ただ一人いて，そして
　　　　君の頭を打ちのめされたように目を覚ますとき
　　君は悪夢のもやもやに悩まされ，そして
　　　　フーハーが君に襲いかかってくる．
　　　　　　T.S.Eliot, "Sweeney Agonistes", *The Complete Poems and Plays of T.S.Eliot* (London, Faber & Faber), p.125.

9 ベルグソン「時間と自由」,『ベルグソン全集』1 (白水社,1970), 151-2頁．

10 「プルーフロックの夢想は他人に伝達することが出来ないもので，婦人にどのようなことを話したとしても，その人は『あたし，そんなつもりでいったんじゃないのよ，そうじゃないのよ，ないのよ』と返答するだけである．婦人もまた自分の領域に幽閉されているので，プルーフロックと婦人の二つの領域は，しゃぼん玉のように，決して一つになることはない．各々の領域は他方の領域に入り込めない…この詩で面倒なことの一つは，そもそもプルーフロックが自分の部屋を

抜けでいるかどうかという問題である．彼の意志は弱く，そして『トーストを食べ，お茶を飲む前の，なお決まらない百の不決断，百の観想と修正』に対して準備が出来ていることを考えるなら，プルーフロックは部屋を出ていないようである … 彼のことだから，どんなに頑張ってみても，何処へも行くことが出来ないでいるだろう」(J. Hillis Miller, *Poets of Reality* [Athenum, New York, 1947]), p.139.

11 Peter Ackroyd, *T. S. Eliot* (New York: Simon and Schuster, 1984), pp.40-1.

12 A. D. Moody, "To Fill All the Desert with Inviolable Voice", in *The Waste Land in different Voices*, ed A. D. Moody (London: Edward Arnold, 1974), p.47.

13 Lyndall Gordon, *Eliot's Early Years*, p.118.

14 Nancy K. Gish, *Time in the Poetry of T.S.Eliot* (The Macmillan Press Ltd., 1981), p.48.

15 Ibid., p.53.

16 James E. Miller, Jr., *T.S.Eliot's Personal Waste Land* (Pennsylvania, 1978), pp.11-16.

17 「いろいろな批評家は，ありがたくもこの詩を現代世界の批評の立場から解釈し，実際，それをちょっとした重要な社会批評と考えて下さいました．私にとって，それは人生に対する個人的で全く無意味な 不満の救いに過ぎないのです．それは丁度リズミカルにぶつぶつ言っている断片なのです」(T. S. Eliot, *The Waste Land, A Facsimile and Transcript of the Original Drafts including the annotations of Ezra Pound*, edited by Valerie Eliot [London: Faber & Faber,1971], p.1.

18 Mowbray Allan, *T.S. Eliot's Impersonal Theory of Poetry* (Lewisburg: Bucknell University Press, 1974), pp.27-32.

19 F. H. Bradley, *Appearanace and Reality* (Oxford,1966), p.306.

20 「観察の全範囲は個人的な精神の狭い部屋に縮小される．経験は，既に一つのグループの印象に還元されて，個性という厚い壁によって我々の一人一人に対して囲まれているのである．この壁を通してどのような真実の声も我々への途上において突き抜けることなく，また我々から我々が外部にありとただ想像しうるだけのものまで突き抜けることは出来ない．これらの印象の各々は孤立する個人の印象である．各々の精神は孤立せる囚人としてある世界に於いて，それ自身の夢を持っている」(Walter Pater, "Conclusion", *The Renaissance* (Macmillan, 1977), p.235.

21 Northrop Frye,"The Drunken Boat: The Revolutionary Element in Romanticism", *Romanticism Reconsidered*, edited by Northrop Frye (Columbia University Press, 1963), p.16.

22 Cf. G. M. Bowra, *The Romantic Imagination* (Oxford,1950), M. H. Abrams, *The Mirror and the Lamp* (Oxford,1953), F. Kermode, *The Romantic Image* (Routledge & Kegan Paul,1957), Stephen Spender, *The Struggle of the Modern* (London, 1965).

23 T.S. Eliot, "The Function of Criticism", *Selected Essays*, p.27. 拙論「T.S.Eliot の 'inner

voice' 批判を巡って——'Enthusiasm'——回避の系譜から——（弘前大学人文学部『文経論叢』第22巻第3号, 1987）参照.

24　拙論「『薔薇園』への回帰——T.S. Eliot の『子供』のイメージを巡って——」（弘前大学人文学部『文経論叢』第30号第3号, 1995）参照.

25　*The Family Reunion*, Part II, Scene II.

26　A.N.Whitehead, *Religion in the Making* (The World Publishing C., Meridian Books, 1960), p.6.

27　T. S. Eliot, "Literature and the Modern World," *American Prefaces* (Iowa City, Iowa, 1.2. [Nov., 1935]), p.20.

28　拙論,「T.S.Eliot の 'Recognition Scene' について」『英文学研究』第64巻第1号（日本英文学会, 1987), p.65.

29　T.S.Eliot,"The Idea of a Christian Society", *Christianity and Culture* (A Harvest Book,1968), p.47.

30　T. S. Eliot, *Notes towards the Definition of Culture* (London: Faber & Faber,1967), p.37.

トニー・ハリスンの源泉

羽 矢 謙 一

I

　イングランドの社会の停滞と，わざわざそれに調子を合わせるかのような現代イギリス詩の守成のムードに突破口をひらこうとする情況のなかから，トニー・ハリスン（Tony Harrison）の詩が登場した．しかしハリスンがいざ新しい詩を求めて踏みだそうとしたとき，彼はなにから始めたらよかったのか．

　ハリスンはヨークシャ中央部の産業都市リーズ（Leeds）の郊外の丘陵地ビーストンヒル(Beeston Hill)に，1937年4月30日に生まれた．北アイルランドの詩人シェイマス・ヒーニー（Seamus Heaney）よりほとんど満2歳年上である．父親は初め炭坑夫をしていたが，石炭産業の衰退のためか，のちにパン屋の職人（bakery worker）となった．ハリスンの母方には，ハリスンの祖母の2度の結婚のためか，祖父が2人いて，そのうちの1人はウェストモーランドのマーティンデール（Martindale, Westmoreland）の山地で「高原の農夫」（'fell farmer'）[1] として，傾斜面で岩だらけの土地を耕す農夫であり，もう1人の母方の祖父はハワース（Haworth）で鉄道の信号手（signalman）であった．一方父方の祖父は自家醸造のビールを売ってパブをやった．これらの人びとが生きた場所は，みなイングランドの西北部にあたり，「トレント川以南」（south of the Trent），つまりイングランドの南部（the South）からみれば遠く離れた地域である．ハリスンは小学校から大学までリーズで学んだ．奨学金を獲得してリーズグラマースクールに進み，リーズ大学では，古典文学でB.A.をとり，大学院では言語学を修めた．Ph.D.の論文として，ウェルギリウスの『アエネーイス』の研究翻訳（researched translation）をまとめたのであった．

　ハリスンは一方で地方の大学とはいえ，高度の「教育」を受けた知識人であるが，他方ではいわば辺境の貧しい人びとのなかから生まれてきた詩

人である．彼にとって，無学な父親を初めとする故郷の貧しい人びとは，一方で体制社会に対する彼の怒りと，他方で彼自身が「教育」を受け，当の体制社会のなかで自由に活躍する地位を得たことによって，彼が父親を初め貧しい人びとに対して感じる後ろめたい気持の源泉である．

> パン屋のおじさん　とうとう世にでずじまいに終わるだろう
> イングランドのために自分でも自分が薄のろだと思わされた生涯だった
> だっていまおじさんは人の目をちくちく刺すのがやっとの一抹の煙とちっちゃなパンの1個分の（小麦粉に似ていなくもない）灰となってしまったのだから

> The baker's man that no one will see rise
> and England made to feel like some dull oaf
> is smoke, enough to sting one's person's eyes
> and ash (not unlike flour)for one small loaf.

　1980年に死んだ父親のためにたぶんすぐに書いた詩「Dの印しをつけられて」('Marked With D')のなかの一節でハリスンは恐ろしいことを書いている．それはこういうことである．父親は無学であり，職人であるためにイングランドの社会からは「下積み」の人間とみられた．この詩の表題のなかにあるDの印しとは，'dunce'（のろま）を表し，またアメリカの俗語で「合格最低点」を表わすものだ．たんに社会の「下積み」というだけではなく，人間として「劣るもの」という差別がイングランドの社会からハリスンの父親に押しつけられたのである．そのこと自体いかにも不条理であるが，その上，恐ろしいことというのは，当の父親自身もまた，自分からその押しつけられた差別的「採点」を受け入れ，自分でも自分が薄のろの人間であると思うようになってしまったことである．

　しかし，ここのところで，炉からだされた父親のほんのちっちゃな骨灰が「ちっちゃなパン」にみえてくるのだ．そのちっちゃなパンとは，じつは'penny loaf'というものを指している．それは，イングランドで子どもたちが自分のお小遣いで買うことのできるほどの，ちっちゃな菓子パンのことなのだ．ハリスンの父親もそういうパンを焼いて，彼は「パン屋のおじさん」と子どもたちから呼ばれて，彼らの人気者であったのだろう．ついに「世にでる」('rise')ことはなかった父親もその人なりに生きがいのある人生を送ったのではないか．「世にでる」ことがなかった父親を述懐する詩人自身のなかで，忘れられていたものがこのとき，ちらっと甦えるのだ．

17世紀末[2]に歌われた伝承童謡(Nursery Rhyme)の一節が子どもたちの歌声となって，ハリスンの詩行のあとに続いてひびいてくるのだ．

>パン屋のおじさん　パッタンパッタン捏ね粉を叩いて
>早く早くパンを焼いてくださいな
>叩いて突ついて　Bの印しをつけて
>炉のなかに入れてくださいな　赤ちゃんとあたしが待ってるの

>Pat-a-cake, pat-a-cake, baker's man,
>Bake me a cake as fast as you can;
>Put it and prick it, and mark it with B,
>Put it in the oven for baby and me.

　この童謡のなかで歌われるパン生地にはBの印しがつけられる．それはBabyを表わしている．じつはハリスンの詩は，お棺というパン焼きの炉のなかに入れられる父親の姿が，彼自身が生涯火を入れたパン生地に「似ていなくもない」ものとして語られることから始まっている．そのいわば「おやじパン」ともいうべきもののパン生地にはDの印しがつけられているにちがいない．DはDaddyを表わす印しだ．つまり「父さん印しのパン」というわけだ．しかしD印しのこのパンはB印しのパンのように子どもたちの前に「焼きあがる」('rise')ことはない．だが童謡のなかのB印しのパンの暖かいイメージが，冷え切ったパン生地のままで終ってしまったD印しのパンの悲しみをなんとか救ってくれるのだ．

　ここでいま一つの問題がある．父親のことばの問題である．冷え切ったパン生地のイメージが父親の「冷えた舌」('cold tongue')のそれと重なる．父親は生前，ことばの重圧に苦しんだのだ．妻や，おなじ労働者階級の仲間のあいだでは自由にリーズ訛りのことばを喋ることができたはずなのに，中産階級の人や金持や知識人(ハリスン自信もこれに含まれる)の前では，つまり，でる所にでると，なんにも喋れなかったにちがいない．いやそれどころか，父親たちにとって彼らが使う「この世のことば」('mortal speech')はまさに「いのち取り」('mortal')のことばであった．彼らが自分たちのことばを喋っただけで，彼らは嘲笑され，嫌がられ，あるいは無視され，「殺され」てしまっただろう．彼らがその重圧からのがれるためには，それこそ天国にいって，『使徒行伝』第2章第1節にあるように，聖霊の火によって「冷えた舌」を焼かれ，流暢なことばをあたえられるほかはなかろう．だがそれこそ奇跡である．少くともこの詩のなかのハリスン

にはそんなことは考えられない．お棺のなかの父親はただ炉の火によって物理的に焼かれてしまうだけのことであって，天国に昇天('rise')することなど信じられないのだ．

> ぼくは地上の恵み　日々の糧を食って無事平穏に暮している
> だけどおやじはこの世のことばからの解放に飢えていた
> それがおやじを押さえ続けたのだ　鉛のように重たい舌が

> I get it all from Earth my daily bread
> but he hungered for release from mortal speech
> that kept him down, the tongue that weighed like lead.

しかし，自分はおやじと違って，「教育」を受けたおかげで無事平穏に暮しているといって父親を突き放す詩人は，父親や父親によって代表される人びとを裏切ったようなあと味の悪さを感じているにちがいない．彼自身が小学生のころ耳をはたかれながら教師に自分の発育の訛りを直された辛い思い出をもっているのである．父親が文字通り「死ぬほど」ことばの重荷に苦しんでいたことは，詩人自身がよく知っていたはずである．

「Dの印しをつけられて」の詩が問いかけるものは，人びとの本来のことば，つまりmother tongueを禁じることが許されてよいかということである．またいいかえれば，「純正英語」(Queen's English)を喋れないからというただそれだけのことでその人びとの人間性まで愚劣なものときめつけることがだれにできるかということである．それは，自分の側だけの「規準」(Standard)を一方的に相手に押しつけ，それに従わせることによって「統一」をはかろうとする，文化的帝国主義にほかならない．

II

この「統一」の動きはイングランドのなかでいつごろから始まったのか．それはイギリスの産業革命とともに起こり，ビクトリア朝での大英帝国の完成に向かって進んでいった動きだった．支配者の側にとって，イングランド社会をまとめ，結合させてゆく上で必要な2つの統一，つまり，社会的政治的統一と「標準英語」(Standard English)の成立にみられるような言語的文化的統一とが手に手を取って進行したのであった．

ハリスンは「新しい詩人」としての自分の立場を宣言する詩「ミルトンにあらざることを思う」('On Not Being Milton')のなかで，19世紀中のこの2つの動きのなかに一挙に攻め入っている．

〔上流階級の〕もったいぶった話しぶりとか階級間の対抗意識とい
　　う口枷をはめられて
「厄介者」の詩人の吃ることばが
声門破裂音と混ざって不明瞭になり　ついには
隙き間もないほどびっしり隊列を組んで　ラッダイトさながらの形
　　態素の浮浪者集団に膨れあがる
リーズ訛りという鋳鉄の大槌が振り下ろされ
そのひと振りひと振りが「芸術」という枠にはまった紡織機の上に
　　鍛えられた調べをひびかせる
〔権力者に〕専有された言語という織機が砕け散る!

物いわぬ無名の詩人のために熱烈な声援を!

The stutter of the scold out of the branks
of condescension, class and counter-class
thickens with glottals to a lumpen mass
of Ludding morphemes closing up their ranks.
Each swung cast-iron Enoch of Leeds stress
clangs a forged music on the frames of Art,
the looms of owned language smashed apart!

Three cheers for mute ingloriousness!

19世紀初め(1912年ごろがその最高潮だった), ハリスンの故郷ヨークシャ一帯に起こったラッダイト(Luddites)の反乱という歴史的事実が, 19世紀半ば以降の「正統の」(Canonical) イギリス詩へのハリスンの「反乱」のアナロジーとなっている. このアナロジーは十分に力強いものである. ラッダイトの反乱は, 産業革命の負の部分が噴きだしたものであり, 新しい動力と機械の導入と, 長年の対フランス戦争のもたらした不況とによってひきおこされたものであって, 決してこれまでいわれてきたような, 反動的, 原始主義的な打ち壊し運動ではなかった. すごい勢いで進行する産業優先, 人権無視の動きに対する労働者の異議申し立てであった. 彼らは「イーノック」(Enoch)と呼ばれた鉄の大槌をふるって, 織機を支える「台枠」('frames')を打ち壊したのだった. その大槌の名前は, リーズの南西方の町マースデン(Marsden)に住んでいたイーノック・テイラー(Enoch Taylor)という男の名にちなむものであった. ペンギン版のテキストにつけられた注によれば, 反乱の群集は「イーノックが作った織機なら, イーノック(大槌)で打ち壊せ」('Enoch made them, Enoch shall break them')と叫

んだという．イーノックが作った織機を同名の大槌で壊せというわけだ．1人の職人（労働者）が資本家のために作った機械を，いまこそ労働者自身の手で叩き壊せというのだ．これまで富裕階級によって「芸術」という「枠」にはめられた詩を作ることに奉仕してきた，または奉仕させられてきた詩人という人種が，いまこそ，そういう「芸術」の枠を破壊するために起ちあがるのである．ハリスンはそういう詩人の代表として働くことを自分自身に向かって宣言したのである．彼が振り下ろすリーズ訛りの詩の大槌は，「枠」にはまった「芸術」を叩き壊し，それに代わって「鍛えられた」（'forged'）調べを鳴りひびかせるだろう．

　ハリスンは自分のことをいうのに'scold'という，本来北欧文化圏の，古期北欧語(Old Norse)を語源にもつことばをあえて使っている．イングランド西北部である自分の故郷の文化を南部イングランドの文化と対比させて意識しているのだ．その'scold'は詩人という意味だけではなく，厄介者という意味をもつことばである．「南部」の正統的なものを破壊する人間，反逆者というニュアンスをもつことばとして，ハリスンはわざわざこの「北」の語源をもつことばを自分に冠せているのだ．

　ハリスンは自分が口にすることば自体がまさに「南」の人からみれば社会のあぶれ者の使うことばと決めつけられるようなものであることを自覚している．咽喉の上部にある左右一対のひだ（声帯）が十分に閉じられるときに人は声をだすのであるが，十分に閉じられないままであるときには，有声とも無声ともいえない「声」がでるのである．つまり，左右のひだのあいだ（声門）を吐く息が抜けてゆくようなぐあいで，まるで咳をするときのような，または酒をグラスにつぐときのような，ゴボゴボという音になって声がでるのである．ハリスンのことばは，彼自身のいう「吃音」と声門破裂音とが一緒になって，あたかも鎮圧部隊に立ち向かってびっしり並び，じりじりと進んでゆく人間の集団のように，ぎりぎりのところで意味の通る音（たぶんハリスンのいう「形態素」）が密集し，繋がったものだ．だが，この不明瞭で耳障りなことばこそ自分の詩の跳躍台であることを，ハリスンは十分に自覚しているのだ．

　19世紀初頭の労働者，といっても，ほとんど「浮浪者集団」に近かった人たちの暴動を自分の詩を書く行為になぞらえながら，ハリスンは自分の姿を18世紀後半に入りかけた時代にトマス・グレイが書いた「田舎の教会墓地で書かれた悲歌」（'Elegy Written in a Country Churchyard', 1751)のなか

で語られる，地方の田園のなかで人に知られず生きて死んでいったであろう「物いわぬ無名のミルトン」('Some mute inglorious Milton')と重ね合わせている．グレイの「悲歌」に語られたこの田園の無名の詩人は，たとえばジョン・クレアのような19世紀の詩人の出現を予告している．クレアは，19世紀に入って急速に進行したイギリス詩の，都市中心の体制下の波にうまく乗ることができず，貧困と孤独のうちに狂死した田園の「無名のミルトン」だった．ミルトンにくらべればハリスン自身は「恥ずべき」('inglorious')詩人である．「向こう側」からみても自分自身からみてもそうである．「吃り」で流暢な詩が書けず，とにかく「教育」の力で詩を書く人間になれたとはいえ，たいへん不器用な詩人であり，詩壇の中心的な地点からみれば黙殺されることになったかもしれない詩人なのである．しかし，それにもかかわらず，ハリスンは思想的にも文学的にも革命的な精神をミルトンから受けついでゆこう思っているのである．

　現実のラッダイトの運動は1816年ごろには完全に歴史の上で終息した．多数のイギリス軍が出動し，主だった人びとに極刑を科した．ハリスンはその後の事実を，19世紀以来こんにちにいたるまでのイギリス詩の情況の比喩として使っている．「すべての詩を取り巻く沈黙」――あちら側の詩が中心にあって，まわりの詩は，鎮圧された労働者たちのように，ひっそりと静まり返ってしまっている．

　　　発言は舌を縛られた者たちの戦いだ
　　　すべての詩を取り巻く沈黙のなかでぼくらは
　　　ケイトウストリートの陰謀者ティッドの手紙のことばを引用する

　　　拝啓　悪筆ナレドオラノ憂国ノ情ヤミガタク

　Articulation is the tongue-tied's fighting .
　In the silence round all poetry we quote
　Tidd the Cato Street conspirator who wrote:

　　Sir I Ham a very Bad Hand at Righting.

　いまや詩の「正統」に従わない詩人は「舌を縛られた」詩人である．詩人にとって，下層階級の無名の詩人にとって，なにかを語りだそうとすることはまさに命がけのこととなったのだ．ただ沈黙あるのみというわけだ．沈黙を破るためには戦わねばならない．

　社会史の面ではラッダイトの鎮圧ののち，もう一度下層階級の人びとの

「発言」が起こった．それはケイトウストリート陰謀事件(Cato Street Conspiracy)と呼ばれるものであった．1820年2月23日，ロンドンのエッジウェアロード(Edgware Road)を少し横に入った裏通りの馬屋の屋根裏で，保守党政府の閣僚数名を暗殺する計画が立てられた．だがことはすぐに発覚し，主謀者たちは絞首ののち打ち首という，大逆罪に対する伝統的な極刑に処せられた．ハリスンはこの陰謀事件に加担した1人である靴屋(shoemaker)のリチャード・ティッド(Richard Tidd)の手紙のことばを詩のなかに引用している．かつてラッダイトの反乱のとき，そのリーダーとされた男で，なかば伝説的な人物であるレスターシャの職工ネッド・ラッド(Ned Ludd)は，「無学」であり，「舌を縛られた者」であったにもかかわらず，あちこちの新聞社に手紙を書いて自分たちの行動の本意を世間に訴えたという．リチャード・ティッドもおなじような手紙を書いたのだろう．間違い字と訛りの強いことばで．ハリスンはティッドのその手紙に託して，もう一度起ちあがろうと決意した今日の「無名」で「無器用」な詩人の覚悟を宣言しているのだ．「悪筆ナレド」('Bad Hand at Righting')は，「世ヲ正スコトニハ微力ナレド」ともとれる．

III

「ミルトンにあらざることを思う」には，表題の下にセルヒオ・ビエイラ(Sergio Vieira)とアルマンド・ゲブサ(Armando Guebuza)への献辞がついている．2人はモザンビーク解放戦線(Frelimo i.e. Frente de Libertação de Moçambique)の主要メンバーであった．ハリスンはこの詩が書かれた1971年に4ヶ月間，アフリカ南東部の，もとポルトガルの海外州だったモザンビークに滞在した．この2人は1964年9月25日に始まり，1974年9月4日の停戦協定にいたるまで独立闘争を指導し，1975年6月25日のモザンビーク人民共和国の成立後も国の重要な地位についた．1971年当時はまだ2人とも詩人でありながらゲリラ指導者であった．とくにゲブサはハリスンより5つ年下であった．ハリスンは2人の行動に大きな共感を感じたものと思う．あわせて2人への献辞を通して17世紀半ばイギリス革命(English Revolution)に身を投じたミルトンへの共感もハリスンは表明しているのだと思う．

ハリスンは表題と献辞に続くこの詩の冒頭の4行でこれから書いてゆく自分のソネットの詩群が「異端」的なものとして受けとられるものである

ことを覚悟しているようにみえる．エリートや権力をもつ人びとに読まれたらたちまち「焚書」の運命に遇うであろうことをきっと承知しているにちがいないのだ．

> 読まれればたちまち焼却に遇ってもおかしくないものだけれど　ぼくは
> ぼくのルーツに帰るこれら16行の詩群を
> ぼくの『生まれた国への帰還ノート』と呼ぶ
> ぼくだってぼくの身丈けに合うだけの「黒い人」になったのだから

> Read and committed to the flames, I call
> these sixteen lines that go back to my roots
> my *Cahier d'un retour au pays natal*
> my growing black enough to fit my boots.

この冒頭の4行には，自分を進んでエメ・フェルナン・セゼール(Aimé-Fernand Césaire, 1913〜)のなかに投影している．セゼールはカリブ海の東部，南アメリカ大陸の北辺にあって南北に列なる西インド諸島のなかの1つの島で，いまもまだフランス領として残っているマルティニーク島(Martinique)に生まれ，そことパリで教育を受けた西インド人(West Indian)の詩人，作家である．彼はフランスの「教育」を受け，フランス文化を浴びたにちがいない．しかし彼はたぶん1945年以後にマルティニークに帰って，この島国の進歩的政治家を代表する人となった．1947年に発表された『生まれた国への帰還ノート』は，アフリカ黒人の血を受けついだ自覚に立って，本来あるべき自分のあり方に「帰ろう」とする彼の決意をもって書かれたものであった．セゼールは黒人と黒人の社会的，歴史的，文化的遺産の復権を唱え，それに「ネグリテュード」('Negritude')という彼自身の造語になることばをあたえたのだった．搾取され抑圧された黒人の恐るべき生活状態や植民者たちの特権やフランスの支配など，長年にわたった植民地としての悲惨な歴史がいまなお黒人の心のなかに負の遺産として残っていることがセゼールのこの本には書かれているのだった．ハリスン自身，わずかのあいだではあったが，大学を終えてすぐに西アフリカの北ナイジェリアで生活し，そういう黒人たちのことを身をもって経験したにちがいない．

ハリスンはセゼールにならって，空間的にも心理的にも自分自身の「生まれた国への帰還」を宣言し，ニューカッスル(Newcastle)を足場としてイングランド西北部に帰り，抑圧された者の側に，いわば「非南イングランド」つまり「非文明」の側に立つことを決意したのであった．自分が「黒

い人」になったという詩人のことばには，体制社会の側からみて自分が危険人物になったという含みもあるが，まず彼は自分自身を白人社会のなかの「黒人」であると意識したのであると思う．このときハリスン自身のなかで，17世紀以降相当に長期にわたって歴史の上に存在した黒人奴隷の子孫であるマルティニークの貧しい黒人たちと，イングランド西北部の貧しい下層階級の人たちの姿とが重なり合ったのである．ハリスンはいうのだ，ぼくは黒人解放の輝かしい英雄を気どるつもりは少しもないが，ぼくの「身丈け」('boots')に合うだけの，そしてそれは同時にぼくの'roots'に合うだけの「黒人」となるのだと．

IV

「ミルトンにあらざることを思う」の詩の，この表題をみると，この詩が一見ミルトンの否定のように思われる．ミルトンの詩といえばふつう，ラテン語風の文体で，堂々とした叙事詩であり，ミルトンはかつて日本でもシェイクスピアに次ぐイギリスの大詩人というように語られたこともあったくらいである．ハリスンはそういう，いわば「祀りあげられた」ミルトン像に対して自分はミルトンとは違うという心情を明らかにしているのかもしれない．しかし，実際は，この表題は，そのような表面的な意味とは違って，自分はミルトンには遠くおよばない詩人ではあるけれども，無名でもよい，自分もミルトンのように思想的にも詩の技法の上でも自由で反逆的な詩人になりたいというハリスンの思いを表わしていると思う．

ハリスンの書く16行の「ソネット」('sonnet')の形はたしかにミルトン風(Miltonic)のソネットの形とは違う．だがミルトン風ソネット自体，ペトラルカ風あるいはイタリア風(Petrarchan or Italian)をもっと自由な形に「壊した」ものだ．ペトラルカ風(abba/abba//cdc/dcd)には思想上の区別（起承転結があり，しかも起承が前半8行と転結が後半6行とに分かれている）があるが，ミルトン風(abba/abba/cde/cde)ではこの思想上の区別がなくなって，たんに追いこみの詩行の連続になっている．さらに，ミルトンの「シェイクスピアを賛えて」('On Shakespeare')は「ソネット」と名づけられてはいないけれども，8つのカプレットから成る16行の形をとっていて，たいへん自由な感じがする．

ハリスンのソネットは，そんなミルトン風のソネットをさらに一層自由に崩したものである(abab/cdcd/efef/ghgh or gghh)．ただ「ミルトンにあらざ

ることを思う」の詩だけは，その韻の踏み方がまだミルトン風から離れていない．つまりabab/cddc/effe/ghhgとなっている．eとgの部分はそれぞれ1行だけで孤立し，実際の詩形はabab/cddc/eff/e//ghh//gである．ハリスンの16行のソネットの自由さは従来のソネット形式を破って，全体の詩行がひとかたまりなっているのではなくて，16行の詩行のなかで，いくつかのセクションに分けられていることにも表われている．たとえば「ミルトンにあらざることを思う」では全体は4行（詩人の，自分のルーツへの帰還），7行プラス1行（「ラッダイト」としての無名詩人），3行プラス1行（「発言は戦いだ」）に分かれ，「Ｄの印しをつけられて」では12行（炉に入れられた父親）と4行（煙と灰と化した父親の孤独）に分かれている．ハリスンのほかのソネットでも，個々の作品によってセクションの分かれ方は自由である．

　ソネットはたしかにイギリス詩の伝統のなかで格調の高い詩形式であり，こんにちまで英語で詩を書く「エリート」詩人によって用いられる詩形式だという見方がふつうであったが，じつはすでにミルトンによってそれはかなり自由な思想をのべる形式として用いられていたのである．つまり，ミルトン風ソネットがすでに破格といえるのであり，ハリスンはその「破格」ぶりをさらに押し進めたのである．16行という行の数からして，それは型破りのソネットである（ハリスンより前にジョージ・メレディスが『現代の愛』(*Modern Love*)で50篇の16行のソネットから成る連作詩を書いている．その1篇1篇の詩はセクションに分かれないが，押韻はabba/cddc/effe/ghhgで，ハリスンの詩形に似ている）．

　ハリスンとおなじリーズ生まれの，しかしアングロアイリッシュの詩人トム・ポーリン(Tom Paulin, 1949〜)のいう，「人間の自由への偉大な奉仕者」[4]であったミルトンにハリスンもポーリンとおなじように敬意をもっていると思う．そのミルトンこそ，たとえばかつてT. S. エリオットのような英国王室崇拝者が体制の側に組み込むことを拒否したミルトンにほかならなかった．

　『失楽園』をラテン語で書くべきかどうかに迷ったといわれるミルトンが，迷いながらも結局英語で書くことにしたという事実にミルトンの新しさがあった．ミルトンは「学問」にとりこまれて真の「母国語」，自分の本来の，語るべきことばを危うく失いかけた詩人ではなかったのだろうか．大学でラテン語を学んだトニー・ハリスンもまたおなじように，自分がほ

んとうの「母国語」を見失いかけたことを，なによりも怖れたにちがいなかった．

注

1. Tony Harrison, 'Lines to My Grandfathers' in *Five Modern Poets*,ed. Barbara Bleinman, Longman, 1993.
2. Iona and Peter Opie (ed.), *The Oxford Dictionary of Nursery Rhymes*,1975 edn..
3. quoted by E. P. Thompson in *The Making of the English Working Class* (New York: Pantheon Books, 1963), p. 174.
3. Tom Paulin, *Minotaur: Poetry and the Nation State* (Faber and Faber,1992), p. 31.

西山良雄先生略歴

昭和2年2月	宮城県石巻市に生まれる
昭和8年2月	右足の股関節炎を患う
昭和15年3月	横浜市鶴見区下野谷尋常小学校卒業
昭和20年3月	横浜市神奈川区浅野中学校（旧制5年）卒業 〔戦禍の中，卒業式は行われず，終戦後の9月になって卒業証書を受領／横浜と疎開先の仙台で2度の空襲を受け被災〕
昭和25年3月	（旧制）東北学院専門学校英文科卒業
昭和28年3月	（旧制）東北大学文学部英文学科卒業
昭和28年4月	（新制）東北学院大学助手
昭和30年4月	東北学院大学講師／7～8月　東京大学・スタンフォード大学共催の「大学教員アメリカ研究セミナー」に参加，ハーヴァード大学教授ハリー・レヴィン博士に「現代アメリカ詩研究」の指導を受ける
昭和33年4月	東北学院大学助教授
昭和36年10月	東北大学教養部非常勤講師（昭和41年9月まで）
昭和37年7月	ペンシルヴァニア大学大学院訪問研究員・ロンドン大学等で資料収集（昭和38年9月まで）
昭和39年4月	宮城学院女子大学非常勤講師（昭和60年3月まで）
昭和40年4月	東北学院大学教授
昭和46年9月	東北学院大学文学部英文学科主任（昭和53年3月まで）
昭和47年4月	宮城教育大学非常勤講師（昭和53年3月まで）
昭和48年4月	日本英文学会評議員（昭和62年3月まで）
昭和49年4月	「青葉文学賞」（東北大学）受賞
昭和52年8月	仙台英文学談話会代表（平成7年3月まで）
昭和53年7月	秋田大学教育学部非常勤講師（昭和53年3月まで）
昭和54年4月	東北学院大学大学院文学研究科英語英文学専攻主任（平成3年3月まで）
昭和56年4月	東北学院大学図書館長（平成3年3月まで）・盛岡大学非常勤講師（平成10年9月まで）
平成3年4月	東北学院大学文学部長（平成9年3月まで） 東北学院大学大学院文学研究科長（平成10年3月まで） 東北学院大学英語英文学研究所長（平成9年3月まで） 東北学院大学東北文化研究所長（平成9年3月まで）
平成3年7月	文学博士（東北学院大学）の学位を授与される
平成4年4月	弘前大学人文学部非常勤講師（平成5年3月まで）
平成5年5月	十七世紀英文学会会長（平成10年3月まで）
平成7年4月	東北英文学会会長（現在に至る）
平成12年3月	東北学院大学名誉教授の称号を授与される

西山良雄先生業績
（講演・講座・学会口頭発表等を除く）

著 書
昭和40年	『マラヤ回想記』（James Kircup著）（共編注）英宝社
昭和40年	『形而上詩の諸問題』（共著）南雲堂
昭和51年	『形而上詩研究』（共著）金星堂
昭和54年	A College Anthology of English Verse and Prose（共編著）金星堂
昭和58年	『村岡勇先生喜寿記念論文集英文学試論』（共著）金星堂
昭和60年	『ジョン・ダンとその周辺』（共著）金星堂
平成2年	『饗宴』（共著）石井正之助編集発行
平成2年	『憂鬱の時代――文豪ジョン・ダンの軌跡』松柏社
平成6年	『世界・日本キリスト教大辞典』（共著）教文館
平成7年	『英語なんでも情報事典』（共著）研究社
平成9年	『17世紀のイギリスの生活と文化』（共著）金星堂
平成11年	『十七世紀英文学のポリティックス』（共著）金星堂
平成12年	『英語・英米文学のエートスとパトス』（杉本龍太郎教授古稀記念論文集）（共著）大阪教育図書

翻 訳
昭和45年	『苦悩する現代文学』（共訳）教文館

論 文
昭和28年	「Tiresiasの意味」『東北学院大学論集』第11号
昭和31年	「T. S. Eliot――神秘主義の問題――」『東北学院大学論集』第24号
昭和31年	「T. S. Eliotにおける運動と場について」『東北学院大学論集』第30号
昭和34年	「Andrew Marvellの"Seriousness"の問題と涙の形象」『東北学院大学論集』開学十周年記年号
昭和36年	「John Donne 無と不在の詩」『東北学院大学論集』第39・40合併号

昭和39年	「詩人ジョン・ダンと天使論」	
		『オベロン』8巻2号　南雲堂
昭和39年	「ジョン・ダンと航海のイメージ」	
		『東北学院大学論集』第45・46合併号
昭和40年	「ジョン・ダンのイエズス会批判」	
		『東北学院大学論集』第48号
昭和41年	「Valediction Poems覚え書き――John Donneの危機意識の側面――」　　　『東北学院大学論集』第49・50合併号	
昭和42年	「ジョン・ダンにおけるパラドックスの問題」	
		『東北学院大学論集』第51・52合併号
昭和48年	「ジョン・ダンの廷臣観の一面」	
	東北学院大学英語英文学研究所『紀要』第3・4号合併号	
昭和48年	「Nicholas BretonとJohn Donne」	
		『東北学院大学論集』第60号
昭和49年	「John Donneの"The Ecstasy"の問題」	
	東北学院大学英語英文学研究所『紀要』第6号	
昭和55年	「ErasmusとDonne」　　　『東北学院大学論集』第71号	
昭和61年	「説教家ジョン・ダンとヴァージニア植民事業」	
		『東北学院大学論集』第77号
昭和62年	「C. DickensとT. S. Eliot――テネブリズム的手法を考える――」　　　　　　　『東北学院大学論集』第78号	
昭和63年	「St. Paul's Crossにおける警世説教――チューダー王朝の生活文化素描――」	
	東北学院大学キリスト教研究所『紀要』第6号	
平成8年	「Joseph Hall博士の人間像――清教派と王党派の狭間で――」　　東北学院大学英語英文学研究所『紀要』第25号	
平成9年	「誰のためにあの鐘は鳴っているのか？――ジョン・ダンの弔鐘論を考える――」	
	東北学院大学英語英文学研究所『紀要』第26号	
平成11年	「ジョン・ダンと＜攻撃的なふくろう＞――疫病の脅威と養生法とダンの黙想法――」	
	東北学院大学英語英文学研究所『紀要』第28号	

執筆者紹介
(掲載順)

寺澤　芳雄	岐阜女子大学教授・東京大学名誉教授
根本　　泉	石巻専修大学助教授
志子田光雄	東北学院大学教授
境野　直樹	岩手大学助教授
荒川　光男	東北学院大学教授
西山　良雄	東北学院大学名誉教授
福山　　裕	秋田経済法科大学教授
新井　　明	日本女子大学名誉教授
川崎　和基	東北学院大学大学院博士後期課程在学
原　　英一	東北大学教授
遠藤　健一	東北学院大学教授
鈴木瑠璃子	東北学院大学教授
小野寺　進	弘前大学助教授
髙柳　俊一	上智大学教授
村田　俊一	弘前大学教授
羽矢　謙一	明治大学教授

英文学の杜
西山良雄先生退任記念論文輯

2000年11月1日　初版発行

編　者　仙台英文学談話会
発行者　森　信久
発行所　株式会社　松柏社
　　　　〒102-0072　東京都千代田区飯田橋2-8-1
　　　　TEL 03(3230)4813
　　　　FAX 03(3230)4857
　　　　e-mail: shohaku@ss.iij4u.or.jp

装　幀　ペーパーイート
印刷・製本　(株)平河工業社
ISBN 4-88198-946-4
Copyright © 2000 SHOHAKUSHA
本書を無断で複写・複製することを禁じます。
落丁・乱丁は送料小社負担にてお取り替え致します。
定価はカバーに表示してあります。